À PROPOS DE L'AUTEUR

Dans ses romans, Michelle Styles nous fait découvrir sa passion pour l'histoire grâce à des récits qui mêlent avec art véracité historique et souffle romanesque. D'origine américaine, elle vit actuellement en Angleterre, où elle partage son temps entre sa famille et l'écriture de ses romans.

La missive oubliée

MICHELLE STYLES

La missive oubliée

Traduction française de
EMMANUELLE SANDER

Les Historiques

HARLEQUIN

Collection : LES HISTORIQUES

Titre original :
A CHRISTMAS WEDDING WAGER

HARPERCOLLINS FRANCE
83-85, boulevard Vincent-Auriol, 75646 PARIS CEDEX 13
Service Lectrices — Tél. : 01 45 82 47 47

www.harlequin.fr

ISBN 978-2-2804-1571-2 — ISSN 1159-5981

Chapitre 1

Novembre 1846, Newcastle-upon-Tyne, Angleterre

— À votre place, j'éviterais de nourrir trop d'espoirs, Miss Emma, déclara Mudge, le contremaître. La première étude était assez claire. Le patron, votre père, serait d'accord avec moi s'il était là.

Ses paroles résonnèrent sur les murs du petit bureau confiné.

Emma Harrison prit une profonde inspiration et essaya de contrôler son irritation malgré son envie croissante de hurler. La dernière chose dont elle avait besoin était de recevoir une leçon de Mudge qui tentait de lui expliquer pourquoi le tracé du pont devait rester inchangé. Elle était capable de lire un plan aussi bien qu'un homme.

Mieux que beaucoup, d'ailleurs.

— Je vous l'ai déjà dit, mon père est d'accord avec moi, soupira-t-elle. Combien de fois dois-je vous le répéter ?

Elle reporta son attention sur le plan du chantier accroché au mur.

— Votre père n'a pas été très bien, ces derniers temps, rétorqua Mudge. Je vous prie de m'excuser, miss, mais tout le monde sur le chantier le sait.

Emma s'efforça de sourire en ignorant son mal de tête grandissant. La journée avait mal commencé et tout indiquait que cela allait empirer. Son esprit la ramenait toujours à la même question : comment allait-elle faire pour que les travaux du pont soient terminés dans les temps ?

Quelques rares ouvriers arpentaient le chantier qui surplombait la Tyne, l'air découragé. Ils étaient trois fois moins nombreux qu'ils l'avaient été le samedi. Lorsque au petit matin, Emma avait fait le trajet depuis Jesmond, la tour-lanterne de l'église Saint-Nicolas était à peine visible. Le chantier n'avait plus rien à voir avec le lieu ensoleillé et animé du samedi précédent, date à laquelle on avait attendu en vain Jack Stanton.

Emma inspira bruyamment. Et si Jack Stanton se présentait aujourd'hui ? songea-t-elle. Quelle serait sa réaction face à ce chantier désert ? Elle déglutit péniblement et refusa d'envisager toutes les horreurs de ce scénario.

— Soyez raisonnable, Miss Emma.

— Je le suis, Mudge. Je connais toutes les excuses par cœur, dit-elle. Nous sommes lundi, et les ouvriers viennent d'être payés. C'est un lundi saint. Les hommes reviendront lorsqu'ils auront dépensé tout leur argent et que les poches des patrons de pub seront pleines. J'ai grandi au milieu des chemins de fer et des convois de chariots. Cela a toujours été ainsi et le sera jusqu'à la nuit des temps.

Mudge marmonna un juron.

Emma se leva et regarda par l'étroite fenêtre. Le brouillard s'était épaissi et le brasero allumé à côté des premières fondations brillait d'un éclat orange.

— Que voulez-vous, miss ? demanda Mudge. Que dois-je dire aux hommes ?

Qu'ils doivent finir de construire ce pont avant la mort de mon père, répondit Emma pour elle-même. Toute sa vie, son père avait rêvé de bâtir le premier pont ferroviaire au-dessus de la Tyne. La requête était pourtant simple, mais elle ne pouvait pas l'exprimer à voix haute. La gravité de la maladie de son père devait rester secrète.

— Que nous allons avoir beau temps jusqu'à Noël, peut-être même jusqu'au nouvel an. Que la nouvelle étude du lit du fleuve nous conforte dans nos choix et que nous allons pouvoir ériger les piliers deux fois plus vite que prévu.

— Vous manquez d'ambition, miss, répliqua Mudge. Dois-je ajouter paix et prospérité, tant que j'y suis ?

Emma ignora la remarque. Elle refusait de se laisser intimider par le contremaître. Elle n'avait plus dix-huit ans, âge auquel elle ne songeait qu'à sa prochaine paire de chaussons de bal. Elle savait comment se construisaient les ponts. Elle avait appris.

— Oh ! et j'oubliais, reprit-elle. Le château... Le donjon et les appartements royaux doivent être préservés si possible.

— Seule une femme peut se soucier d'un amas de vieilles pierres. Il serait préférable de tout détruire et de réutiliser les pierres. C'était ce que préconisait la première étude.

— Néanmoins, nous devons les conserver. La première étude était fausse.

— Ah, mais que faites-vous des investisseurs, Robert Stephenson et son nouvel associé... Ce Jack Stanton ? Ils sont malins, vous savez.

Mudge croisa les bras sur sa poitrine.

— Votre père n'a pas toute sa tête s'il est d'accord avec vous... si vous me permettez, continua-t-il. S'il n'en tenait qu'à moi, je vendrais l'entreprise et j'en tirerais tout ce que je peux. Construire des ponts est l'affaire d'un homme jeune.

Emma se mordit les lèvres. Elle avait besoin de Mudge et de sa capacité à diriger les hommes si elle voulait avoir le moindre espoir de réaliser un jour le rêve de son père. Elle ne se faisait aucune illusion quant à l'attitude des ouvriers à l'égard des femmes ingénieurs ou des femmes dirigeant d'importants projets de construction. Mais de la même manière, elle refusait d'abandonner le rêve de son père et avec lui, son entreprise, sous le simple prétexte qu'il était trop malade pour se rendre tous les jours sur le chantier.

— Si c'est tout ce que vous vouliez me dire, conclut-elle, je le rapporterai à mon père et je reviendrai demain avec ses ordres.

— Comme vous voudrez, miss. Mais réfléchissez à ce que je vous ai dit. Je ne vous ai jamais trompée. Personne ne pourra dire qu'Albert Mudge n'est pas un homme loyal.

Emma s'empara des documents, et évacua sa colère en essayant de les fourrer avec véhémence dans sa sacoche. Elle parviendrait à convaincre le contremaître.

Le donjon était important.

— Miss, transmettez mes salutations à votre père. Il faut que…

— Il y a quelqu'un ? résonna une voix grave et masculine depuis le comptoir. Ou bien cette baraque est-elle aussi déserte que ce chantier ?

Emma se figea et laissa tomber les documents qui s'étalèrent en désordre sur le bureau. Cela faisait sept ans qu'elle n'avait pas entendu cette voix, mais elle l'aurait reconnue entre toutes. Elle ne contenait plus ni chaleur ni familiarité, mais Emma ne pouvait se tromper. C'était la voix de Jack Stanton. Comme une farce du destin venue ternir encore plus cette journée.

— Laissez-moi m'en occuper, proposa Mudge avant de se diriger vers le comptoir.

Emma prit une inspiration. Il fallait qu'elle fasse confiance à Mudge. Jack Stanton ne devait pas entrer dans ce bureau. Une rencontre était inutile. Il lui suffisait de rester tranquillement assise, à l'abri dans le bureau de son père. Cela n'était pas digne d'elle, mais c'était nécessaire.

— Je suis attendu !

Le ton grave et insistant résonna dans la petite pièce.

— Il ne peut pas y avoir d'erreur. Vous allez me laisser entrer, continua Stanton.

— Mr Harrison est sorti, sir. Si vous voulez bien revenir plus tard, à une heure qui convienne à tout le monde ? répondit Mudge d'une voix servile.

Emma hocha la tête. Elle invita en silence Jack à accepter cette proposition et à revenir à une heure fixée à l'avance, où elle serait certaine de la présence de son père.

Elle s'adossa à son siège, l'entendit grincer et fit la grimace.

— Mr Harrison va me recevoir, insista le visiteur. Je l'entends qui bouge dans son bureau. Dites-lui que Jack Stanton demande un entretien.

— Mr Harrison n'est pas disponible, répliqua Mudge. Si vous désirez lui parler, vous allez devoir revenir à un autre moment, sir. Mais je serai heureux de répondre à vos questions.

Emma carra les épaules. Elle refusait de se cacher dans le bureau comme un lapin apeuré pendant que Mudge faisait visiter le chantier à Jack. Le contremaître ne manquerait pas d'appuyer le tracé actuel du pont.

Jack Stanton ne lui faisait pas peur. Si elle laissait Mudge continuer, il risquait de divulguer le secret de son père et l'entreprise serait perdue.

Emma connaissait la réputation de Jack Stanton. Presque malgré elle, elle avait suivi sa carrière. Le jeune ingénieur en génie civil, apprenti de son père, était devenu l'un des propriétaires de chemins de fer les plus riches et respectés de tout le royaume. Mais personne ne pouvait percer aussi vite sans se montrer impitoyable. Elle avait entendu des rumeurs disant comment il avait renvoyé la plupart des ouvriers qui travaillaient à la construction d'un pont à Manchester et avait forcé ceux qui restaient à travailler jour et nuit pour que le pont et sa ligne de chemin de fer soient terminés dans les temps.

— Faites entrer Mr Stanton, Mudge. Je vais m'entretenir avec lui, dit-elle d'une voix forte.

Elle n'avait plus dix-huit ans, mais vingt-cinq. Elle était devenue une vieille fille endurcie.

Millionnaire ou pas, Jack Stanton était une personne qu'Emma connaissait. Elle avait mis un terme à leur relation. À l'époque, c'était ce qu'elle avait eu de mieux à faire, et elle en était encore convaincue à ce jour. Elle avait fait passer les besoins de sa famille avant une toquade passagère, comme disait sa mère. Si Jack l'avait vraiment aimée, il aurait compris. Mais cela n'avait visiblement pas été le cas. Il était parti sans un mot.

Mudge la regarda fixement, la bouche ouverte.

— Mr Stanton dit vrai. Nous attendions son arrivée, même s'il est en retard.

— Comme vous voudrez, Miss Emma.

Mudge s'écarta et s'inclina vers Mr Stanton avec un geste exagéré de la main pour l'inviter à entrer.

— Miss Harrison désire vous voir, sir.

Emma aurait préféré que Jack Stanton soit devenu gros, avec de la barbe et prématurément chauve.

La silhouette vêtue d'une redingote cintrée s'avança d'un pas souple dans la pièce avec la grâce d'un prédateur. La coupe du manteau mettait en valeur la taille fine du visiteur et ses larges épaules. Il ressemblait en tout point à un homme d'affaires prospère, mais sans le côté ostentatoire auquel Emma aurait pu s'attendre de la part d'un nouveau riche comme lui.

Les cheveux noir de jais et les yeux de Jack ressemblaient plus à ceux des héros des romans d'amour ou des romans noirs que l'on trouvait dans les halls de gare qu'à ceux d'un homme de la vraie vie.

Comme pour bien d'autres choses ces derniers temps, Dieu n'avait pas entendu ses prières, soupira Emma.

Elle détourna les yeux pour se concentrer sur la lueur froide de son regard et sur le sourire en coin qui étirait ses lèvres pleines. Il avait l'air arrogant. Suffisant. Dangereux.

Emma tendit la main et força son cœur à oublier comment Jack était sept ans plus tôt. La douleur qu'il lui avait causée n'était plus qu'un lointain souvenir.

— Mr Stanton, cela fait bien longtemps que nous ne vous avions pas vu.

— Miss Harrison.

Il hocha la tête vers elle mais ignora sa main tendue. Emma la laissa retomber le long de son corps. Si seulement elle avait mis une tenue plus seyante que cette robe grise datant de l'année précédente. Mais celle-ci lui offrait une meilleure liberté de mouvements.

— Puis-je vous demander ce qui vous amène ici aujourd'hui ?

— Je suis venu traiter avec votre père.

— Vous êtes venu traiter avec Harrison and Lowe. Nous vous attendions deux jours plus tôt.

— J'ai malheureusement été retenu. J'ai envoyé une lettre informant votre père de mon intention d'arriver aujourd'hui.

— Manifestement, votre lettre s'est égarée.

Emma désigna d'un geste les lettres qui envahissaient le bureau. Elle voulait bien concéder à Jack cette excuse mais elle était certaine de n'avoir rien reçu. Il avait voulu les prendre par surprise, cela ne faisait aucun doute. C'était le genre de ruses dont usaient les hommes comme lui.

— Mon père n'est pas disponible aujourd'hui, continua-t-elle. Vous pourriez peut-être m'éclairer sur les raisons de votre visite ?

— C'est votre père qui a sollicité ce rendez-vous, répliqua Jack Stanton sans l'ombre d'un sourire. J'espérais que vous seriez en mesure de m'en dire plus.

— Je ne pense pas que cela soit possible. Le chantier a commencé il y a un peu plus d'un mois. Mon père et Mr Stephenson se sont alors longuement réunis. Tout a été programmé selon leurs désirs.

— Je regrette mais j'étais à l'étranger à ce moment-là. Le bateau qui me ramenait de Rio a été retardé.

Jack la parcourut de la tête aux pieds avant de s'attarder sur ses lèvres. Emma se moquait de savoir ce qu'il pensait d'elle.

— Le temps que je revienne, reprit-il, le chantier avait commencé. J'imagine qu'il n'y a pas de contretemps ? La ligne Newcastle-Berwick doit ouvrir en mars, et nous ne pouvons nous permettre aucun retard.

Emma hocha sèchement la tête. Les sous-entendus de Jack Stanton étaient clairs. S'il avait été là lors des négociations, il n'aurait jamais choisi Harrison and Lowe pour ce projet, malgré leur longue association avec les Stephenson. Et, étant donné ce que les journaux avaient écrit sur l'accroissement récent de sa fortune, il ne faisait aucun doute que Robert Stephenson aurait écouté son tout nouvel associé.

Emma refusait d'y songer. Il fallait qu'elle fasse comprendre à Jack que non seulement Harrison and Lowe terminerait le projet, selon l'accord, mais aussi qu'ils devaient conserver le donjon.

— Dans ce cas, nous devons vous faire visiter le chantier. Je suis certaine de pouvoir vous montrer les avancées, déclara Emma en s'efforçant de sourire.

Elle n'avait pas enduré les contraintes de la haute société sans avoir appris l'art subtil de la dissimulation.

— Il reste une petite question sur la façon dont le pont doit traverser le site du château, continua-t-elle. Mon père a commandé une nouvelle étude, et il semblerait que nous puissions conserver le donjon, qui est le symbole même de Newcastle, même si les fortifications extérieures doivent être détruites.

— Miss Emma…, intervint Mudge en se raclant la gorge.

— Mudge, il me semble que d'autres tâches vous attendent. Je suis parfaitement capable de faire visiter le site à Mr Stanton et de répondre à toutes ses questions. Nous sommes de… vieux amis.

— Vous allez me faire visiter le chantier, Miss Harrison ?

Jack Stanton avait haussé un sourcil étonné et un léger sourire plana sur ses lèvres.

— L'idée me paraît certes très séduisante mais je ne voudrais pas m'imposer, ajouta-t-il.

— Il fait très froid dehors, précisa le contremaître. La neige a commencé à tomber assez fort.

Emma s'efforça de rester calme. Elle refusait de se disputer de nouveau avec Mudge. Quel homme obstiné !

— Je pense que je suis la mieux placée pour guider Mr Stanton, insista-t-elle. Nous avons déjà parlé de vos tâches ce matin.

— Très bien, Miss Emma.

Mudge ne bougea pas d'un pouce.

Emma regarda avec insistance vers la porte, et le contremaître quitta la pièce en grommelant. Emma espérait qu'il parvienne à contraindre plusieurs hommes à se mettre au travail malgré le temps. Jack Stanton devait voir les progrès accomplis malgré la neige.

— Et maintenant, Mr Stanton, que souhaitez-vous voir en premier ? Les fondations ou bien les ruines du château ?

— Il me tarde de faire cette visite, Miss Harrison. La douceur de votre ton me changera de mes guides habituels.

Ce disant, Jack lui tendit un bras qu'Emma ignora ostensiblement. Elle fit la grimace en l'entendant insister légèrement sur le mot « Miss ». Elle savait ce que cela signifiait : Emma Harrison, la femme qui avait espéré faire un bon mariage, menait une vie de vieille fille. Mais elle avait fait le bon choix. Sa mère avait eu besoin de soins à la fin de sa vie et, à présent, son père avait besoin de compagnie. Emma n'était nullement tenue de justifier ses choix, encore moins face à un homme pour lequel elle n'avait été qu'une amourette de passage.

— Nous commencerons donc par les fondations, déclara-t-elle.

— Je suis à votre disposition, Miss Harrison.

Il s'inclina devant elle, mais son sourire n'atteignit pas ses yeux.

— Pouvez-vous me dire où se trouve votre père ?

— Il n'est pas visible. Plus vite nous commencerons cette inspection, et plus vite nous en aurons terminé. Harrison and Lowe est le meilleur constructeur de ponts de la région.

— C'est ce que votre père m'a toujours fait croire.

Emma tenta d'ignorer son mal de tête croissant. À la fin de cette visite, Jack Stanton serait convaincu que l'entreprise de son père allait accomplir le travail pour lequel elle avait été retenue. Il le fallait.

Lorsque Emma sortit de la cabane, Jack suivit du regard le léger balancement de ses hanches. Il ne s'attendait pas à la trouver là. En ce qui le concernait, Emma Harrison et tout ce qu'elle avait représenté un jour à ses yeux appartenaient désormais au passé. Un passé qu'il avait espéré effacer pour toujours de sa mémoire. Il n'avait plus besoin de nourrir de tels rêves aujourd'hui.

Il se souvenait très bien du nombre de soupirants qui gravitaient autour d'elle. Margaret Harrison le lui avait clairement dit. Elle voulait que sa fille fasse un beau mariage. De son côté, Jack avait impétueusement suivi son cœur et avait fait sa demande à Emma en misant sur l'affection qu'elle lui portait et sur les perspectives que lui réservait l'avenir. Elle avait négligé sa demande, n'avait jamais répondu à sa lettre, il était alors parti. Même s'il n'avait jamais eu aucune nouvelle d'elle, il s'attendait à découvrir qu'elle était mariée.

Sauf que ce n'était pas le cas. Le temps n'avait pas été très clément avec elle. Jack essaya de concilier l'image de la jeune femme dont il avait le souvenir avec celle qui marchait devant lui, enveloppée de vêtements gris qui se fondaient dans le brouillard. Ses cheveux tressés, attachés en couronne sur sa tête étaient recouverts du chapeau le moins flatteur qu'il ait jamais vu. Sa jupe glissait sur la boue, comme lestée par des chaînes. Mais ce n'était pas son problème. Cette époque était désormais derrière lui et, aujourd'hui, son avenir s'annonçait glorieux : construire des ponts et des chemins de fer, consolider ses entreprises et jouir du fruit de son travail.

Mais d'abord, il devait découvrir pourquoi Edward Harrison lui avait écrit pour lui demander de venir. Jack avait souhaité déléguer le chantier du pont à Stephenson, se contentant de fournir le financement nécessaire. Mais à présent, Stephenson était d'accord avec Harrison. Il fallait que Jack se rende à Newcastle pour vérifier si tout allait bien.

Une rafale de neige fondue s'abattit sur lui lorsqu'il sortit de la baraque faiblement chauffée. Emma, qui marchait devant lui, lui montra les différents endroits où les fondations avaient été coulées et où les pierres avaient déjà été dégagées.

Soudain, une nouvelle bourrasque la propulsa en avant, vers le précipice. Jack la rattrapa aussitôt et la tira en arrière pour la mettre en sécurité. Une pierre céda et roula au pied des fortifications du château. À cette distance, Jack distingua les prunelles gris-bleu d'Emma, bordées de longs cils noirs, et plus brillantes que jamais.

Ils se fixèrent un long moment, puis il lâcha son bras et s'écarta.

— Vous êtes en sécurité maintenant, affirma-t-il. Vous devriez faire plus attention à vous. Vous ne seriez pas tombée aussi légèrement que cette pierre.

— Je sais ce que je fais, répliqua Emma en levant le menton d'un air de défi.

— Le vent est très fort et, avec ces jupes, vous vous mettez en danger.

— Vous pouvez constater qu'il s'agit du meilleur endroit pour faire passer ce pont, malgré les difficultés manifestes. Mais il reste encore une question quant au tracé exact.

Emma désigna les vestiges du château et s'éloigna de lui en ignorant ses conseils pourtant bien intentionnés.

— Si le pont passe légèrement sur la gauche, nous pouvons sauver le donjon, conclut-elle.

Que Dieu le préserve des femmes qui voulaient se mêler de tout. Emma Harrison n'avait manifestement aucune idée du temps et des efforts nécessaires à la planification et à l'édification de ce pont.

Jack ne voulait pas s'embarquer dans une croisade chimérique juste pour lui faire plaisir.

— Stephenson et moi sommes du même avis. Les premières études montrent que le tracé actuel est le plus recommandé.

— D'après une étude plus récente…

L'expression d'Emma se figea et elle fit la moue.

Jack leva une main. La farce avait assez duré. Edward Harrison n'avait jamais laissé ses filles se rendre sur des chantiers de construction. Le Edward Harrison dont il se souvenait avait une notion très stricte des bonnes manières. Depuis quand y avait-il renoncé au profit de sa cadette ?

— Les premières études sont justes, dit-il. Je pourrais vous l'expliquer, Miss Harrison, mais je n'ai nullement envie de vous ennuyer avec des considérations techniques. Je pense que vous préféreriez parler du temps qu'il fait. Ou des dernières tendances qui sévissent à Londres. Mais je crains d'être un peu éloigné de tous ces raffinements mondains car je reviens tout juste d'un voyage de plusieurs mois au Brésil.

— Bien au contraire, Mr Stanton, rétorqua Emma. Le

fait d'être devenue une vieille fille endurcie et acariâtre m'autorise à avoir des conversations plus intéressantes que les derniers commérages. Il faut bien que nous trouvions notre plaisir là où nous le pouvons. Je serais très heureuse d'avoir cette discussion avec vous.

— Une vieille fille acariâtre ? répéta Jack.

Le célibat était un statut qu'il n'aurait jamais imaginé pour Emma Harrison. Il se souvenait encore de tous ces hommes qui tournaient autour d'elle. Elle était une jeune fille intelligente, pleine de vie, et son carnet de bal était toujours plein. Que s'était-il passé ces dernières années ? Comment en était-elle arrivée là ?

— Ce n'est pas ainsi que je vous décrirais.

— Après la disparition de ma mère, peu de choix s'offraient à moi : il me fallait devenir soit une femme excentrique, soit une vieille fille courageuse mais sans intérêt. J'ai choisi la solution la plus acceptable.

Un étrange sourire plana sur ses lèvres.

— Vous paraissez d'accord avec moi, ajouta-t-elle.

Jack sursauta puis se ressaisit. Il n'avait pas réalisé que ce qu'il pensait de la laideur de la robe et du chapeau d'Emma se lisait sur son visage. Il hocha légèrement la tête et essaya de se rattraper.

— Je n'avais pas compris que le célibat était une situation aussi enviable.

— Dans ce cas, vous avez compris bien peu de choses.

Le vent avait coloré les joues de la jeune femme et son nez était rouge, ce qui apportait un peu de couleur dans cet environnement si gris.

— Je trouve que parler de la construction des ponts est infiniment plus intéressant qu'apprendre à ajouter un galon à un chapeau, faire du crochet ou confectionner une pelote à épingles.

— Renoncer au mariage parce que vous nourrissez une aversion pour les conversations frivoles me paraît un peu exagéré, répliqua Jack. Je croyais que le mariage était l'objectif de toutes les jeunes femmes.

— Nous ne sommes pas ici pour parler des raisons de mon célibat, Mr Stanton. Sachez que je suis très heureuse de mes choix, ajouta-t-elle, le regard brillant. Je ne regrette rien.

— C'est une sage résolution que tout le monde devrait adopter, éluda Jack.

Mais où donc les menait cette conversation ? Que voulait cette Miss Harrison ? Ses propos sous-entendaient autre chose.

— Et vous ? demanda-t-elle en prenant un air altier. Êtes-vous marié ? Votre maison est-elle pleine de conversations frivoles et de pelotes à épingles ?

Elle lui décocha un regard hautain, avec un calme qu'il avait trouvé charmant des années plus tôt, avant qu'il ne découvre à ses dépens les femmes et leurs humeurs changeantes.

— Heureusement, j'ai réussi à échapper aux machinations des mères et de leurs filles.

Jack pinça les lèvres. Les remarques d'Emma indiquaient clairement où se situaient ses espoirs. Mais il ne la laisserait pas se servir du passé simplement parce que ses attentes ne s'étaient pas réalisées.

De qui s'agissait-il déjà ? D'un duc ou d'un comte fortuné au contraire de lui ? Il avait oublié le nom de l'homme pour lequel la mère d'Emma nourrissait tant d'espoirs. Et la fière Emma Harrison ne pouvait supporter d'admettre qu'elle avait mal jugé la situation.

— Mais le confort domestique ne vous manque-t-il pas, Mr Stanton ? Ne désirez-vous pas trouver vos chaussons tout chauds au coin du feu ?

Elle leva de nouveau vers lui ses prunelles bleues impassibles.

Était-ce donc pour cette raison que Harrison lui avait écrit ? Cherchait-il un mari pour sa fille cadette ? Dans ce cas, il s'était malheureusement trompé. Jack n'avait nullement le désir de refaire sa demande. Il avait été suffisamment humilié la première fois.

— Actuellement, j'aime ma liberté. Aucune femme ne serait capable de me supporter. Je suis constamment en voyage. Je navigue d'un projet à l'autre entre l'Angleterre, l'Amérique du Sud et l'Europe.

Le rire cristallin d'Emma résonna dans le brouillard.

— Vous voyez, j'avais raison. Nous n'aurions jamais pu nous entendre. J'ai rarement quitté le nord-est de l'Angleterre ces sept dernières années.

— J'avais oublié que nos noms avaient un jour été associés.

Jack veilla à ce que ses traits ne trahissent aucune émotion, mais il tira un malin plaisir à lui rappeler ce à quoi elle avait renoncé avec tant de désinvolture.

— Je n'aimerais pas savoir que je suis de près ou de loin responsable de votre célibat, ajouta-t-il.

— Ne vous flattez pas trop, Mr Stanton, répliqua Emma.

Comment Jack osait-il sous-entendre une chose pareille ? Il semblait insinuer qu'elle cherchait désespérément à savoir s'il était marié, comme si elle s'était languie de lui ces sept dernières années. Elle l'avait rejeté, lui et sa demande si peu galante en mariage. À l'époque, il ne s'intéressait pas vraiment à elle, mais seulement à sa fortune et au statut qu'une telle union pouvait lui apporter. Sa mère avait raison. S'il l'avait aimée, il aurait attendu et aurait cherché à l'écouter. Il aurait compris ses explications au lieu de se montrer si distant et formel.

— Mon choix de rester célibataire n'a rien à voir avec vous. Pourquoi est-ce que, dès qu'une personne croise une femme non mariée, elle pense aussitôt que celle-ci est mécontente de sa vie ?

— Je proteste. Vous me prêtez des propos qui ne sont pas les miens.

— C'est ce que vous avez insinué. En tant que vieille amie, je suis naturellement curieuse de savoir ce qui s'est passé dans votre vie, répondit Emma.

Il la voyait comme une sorcière désespérée. À quoi s'attendait-il ? Qu'elle se jette à ses genoux et qu'elle le supplie de l'épouser juste parce qu'il était à la tête d'une grande fortune et qu'il était terriblement beau ? Cet homme était insupportable. Si elle se mariait un jour, ce serait par amour, et parce qu'un homme aurait envie de partager sa vie avec elle, et non de l'enfermer dans une petite boîte, entourée d'enfants et de divertissements convenables pour une dame.

— Il n'y a rien de mal à cela, ajouta-t-elle. Il s'agit de quelques questions pour passer le temps.

— Étant donné les circonstances, je voulais en être certain, c'est tout.

— Vous flattez votre jeune personne, sir. J'ai refusé des demandes en mariage avant la vôtre, et après, répondit Emma.

Si seulement elle avait porté sa nouvelle robe en popeline bleue pour avoir cette conversation, au lieu de ces frusques informes et grises qui lui donnaient un peu plus l'air d'un sac de seconde en seconde.

Jack hocha la tête. Ses lèvres ne formaient plus qu'un trait.

— Pardonnez-moi, Miss Harrison, mais que pouvais-je penser ? C'est vous qui m'avez demandé si j'étais marié. J'ai appris à me montrer prudent sur ces choses. Je ne voulais pas vous offenser.

— Cela nous aiderait beaucoup si vous ne tiriez pas de conclusions hâtives et si vous vous en teniez aux faits.

Elle s'efforça d'afficher son sourire le plus amical et battit des cils. Ah, si seulement elle avait pu battre de son éventail !

Jack prit Emma par le bras, soudain envahi par une colère sourde. Comment osait-elle raviver ces vieux souvenirs ? Ce qui avait existé entre eux autrefois appartenait aujourd'hui au passé. Il n'avait pas à s'excuser pour son comportement. Il lui avait fait une honorable demande en mariage sept ans plus tôt. Demande à laquelle elle n'avait pas donné suite. Inutile d'y revenir.

— Vous vous oubliez, Mr Stanton.

Elle se dégagea brusquement et Jack la lâcha. Aussitôt, Emma posa les doigts à l'endroit où il avait serré les siens. Jack pinça très fort les lèvres tout en se détestant, tout en détestant la façon dont il avait soudain perdu son sang-froid. Cela ne lui était plus arrivé depuis des années. Il prenait d'habitude plaisir à contempler les choses avec froideur. Et pourtant, après quelques minutes en compagnie d'Emma Harrison, il était redevenu le jeune homme gauche qu'il était autrefois. À l'époque, il portait des vêtements fabriqués en série et la perspective d'un bal dans la salle de réception de Newcastle lui apparaissait comme très excitante.

— Inutile de continuer cette visite, déclara-t-il. J'en ai vu assez, Miss Harrison.

Il lui tourna le dos et posa les mains sur sa canne pour retrouver son calme. Il avait commis une erreur en venant ici.

— Pardonnez-moi, Mr Stanton, lança Emma en venant se placer à côté de lui.

Un visage suppliant jaillit de sous son affreux chapeau.

— Je vous avais prévenu que ma langue était aussi aiguisée que la lame d'un rasoir, et que j'avais pris l'habitude de dire ce que je pensais. Vous avez raison. Mes précédentes remarques étaient déplacées. Je ne voulais pas me montrer indiscrète, ni faire le moindre sous-entendu. Je vous prie de m'excuser.

— Je suis le seul fautif, répliqua Jack en hochant la tête. Ce voyage vers le nord semble m'avoir mis de mauvaise humeur et m'avoir rendu irritable. J'aurais dû prendre cela comme il se doit : une simple remarque anodine.

— Allons-nous nous disputer pour cela ? demanda Emma.

Ses yeux brillaient d'une espièglerie cachée.

Jack sentit sa gorge se serrer en songeant à ce qu'aurait pu être leur relation. Il s'efforça de déglutir et cette sensation s'évanouit. Il n'aurait jamais dû revenir. Trop de souvenirs menaçaient de l'envahir et de le ramener en un lieu qu'il était pourtant certain d'avoir laissé derrière lui.

— Je n'ai nullement l'intention de me disputer avec vous, Miss Harrison.

— Ni moi avec vous, Mr Stanton.

Elle hocha brièvement la tête.

— Toutefois, j'aimerais vous montrer les avancées du chantier afin que vous n'ayez pas fait tout ce voyage en vain. Je suis sûre que, si mon père avait été là, il l'aurait fait lui-même. Comme nous sommes lundi après le jour de paye, il a suivi son emploi du temps habituel.

Ils restèrent debout l'un à côté de l'autre, mal à l'aise. Emma lui montra les endroits où les piliers devaient se dresser. Jack fit quelques commentaires polis tandis que la neige tombait de plus en plus fort. Pourtant, il ne parvenait pas à se débarrasser du sentiment d'être face à un mystère. Tout n'était pas comme Emma Harrison semblait le décrire.

— Avez-vous vu tout ce que vous vouliez ? demanda-t-elle lorsqu'ils eurent fait le tour.

Le nombre d'hommes qui se tenaient tristement à côté du brasero avait légèrement diminué. Quelques-uns avaient repris mollement le travail.

— J'espère que vous garderez à l'esprit ce que je vous ai dit à propos du château, continua-t-elle. À ce stade, il est facile de modifier les plans mais, lorsque nous aurons commencé à couler les fondations dans le fleuve…

— Un chantier le lundi ressemble à n'importe quel autre chantier, lança Jack en regardant autour de lui. Newcastle ne fait pas exception à la règle.

— Je suis heureuse de voir que vous êtes conscient des difficultés auxquelles nous sommes confrontés.

Jack esquissa un léger sourire. Il n'aimait pas les mystères Emma lui avait fait faire une visite précise du chantier, mais son attitude indiquait qu'elle lui cachait quelque chose.

Sept ans plus tôt, Emma et sa sœur aînée faisaient parfois de soudaines et spectaculaires apparitions, mais leur père ne leur avait jamais permis de s'attarder très longtemps sur un chantier. Leur mère elle-même y avait veillé.

Pourtant, les paroles et les manières d'Emma semblaient indiquer qu'elle connaissait l'emplacement de chaque pierre. Jack plissa les yeux. Elle paraissait même être chargée de la construction du pont. Le contremaître lui avait obéi et les ouvriers semblaient plus motivés à bouger les pierres en sa présence.

Elle semblait investie d'une certaine autorité.

L'idée était si grotesque qu'il faillit en rire. Emma Harrison était une femme !

Comment ferait-elle lorsque viendrait le moment de couler les fondations dans le fleuve ? Ou lorsque les premiers rails en fer seraient posés ? Jack n'imaginait pas une femme sur un échafaudage pour s'assurer que tout se déroulait selon les plans. Il ne voulait pas voir une femme se mettre ainsi en danger.

Une telle situation serait désastreuse pour le pont et pour l'avenir de Newcastle en tant que puissance industrielle. Ce projet ambitieux devait être terminé dans les temps. Brunel avait déjà terminé la liaison ferrée avec l'Écosse à l'ouest de l'Angleterre. Jack ne pouvait pas permettre une chose pareille. Newcastle ne pouvait pas rester à la traîne.

— Tout me paraît en ordre à l'exception d'un petit détail… Votre père.

— Mon père est absent aujourd'hui, mais cela n'a aucune incidence sur les avancées du chantier.

Emma serra à nouveau autour d'elle son châle à carreaux, très fort comme pour se protéger.

— C'est un problème, mais on ne peut pas y faire grand-chose, poursuivit-elle. Je pense que nous aurons coulé les fondations de tous les piliers avant le printemps. La construction des neuf piliers pourra alors commencer dans le courant de l'été, comme prévu.

— C'est aussi ce que souhaite mon entreprise, répliqua Jack d'une voix douce.

Jack compta jusqu'à dix deux fois. Il lui avait laissé suffisamment de temps et lui avait donné de nombreuses occasions de s'exprimer. Il en avait assez de ses petits jeux. Au cours de ces sept dernières années, lui aussi avait appris à jouer. Cette fois, ils le feraient selon ses propres règles.

— Dites-moi à quel point votre père est malade, Miss Harrison.

Chapitre 2

Emma cligna plusieurs fois des yeux. Il fallait qu'elle réfléchisse à une réponse plausible, qu'elle trouve quelque chose qui puisse expliquer la maladie de son père sans révéler toute la vérité. Elle s'éloigna malgré elle du corps puissant de Jack et marmonna quelques mots polis en évoquant vaguement un rhume.

— Vous n'avez pas répondu à la question, Miss Harrison, insista Jack Stanton d'une voix implacable.

Ses prunelles sombres et froides comme de la glace semblaient la sonder.

— Votre père n'est pas venu sur le chantier depuis quelque temps, n'est-ce pas ?

— Il était ici samedi, rétorqua Emma un peu trop vite et trop sèchement.

Elle devait conserver son calme. Elle prit une grande inspiration et s'efforça de parler de manière claire et intelligible.

— Si vous étiez arrivé le jour dit, vous l'auriez vu au travail.

— Et avant cela ? demanda Jack.

Il lui adressa un demi-sourire.

— Allons, Miss Harrison, assez de toutes ces sornettes. Vous supervisez ce chantier depuis un moment. Votre connaissance du site n'est pas le résultat de quelques visites informelles.

— Mon père et moi sommes devenus très proches depuis le décès de ma mère.

— Avec tout le respect que je vous dois, Miss Harrison,

vous n'avez toujours pas répondu à la question, qui est pourtant très simple.

La sévérité du ton de son interlocuteur démentait le calme de ses propos. Mais Emma n'avait nullement l'intention d'en dire plus sur ses affaires privées. Que savait Jack exactement ? Il avait pu émettre une simple hypothèse, et rien de plus. Elle devait se montrer prudente. Mudge était tenu au secret. Il ne trahirait pas son père, Emma le savait. Elle prit une profonde inspiration. Il fallait qu'elle garde la tête froide et qu'elle réfléchisse au problème.

— Il n'est pas venu pendant plusieurs jours, mais je suis moi-même venue quotidiennement transmettre à Mudge les ordres de mon père.

Elle émit un petit rire et agita la main d'un air d'autodérision.

— Je ne suis que l'intermédiaire. Vous savez à quel point mon père est pointilleux. Il veut savoir tout ce qui se passe, même quand il est cloué au lit.

— Vous, Miss Harrison ? s'étonna Jack, les yeux écarquillés. Que savez-vous des torsions et du positionnement des pierres ? Et si vous aviez mal passé un message ? Les conséquences pourraient être désastreuses.

— Je suis la fille de mon père, s'indigna Emma. J'ai grandi au milieu des chemins de fer, des moteurs et des ponts.

Elle leva fièrement le menton et regarda Jack Stanton droit dans les yeux, le mettant au défi de la contredire. Au cours des sept dernières années, pour se sauver de l'ennui après toutes ces heures passées au chevet de sa mère malade, elle avait fourni les efforts nécessaires. Elle s'était battue avec détermination et, peu à peu, elle avait appris à aimer le travail de précision. Mais Jack n'avait pas besoin de le savoir.

— Peut-être, mais qu'en est-il des ouvriers ? rétorqua Jack. Comment répondent-ils aux ordres d'une femme ? Comment leur inspirez-vous le respect ?

La croyait-il incapable de diriger des hommes ? Elle en savait autant sur la construction des ponts que la plupart d'entre eux, et plus encore. Elle avait aidé son père à réaliser les premières esquisses de ce pont, effectué les calculs de torsion pendant que son père était alité. C'était le rêve de son père, mais son projet à elle.

C'était sans doute sa dernière chance. Sa seule chance. Elle inspira profondément.

— Le pont sera terminé dans le respect du contrat. Harrison and Lowe n'a jamais subi de retard. Nous devons songer à notre réputation.

— Cela n'est pas une réponse.

— C'est la seule que je peux vous fournir.

Emma ne devait aucune explication à Jack Stanton. Il était évident qu'il s'était déjà fait son opinion. Comme la plupart des hommes, il pensait que l'esprit d'une femme était incapable de comprendre les calculs complexes. Heureusement, elle avait réussi à convaincre son père du contraire.

— Vous vous inquiétez de savoir si l'entreprise est capable ou non d'accomplir un travail correct. Je peux vous assurer qu'il n'y aura aucun problème avec Harrison and Lowe.

Un cri déchirant retentit. Jack se figea et Emma sentit son estomac se nouer. Le bruit était trop proche, beaucoup trop proche. Emma entendit des personnes arriver en courant.

— Quelqu'un s'est blessé, dit-elle vivement. Je dois y aller.

— Un chantier est un endroit dangereux, Miss Harrison, répliqua Jack en tendant la main pour la retenir. Je pourrais vous être utile.

Emma hocha la tête en réfléchissant à toute vitesse. D'où venait donc ce cri ? Elle tenta de se rassurer en se disant que personne ne pouvait être gravement blessé. Les ouvriers ne travaillaient sur rien de dangereux, pas avec ce brouillard.

Ils se dirigèrent en toute hâte vers l'endroit où un homme gémissait. Mudge se trouvait déjà là. Il regarda dans le fossé et secoua la tête.

— J'ignore comment cela est arrivé, Miss Emma.

Emma fit la grimace. Un glissement de terrain s'était produit tout près de l'endroit où elle avait failli tomber un peu plus tôt. Un jeune homme gisait sous plusieurs pierres. Son visage était terreux et ses yeux étaient fermés. Une partie des fortifications du château s'était effondrée sur lui.

Emma sentit sa bouche s'assécher en voyant une autre pierre trembler en haut des remparts.

— Nous devons le sortir de là, Mudge.

— Ce mur est sur le point de s'effondrer, Miss Emma ! s'écria Mudge.

Puis il claqua la langue d'un air agacé avant de secouer la tête.

— Le mauvais temps joue contre nous, ajouta-t-il. Mieux vaut soutenir ce mur d'abord plutôt que de risquer d'autres accidents. Quelle saleté… Nous allons devoir contourner les fondations par l'arrière. Plus vite nous aurons rasé ce château et mieux cela vaudra pour nos hommes. Il n'est rien de plus qu'un piège à rats.

Emma sentit son ventre se serrer en regardant en contrebas pour voir quel chemin les hommes pouvaient prendre. Mudge avait raison. La solution la plus sûre consistait à contourner le fossé par-derrière au lieu de descendre directement en ligne droite. Mais avec cette mauvaise visibilité, cela pourrait prendre des heures – des heures que le garçon n'avait peut-être pas.

— Nous devons faire descendre quelqu'un et éloigner le blessé du mur. Si jamais d'autres pierres tombent…

Sa voix mourut. Elle contempla Mudge et les autres employés, mais aucun ne croisa son regard ni ne bougea. Elle pria pour qu'ils disent quelque chose. Un seul homme s'avança.

— Un bloc et un palan ! Vite ! aboya Jack en se dirigeant vers le bord du fossé.

Il faillit glisser sur le sol boueux.

— Pourquoi les précautions de base n'ont-elles pas été prises ?

— Tout le monde sait que c'est un travail dangereux, commenta l'un des hommes en se frottant la nuque sans faire un geste pour venir l'aider.

— Allez chercher ce que Mr Stanton vous demande, dit Emma d'une voix ferme.

Finalement, un homme partit d'un pas lourd.

— Dépêchez-vous ! cria-t-elle.

— Ce qu'il s'apprête à faire est sacrément dangereux, gémit Mudge. Nous avons perdu un travailleur aujourd'hui et nous ne savons même pas s'il est en vie. Je dois penser aux autres.

Jack poussa un soupir exaspéré et continua de descendre en direction du garçon.

— Il est vivant, lança-t-il.

Il mit les poings sur les hanches.

— Et maintenant, vous allez m'aider à le sortir de là. J'ai besoin d'une corde et d'une planche. Si nous travaillons tous ensemble, nous pouvons lui sauver la vie.

Emma commença à descendre en se frayant un chemin à travers les gravats. Ses pieds glissèrent légèrement et elle fut incapable de retenir un petit cri. Puis elle s'immobilisa, les mains enfoncées dans la boue.

— Vous feriez mieux de rester où vous êtes, Miss Harrison. Ce n'est pas un travail pour une lady. Que Dieu nous vienne en aide si vous vous évanouissez.

— Mr Stanton, je ne me suis jamais évanouie de ma vie et je n'ai pas l'intention que cela change, riposta Emma.

Mais elle fit plus attention à ses mouvements et chercha le meilleur chemin en direction du remblai pentu.

— Comme vous voudrez.

Jack ôta sa redingote et contempla le jeune garçon.

— Dès que j'aurai dégagé ces pierres, l'opération sera très simple. Nous allons le soulever pour le faire monter.

— Est-il gravement blessé ? demanda Emma, la peur au ventre.

Elle n'aimait pas la façon dont les pierres couvraient la jambe du garçon. Elle se pencha légèrement et vit la chemise bleue qu'elle connaissait bien.

— C'est le jeune Davy Newcomb, dit-elle.

— On dirait que sa jambe est coincée.

Emma vit Jack se pencher et tenter de soulever la pierre avec son épaule, mais elle ne bougea pas.

Deux autres pierres s'écrasèrent au sol à mesure qu'Emma continuait d'avancer.

— Miss Harrison, vous allez nous causer des ennuis. Ce mur est loin d'être stable.

Emma finit par atteindre le fond du ravin et essuya ses mains sur sa jupe.

— Vous voyez, il n'en est rien. Je suis saine et sauve.

Jack grogna en la détaillant de la tête aux pieds mais il n'ajouta rien. Emma s'agenouilla à côté du garçon et se servit de son mouchoir pour essuyer la boue sur son visage livide.

— Je suis désolé, Miss Emma, dit Davy en ouvrant les yeux. J'ai voulu prendre un raccourci et j'ai glissé à cause de la boue. Ensuite, les pierres sont tombées sur moi. Je ne voulais pas me blesser. Je sais que vous aviez dit que ce chemin n'était pas sûr, mais c'était le plus rapide.

— Chut, taisez-vous, Davy. Vous devez garder vos forces, répondit Emma.

Elle tint la main du garçon entre ses mains gantées. Davy acquiesça et une larme roula sur sa joue.

— Vous êtes très courageux, ajouta Emma.

Les hommes firent descendre le bloc et le palan. Jack accrocha la corde puis s'attela rapidement à soulever les pierres. La jambe de Davy Newcomb était tordue.

— Vous avez eu de la chance, jeune homme, déclara Jack. Votre jambe aurait pu être écrasée. Mais vous semblez n'avoir qu'une vilaine entorse.

Ils unirent leurs forces pour mettre Davy sur la planche. Puis Jack fit un signe de tête aux hommes qui le hissèrent lentement. Emma serra une dernière fois les doigts du jeune ouvrier puis le lâcha.

— Emmenez-le à l'hôpital, ordonna-t-elle en regardant fixement Mudge, le mettant au défi de la contredire.

Harrison and Lowe veillait toujours sur ses hommes dans des cas similaires. C'était l'une des raisons pour lesquelles son père et elle avaient gagné leur loyauté.

Emma se tourna vers Jack, qui la regardait d'un œil noir.

— Je devais venir vous aider, dit-elle calmement. Il fallait que quelqu'un le fasse.

— Vous auriez dû envoyer l'un de ces hommes. Vous vous êtes mise en danger inutilement.

— J'ai vu comment je pouvais descendre facilement, le contredit Emma. Il était important de dégager sa jambe aussi rapidement que possible.

Elle ravala les paroles condamnant Mudge et les autres employés. Jack la contempla d'un air sceptique et parcourut lentement son corps.

— Comment envisagez-vous de remonter cette pente avec votre robe alourdie de tous ses jupons ?

— Je contournerai le donjon. Il existe un chemin plus accessible mais celui-ci était le plus rapide.

La neige tombait toujours, plus drue que jamais.

— Vous pouvez venir avec moi si vous voulez, proposa-t-elle. Le donjon est magnifique quand on le voit de près. Contrairement à ce que dit Mudge, c'est bien plus qu'un tas de pierres.

— Cela me donnera l'occasion de me rafraîchir la mémoire, dit Jack en poussant un petit rire. Rappelez-vous, Miss Harrison, que ce pont est le rêve de votre père depuis très longtemps. Nous parlions souvent de son tracé.

Jack remit sa redingote et revêtit par la même occasion son habit d'homme d'affaires sévère. Ils longèrent les abords du château plongés dans le brouillard et contournèrent des pans de mur qui s'étaient effondrés tandis que le donjon les surplombait de toute sa hauteur.

— Je voulais vous remercier d'avoir sauvé la vie de Davy, dit Emma.

— J'ai fait ce que n'importe quel homme aurait fait. Maintenant, vous comprenez pourquoi ce chantier est un endroit dangereux pour une femme, déclara Jack lorsque la cabane de chantier apparut enfin à travers le brouillard.

— Je l'ai toujours su. Je connais les risques. Les fortifications extérieures ne sont pas sûres. Si vous aviez lu la dernière étude…

— Je sais lire, Miss Harrison.

Son regard devint dur.

— Votre père et mes associés devront être informés de cet incident.

— J'avais pleinement l'intention de le faire. Aucun doute que mon père écrira une lettre à Robert Stephenson.

— Cet accident n'aurait jamais dû se produire, décréta Jack Stanton d'une voix implacable.

— Nous sommes tous les deux d'accord sur ce point, répliqua Emma, la gorge serrée.

— Et que pense faire Harrison and Lowe pour éviter que ce genre d'accidents ne se reproduise à l'avenir, Miss Harrison ?

— S'assurer que les hommes sont correctement surveillés.

Emma attendit la réponse de Jack et sentit le vent soulever légèrement son chapeau. Elle se sentait en terrain plus sûr. Elle avait répété cette conversation maintes fois dans sa tête ces dernières semaines. Si elle ne l'avait pas eue avec Jack Stanton, cela aurait pu être avec l'un de ses associés.

Jack ne pouvait pas agir seul. Les autres associés appréciaient son père et avaient confiance en son jugement. D'ici quelques semaines, lorsque son père irait mieux, elle contacterait au besoin Mr Stephenson et lui demanderait d'intervenir auprès de Jack.

Ce dernier la contemplait d'un air imperturbable. Il ne fallait pas qu'elle s'attire des ennuis. Elle devait rester calme et résister à la tentation de combler l'espace avec du bruit.

La neige tourbillonnait autour d'eux. Jack se racla enfin la gorge.

— De quoi souffre exactement votre père ? Je n'ai rien entendu quand vous avez murmuré tout à l'heure. Du temps où je travaillais pour lui, il répugnait à garder le lit pour un simple rhume.

— Il sera sur pied dans quelques jours.

Emma croisa le regard de Jack. Elle n'était plus une jeune fille naïve. Elle avait vingt-cinq ans et savait dire ce qu'elle pensait. Il ne l'intimiderait pas.

— Si vous étiez arrivé le jour dit, déclara-t-elle, il aurait été là pour vous accueillir.

— Vous parlez comme si c'était un espoir de votre part, et non une évidence.

Emma refusait de confier ses craintes à Jack ou de lui répéter ce que le médecin lui avait dit.

— Comme vous n'avez pas vu mon père depuis des années, il vous est peut-être difficile de le croire mais je peux vous assurer que je parle en connaissance de cause. Vous êtes venu le mauvais jour.

— Je suis venu quand j'ai dit que je le ferais.

Emma ferma les yeux. Elle refusait de se lancer dans une nouvelle dispute à ce sujet.

— J'imagine que cette visite du chantier vous suffit à vous faire une opinion, Mr Stanton ? éluda Emma en plantant son regard dans les prunelles noires comme du charbon de Jack. Cette conversation, comme notre précédente querelle, a suffisamment duré. J'aimerais me rendre à l'hôpital avant de rentrer chez moi, afin de m'enquérir des blessures de Davy, suite à quoi je m'entretiendrai avec mon père.

— Quant à moi, j'ai des affaires qui m'appellent ailleurs. La compagnie construit d'autres ponts. Nos intérêts dans le secteur ferroviaire sont vastes et nombreux. Je fais partie de plusieurs comités parlementaires sur la sécurité des chemins de fer et j'ai d'autres problèmes urgents à régler.

— Quel dommage ! Je suis certaine que mon père aurait aimé vous voir. Il vous appréciait beaucoup… autrefois.

Elle entendit Jack reprendre son souffle. Était-elle allée trop loin ? Mais elle refusait de s'excuser. Le départ brutal de Jack, sept ans plus tôt, avait profondément affecté son père. Il avait cherché à le cacher, mais Emma savait que son père lui en voulait de lui avoir fait perdre l'un des ingénieurs les plus prometteurs de sa génération.

— Je retrouverai mon chemin, Miss Harrison, conclut Jack. Transmettez mes amitiés à votre père. Autrefois, il me traitait comme un fils.

Le brouillard engloutit sa silhouette noire. Jack s'en était allé. Il avait sans doute emprunté un réseau ferré pour rentrer à Londres. Et reprendre le cours de sa vie.

Elle était en sécurité. Le projet était en sécurité. Il le fallait. Sauf qu'elle était passée à deux doigts de la catastrophe.

Emma revint d'un pas chancelant vers la cabane. Elle avait envie de pleurer. Pourquoi n'arrivait-elle pas à tenir sa langue ? Tout s'était très bien déroulé entre elle et Jack jusqu'à ce qu'elle fasse resurgir à deux reprises le passé.

Jack ne s'était pas marié. Mais il finirait par le faire, avec une jeune et belle débutante. Il avait de l'argent et ses entrées dans la société à présent. Les ingénieurs brillants comme Stephenson, Brunel et Jack Stanton étaient les bienvenus sur le marché du mariage. Par ces temps de paix, ils étaient aussi bien considérés que des héros de la guerre. Des hommes qui osaient imaginer l'impossible et qui concrétisaient leurs rêves.

Sept ans plus tôt, Emma avait fait un choix. Elle avait choisi le devoir plutôt que les sentiments. Au moins, son entrevue avec Jack était terminée et ils savaient tous les deux à quoi s'en tenir. C'était mieux ainsi. Elle allait terminer de traiter la correspondance de son père, puis elle reviendrait à sa vie calme et monotone, confortée dans l'idée que cette rencontre avec Jack Stanton n'avait fait que prouver qu'il n'y avait plus rien entre eux. Il ne chercherait plus à revenir.

Oui, sa vie continuerait comme avant, songea Emma. La construction du pont se terminerait et elle trouverait un moyen de conserver le donjon. Son rêve à elle.

Le passé, sous la forme de Jack Stanton ou de toute autre chose, s'évanouirait comme un lointain souvenir.

Emma Harrison désirait qu'il s'en aille. Elle avait tout manigancé pour le forcer à partir aussi vite que possible. Et il avait laissé sa fierté l'emporter sur la logique. Chose qu'il s'était juré de ne jamais faire.

Assis sur la banquette du fiacre, le dos droit comme un I, Jack se tourna pour regarder le chantier ainsi que les cloches de l'église Saint-Nicolas qui sonnaient deux heures.

Les remparts du château étaient enveloppés d'une épaisse couche de brouillard. Combien d'autres accidents allait-il se produire ? Emma avait de la chance que le garçon n'ait qu'une foulure. Le chantier avait besoin d'être correctement supervisé, chose que Miss Harrison et son contremaître paraissaient incapables de faire.

Emma Harrison lui cachait quelque chose d'important.

Elle n'était pas au courant de la lettre que son père lui avait envoyée et elle se méfiait des raisons de sa présence. Il ne pouvait que la croire, cependant, lorsqu'elle avait soutenu que le courrier dans lequel il avait annoncé vouloir modifier la date et l'heure de sa venue n'était jamais arrivé.

Pourtant, il y avait quelque chose de louche dans le comportement d'Emma. Jack avait l'impression qu'elle lui avait tendu un piège et qu'il avait foncé droit dedans.

Il passa une main lasse sur ses yeux. Oui, il avait fait ce qu'il s'était juré de ne jamais faire. Il s'était laissé distraire par le passé. Emma l'avait interrogé sur sa vie privée et lui avait demandé s'il était marié. Il avait réagi à sa question et elle avait ainsi réussi à le distraire. Une première fois. Puis, voyant sa réaction, elle avait recommencé après qu'ils eurent sauvé le jeune garçon. En faisant resurgir le passé, elle avait manœuvré pour le faire fuir et n'avait jamais vraiment répondu à sa question à propos de la santé de son père.

Ce n'était pas ainsi qu'il pouvait prétendre mener le jeu. Il devait le faire selon ses règles à lui, et non les siennes. Pourquoi donc le père d'Emma lui avait-il envoyé cette lettre ?

Jack s'efforça de réfléchir. Il devait y avoir un moyen de contourner Emma, afin de satisfaire sa curiosité.

Ils étaient lundi. Lundi après le jour de paye, de surcroît. Edward Harrison était un homme qui se vantait de toujours respecter ses habitudes, des habitudes qui valaient pour toute une vie.

Jack cogna sur le plafond du fiacre avec sa canne.

— J'ai changé d'avis. Nous n'allons plus à la gare mais à Hood Street. Vite.

Il s'adossa contre la banquette en cuir.

— Et maintenant, voyons ce que vous pensez de mes règles, Miss Harrison.

*
* *

Elle ne pouvait qu'être là.

Emma fouilla pour la troisième fois dans le rapport.

Le bruit de l'horloge posée sur la cheminée emplissait la salle à manger de son cliquetis monotone. Un feu brûlait dans l'âtre. Emma préférait infiniment la chaleur de cette pièce à l'ambiance austère du salon. L'éclairage au gaz qui venait d'y être installé diffusait une lumière jaunâtre qu'elle n'aimait pas.

Les documents qu'elle avait ramenés du chantier étaient étalés sur la table de la salle à manger. La réponse permettant de sauver ce donjon devait se trouver quelque part dans l'une de ces études et ses myriades de calculs, mais Emma ne cessait de penser à Jack Stanton et aux raisons de sa venue. Quelqu'un avait dû divulguer quelque chose à propos de son père. Jack n'était jamais revenu à Newcastle avant ce jour.

Plusieurs épingles s'étaient échappées de sa coiffure et ses cheveux, si soigneusement attachés un peu plus tôt, tombaient librement sur ses épaules. Ses mains étaient couvertes de taches d'encre.

Emma se regarda brièvement dans le miroir suspendu au-dessus de la cheminée. Son image n'était certainement pas celle d'une lady qui attendait de la visite, songea-t-elle en faisant la grimace.

Veiller sur son père s'avérait difficile. Il était un patient bien plus exigeant que ne l'avait été sa mère, qui avait accepté avec beaucoup de complaisance sa condition de malade et sa vie d'invalide.

Malgré ce qu'il lui avait dit au petit déjeuner ce matin-là, son père avait choisi de ne pas rompre avec ses habitudes. Il était parti passer l'après-midi à son club. Emma pinça les lèvres. Elle n'aurait jamais dû lui faire confiance lorsqu'il lui avait dit qu'une visite du chantier était nécessaire. Si elle était restée à la maison, il aurait eu plus de mal à désobéir aux ordres du médecin.

Cela dit, elle n'aurait alors jamais revu Jack Stanton. Et elle n'aurait pas été là pour participer au sauvetage de Davy Newcomb. Un petit frisson la parcourut.

Elle devait réfléchir à la manière d'aborder la visite de Jack Stanton avec son père. Inutile de l'ennuyer avec un compte rendu détaillé. Les répercussions éventuelles arriveraient par la poste. Elle verrait le moment venu. En revanche, son père devait être informé de l'accident et s'entretenir avec Mudge à ce propos.

— Ma fille, ma fille ! claironna alors son père dans le couloir.

Emma fit la grimace. La voix de son père était stridente un jour et faible le lendemain. Elle avait repéré ces changements beaucoup trop souvent dernièrement. Combien de verres de punch avait-il bus ?

— Papa, où étiez-vous ? demanda-t-elle en se levant.

Elle ignora ses épingles à cheveux qui s'étaient éparpillés. Elle les rangerait plus tard.

— Je commençais à m'inquiéter, ajouta-t-elle.

Son père entra dans la pièce. Sa redingote noire était légèrement trop grande pour sa corpulence et ses yeux étaient un peu troubles.

— Nous sommes lundi avant le jour de la Saint-Nicolas, expliqua-t-il. Je suis allé au club. Croyais-tu que j'allais rater les derniers préparatifs avant le bal ? Je voulais avoir voix au chapitre. Le punch était beaucoup trop dilué l'année dernière.

— Vous savez ce qu'a dit le Dr Milburn, papa, dit Emma en faisant signe à Fackler, le majordome.

Ce dernier prit discrètement le manteau de son père et lui tendit sa robe de chambre.

— Ce charlatan. Mais que sait-il donc ?

— Charles Milburn est un membre respecté du Collège royal de médecine, et en aucun cas un charlatan, protesta Emma.

Son père laissa Fackler l'aider à enfiler sa robe de chambre.

— Depuis que la veuve qu'il convoitait a mis la main sur son avocat, je pense qu'il vient ici pour tourner autour de toi, Emma. Tu pourrais trouver bien pire parti que lui, cela dit.

— Autrefois, vous vouliez que j'épouse un aristocrate.

— C'était le souhait de ta mère, ma fille, corrigea son père en souriant. Je savais qu'elle ne reposerait pas en paix tant que l'une de ses filles ne serait pas devenue duchesse. Elle a vraiment souffert de la perte de son titre lorsque son père est mort et que le titre est allé à sa cousine. Je voulais que tu sois heureuse.

— Je suis heureuse, père. J'ai fait des choix de vie, vous vous rappelez ? Je n'ai aucun regret, affirma Emma. Vous vous souvenez de toutes les demandes que j'ai reçues… avant que maman ne tombe malade ?

— Tu auras bientôt vingt-six ans, il ne faudra pas faire la difficile. Si ce n'est pas ce médecin, sache qu'il y a beaucoup d'hommes disponibles au club. Peut-être pourrais-tu épouser un veuf avec des enfants.

Emma grinça des dents. Il était inutile d'expliquer à son père que le Dr Milburn sentait le peppermint et qu'il avait les mains moites. Elle croyait qu'ils avaient réglé la question du Dr Milburn depuis des mois mais, manifestement, elle s'était trompée.

— Si je me marie, qui veillera sur vous ?

— C'est vrai, convint son père en poussant un soupir satisfait. Tu fais une très bonne garde-malade, Emma. Ta défunte mère me le disait souvent.

Emma ignora le commentaire. Elle ne voulait pas trop penser à sa mère et à son courage face à la maladie. Elle connaissait la vérité, les scènes et les crises. Elle avait failli devenir folle d'ennui à rester à son chevet, corvéable à merci, jusqu'à ce qu'elle découvre les manuels de physique de son père. Elle avait appris les mathématiques supérieures et le dessin industriel.

— Si vous vous sentiez assez bien pour aller au club, vous auriez pu vous rendre sur le chantier. Mudge a demandé après vous. Il y a eu un accident. Davy Newcomb est tombé du haut des remparts du château.

— J'entends bien. Mais le jeune Davy ne souffre de rien d'autre que d'une vilaine entorse. Dans quelques semaines, il sera de retour. Sa famille a besoin de chaque penny qu'il gagne.

— Qui vous l'a dit ?

— Ne crois pas que tu sois la seule personne à me donner des nouvelles.

Son père la regarda d'un air grave.

— Je ne suis pas sûre de bien comprendre.

— C'est le Dr Milburn qui m'a accompagné au club avec sa voiture. Je pouvais difficilement lui demander de m'amener sur le chantier. Il vient de s'acheter une nouvelle paire d'alezans.

— Maintenant, ce n'est plus un charlatan ? Vous avez une mémoire bien sélective, père.

Son père toussa de manière pathétique.

— Tu essaies de retirer à un vieil homme les derniers plaisirs qu'il lui reste.

— Je parle de responsabilités, et non de plaisirs.

— Ah, si seulement j'avais eu un fils…

Emma leva les yeux au ciel. Elle avait déjà entendu ce genre de lamentations.

— Vous avez eu deux filles, dont l'une est mariée à un baronnet. L'autre s'occupe de votre maison et essaie également de faire en sorte que la construction du pont se passe bien jusqu'à ce que le Dr Milburn vous déclare guéri.

— Tu ne devineras jamais qui j'ai croisé au club.

Son père se balança d'avant en arrière, un sourire satisfait aux lèvres.

Emma sentit un étrange picotement à l'arrière de la nuque. Elle pouvait presque imaginer que, si elle se retournait, il serait là, appuyé nonchalamment contre le chambranle de la porte, un sourire élégant aux lèvres.

— Jack Stanton.

— Jack Stanton, répéta son père tandis que son sourire suffisant s'évanouissait. Comment as-tu deviné ?

— Il est venu sur le chantier pendant que je m'y trouvais. Je lui ai montré les avancées des travaux, dit Emma. Il a dirigé le sauvetage du jeune Davy. Notre entrevue n'a pas duré plus de quelques minutes. Je me suis excusée pour vous.

C'était un petit mensonge, mais Emma refusait que son père s'inquiète. Quel mal Jack Stanton pouvait-il faire ? Il voulait que ce pont sorte du sol autant qu'eux.

Harrison and Lowe avait remporté l'appel d'offres. L'incident avec Davy ne se reproduirait plus jamais. Les hommes avaient été prévenus.

— Vraiment ? demanda le vieil homme.

Une étincelle brilla dans les yeux de son père.

— Et que penses-tu de lui ? ajouta-t-il.

— Que puis-je en penser ? Il s'en est bien sorti.

Emma pinça très fort les lèvres. Elle s'était déjà attiré des ennuis ce même jour avec ses remarques désinvoltes à Jack. Elle refusait d'être confondue une deuxième fois.

— Il s'en est bien sorti ? répéta son père. Il a fait fortune dans les chemins de fer. Il est millionnaire à présent, et très apprécié à Londres. Il pourrait être anobli, ainsi que Stephenson, s'il parvient à mettre en œuvre la ligne Londres-Édimbourg. Je refuse d'imaginer ce qu'il doit gagner par an. Cinquante mille livres, ou plus. Ce n'est pas si mal pour un garçon de l'assistance publique. Pas mal du tout.

— Je suis très heureuse pour Jack Stanton. Auriez-vous imaginé cela lorsqu'il travaillait pour vous ? Avec ses cols serrés et ses vêtements bon marché. Si sérieux, avec cet accent du Tyneside à couper au couteau.

Emma savait que ses propos lui venaient du côté le plus snob de sa mère. Ils étaient beaucoup trop sévères. Et la voix de Jack ne contenait plus qu'un lointain écho de son accent du Tyneside.

— Je me souviens que tu disais qu'il avait de beaux yeux, et d'autres balivernes comme celles-là. Ta très chère mère l'avait remarqué, elle aussi. Puis il est parti brusquement.

— Papa ! s'écria Emma.

Il fallait qu'elle reste calme et qu'elle se ressaisisse.

— Combien de punchs avez-vous bus aujourd'hui ? Je ne veux plus entendre d'âneries. Allez droit au but et dites-moi franchement ce à quoi vous pensez.

Son père acquiesça.

— Tu n'y verras pas d'objection, alors ?

— D'objection à quoi ?

Les picotements à l'arrière de sa nuque revinrent en force. Emma s'efforça de garder les idées claires. Si elle ne faisait pas plus attention à elle, elle risquait de se mettre à croire aux fantômes.

— À ce que vous quittiez discrètement la maison comme un enfant cherchant à échapper à ses devoirs ? tempêta-t-elle. À ce que vous buviez un verre de trop ? À ce que vous vous réveilliez demain matin avec la gueule de bois ?

Son père se balança d'un pied sur l'autre en fredonnant. Qu'avait-il donc manigancé ?

— Votre père m'a offert l'hospitalité, déclara Jack Stanton en se présentant avec nonchalance à la porte de la pièce. Il m'a invité à venir vivre avec vous.

Chapitre 3

Emma regarda Jack d'un air incrédule. Elle cligna les yeux, et pria pour que cette apparition ne soit que le fruit de son imagination. Mais l'apparition persista et s'appuya avec une grâce désinvolte sur le chambranle de la porte.

Jack avait ôté son chapeau haut-de-forme et avait posé sa canne, mais son regard était plus arrogant que jamais. Il la regarda de la tête aux pieds, et Emma le vit contempler sa robe bleue froissée puis ses cheveux en désordre, avant de s'attarder sur ses joues qu'elle sentait rouge feu.

Il avait de son côté une mise aussi impeccable que lors de leur première rencontre. Le pli de son pantalon couleur crème était d'une précision parfaite et sa redingote peinait à contenir la largeur de ses épaules.

Il lui avait dit qu'il comptait retourner à Londres, mais il avait donc fait un détour par le club de son père. De manière sournoise et fourbe.

Il était inutile de s'interroger plus longtemps sur la personne qui avait informé son père de l'accident. Ce dernier avait eu l'audace de se servir de l'excuse du Dr Milburn et de ses deux alezans. La bonne nouvelle était que Jack Stanton avait trouvé son père dans son état habituel.

Elle plaqua un sourire forcé sur son visage. Elle refusait de renouer les hostilités avec lui.

— Que nous vaut votre séjour à Newcastle, Mr Stanton ? Je croyais que vous deviez vous rendre ailleurs, que vous aviez des projets à terminer, en Europe et en Amérique du Sud, si mes souvenirs sont bons.

Jack haussa les sourcils et entra dans la pièce.

— J'ignorais vous avoir donné autant de détails sur mes projets, Miss Harrison.

— Vous m'avez laissé entendre que…

Un léger sourire plana sur les lèvres de Jack.

— Vous n'avez fait que des hypothèses, et celles-ci peuvent conduire à commettre des erreurs fatales. Il vaut toujours mieux vérifier concrètement ses informations.

— Jack a accepté de superviser la construction du pont en mon absence, intervint Edward Harrison. C'est une solution idéale à notre problème actuel. Il va rester ici avec nous. Je ne l'entends pas autrement. Il a été le héros du jour en sauvant le jeune Davy. La situation aurait pu être beaucoup plus grave, et Mrs Newcomb a déjà beaucoup souffert l'année dernière.

— Votre père peut se montrer très persuasif, souligna Jack Stanton.

Son sourire devint plus sarcastique, la mettant au défi. Emma prit une longue inspiration mais refusa de céder à la tentation de se mettre à crier. Elle voyait clair dans le jeu de Jack. Il était allé au club de son père dans le seul but de se faire inviter chez eux et de faire main basse sur le projet.

— Il me tarde que Jack me parle des ponts qu'il a construits en Amérique du Sud, reprit son père. Dire qu'une partie de mon savoir-faire est arrivée en tant de lieux exotiques.

Emma baissa la tête. C'était très bien joué. Jack avait brandi devant son père une carotte à laquelle il ne pouvait pas résister. Aucun doute qu'il avait également laissé entendre qu'elle était responsable de la mésaventure de Davy.

— Tu n'auras plus besoin de te soumettre à la corvée des visites sur le chantier, ajouta son père.

— Vous savez que j'aime le faire, papa, répondit Emma, la gorge serrée.

— Votre père est d'accord avec moi. Je vais prendre sa place le temps qu'il se rétablisse. L'air de l'hiver n'est pas bon pour un homme de son âge.

Le regard de Jack était brillant.

— Le chemin de fer que nous construisons l'exige, conclut-il d'une voix sans appel.

Emma enfonça les poings dans les plis de sa jupe. Elle voyait déjà les murs de la maison se refermer de nouveau sur elle. Elle allait devoir retourner à la ronde ennuyeuse des visites chez ses amies et se remettre à confectionner des objets inutiles pour le salon. De combien de pelotes à épingles avait-on réellement besoin ? De combien de napperons ?

Mais pire encore, Jack Stanton ne tarderait pas à découvrir que son père ne souffrait pas d'un simple rhume. Il ne manquait plus qu'il voie son père se réveiller sous un mauvais jour, quand la potion du Dr Milburn ne semblait plus lui faire aucun effet. Il se mettait à divaguer, à se plaindre de maux d'estomac. Ces jours-là, Emma se rappelait toujours avec horreur les derniers moments de sa mère. Ensuite, tout se mettrait en route : les offres pour racheter Harrison and Lowe, la prise de contrôle de l'entreprise. Son père se verrait retirer tout ce pour quoi il vivait.

Elle leva la tête et croisa le regard sombre de Jack.

— Combien de temps comptez-vous rester pour superviser le projet ?

— Puisque votre père ne souffre que d'un léger refroidissement, je pense que je n'occuperai mes fonctions qu'un court laps de temps. Je serai parti avant les fêtes de Noël.

Jack vit Emma serrer un document dans ses doigts. Elle paraissait très contrariée par la nouvelle de son séjour à Newcastle. Parfait. Il n'avait pas l'intention de la laisser ruiner le projet du pont juste pour satisfaire son envie déplacée de faire de l'ingérence ou pour lui donner un prétexte de briser la monotonie de ses journées, alors qu'elle n'avait pas la formation requise.

— Écoute, ma fille. Tout est arrangé. Même si j'espérais réussir à convaincre Jack d'être l'invité d'honneur de la Fête de l'oie donnée par Harrison and Lowe la veille de Noël, ajouta Edward Harrison en se tournant vers lui.

— Je suis certaine que vous irez mieux d'ici là, papa, répondit Emma en s'efforçant de sourire.

Son père passa alors une main lasse devant ses yeux et chancela légèrement.

— Si vous voulez bien m'excuser. Je crains que le médecin n'ait eu raison cette fois. J'ai un peu abusé de la boisson, mais ce punch était excellent.

Emma s'avança pour l'aider mais il lui fit signe de s'éloigner. Bientôt, son pas irrégulier résonna dans le couloir.

Jack ne fit aucun geste pour s'en aller. Il resta debout devant elle à la fixer d'un regard pénétrant.

Allait-il lui demander une nouvelle fois quel était le véritable problème de son père ? Ou bien mettrait-il son état sur le compte d'un abus d'alcool ?

L'horloge posée sur le manteau de la cheminée tinta et Emma sursauta.

— La Fête de l'oie ? demanda Jack en haussant les sourcils. Pourriez-vous me dire de quoi il s'agit ?

— Harrison and Lowe organise une fête de Noël pour les employés et leurs familles. Elle a lieu la veille de Noël, après le loto du Club de l'oie, expliqua Emma sans chercher à cacher son enthousiasme.

C'était un sujet qu'elle pouvait aborder sans problème.

— Mon père s'est inspiré du dernier livre de Charles Dickens, *Un chant de Noël.*

— Je suis certain que ma compagnie sera ravie d'apporter son aide, dit Jack en riant doucement. Nous sommes tout aussi désireux que votre père de conserver la fête de Noël. Le roman de Dickens n'a pas seulement transformé le regard de Mr Harrison sur cette fête, mais celui de tout le pays. Nous ne fêtions pas beaucoup Noël quand j'étais enfant, mais chaque année cette fête semble prendre de l'ampleur.

— Ressembliez-vous à Scrooge, Mr Stanton ?

— Pas du tout. Je célèbre Noël comme tout un chacun. Je ne faisais qu'une simple observation. Parlez-moi un peu plus de cette fête que vous organisez. Je pourrais avoir une suggestion ou deux à vous faire.

— C'est l'affaire d'Harrison and Lowe, répliqua Emma en pinçant les lèvres.

Elle savait comment les choses se passaient. Un petit coup par-ci, un autre par-là, et soudain l'idée échappait à celui qui l'avait lancée.

Non, la Fête de l'oie devait rester un événement à part. Harrison and Lowe avait besoin de son indépendance. Emma n'ignorait pas comment fonctionnaient ces grandes entreprises ferroviaires : de manière impersonnelle. Elles permettaient juste à leurs ouvriers de prendre un congé à Noël pour économiser quelques journées de salaire. Mais Harrison and Lowe avait à cœur le sort de ses employés.

— Je ne voulais que vous proposer mon aide, se défendit Jack.

— La Fête de l'oie n'a rien à voir avec la construction du pont, Mr Stanton.

— Je comprends, dit-il en s'inclinant devant elle.

Mais son regard demeurait indéchiffrable.

— C'est une chance que je sois venu superviser la construction, continua-t-il. De cette manière, vous allez pouvoir vous concentrer sur la fête.

— On peut le voir sous cet angle.

Emma attendit qu'il lui souhaite bonne nuit et qu'il quitte la pièce. Il était inutile qu'ils feignent de partager une amitié, ni même une cause commune.

Jack se frotta la nuque, commença une phrase puis sembla changer d'avis.

— Savez-vous pourquoi votre père a été touché par ce livre ?

Sa voix était devenue moins autoritaire.

— Ma mère a toujours aimé Noël.

Emma ne voyait aucune raison de lui cacher la vérité.

— Elle est morte il y a trois ans, et mon père porte un toast à sa mémoire tous les ans au moment de Noël. Il me plaît de croire qu'elle aurait aimé cela.

— Votre père m'a parlé de sa mort un peu plus tôt et j'en suis navré.

— Pourquoi ? C'était plutôt un soulagement.

Emma se dirigea vers la cheminée et s'attela à réorganiser les bibelots. Elle n'avait pas d'autres explications à donner. Elle n'avait pas envie d'évoquer les quatre années ayant précédé la mort de sa mère. Dès qu'elle eut retrouvé le contrôle de ses émotions, elle se retourna vers Jack qui l'observait d'un œil inquisiteur.

— Mon expérience auprès d'une invalide m'a aidée à choisir aujourd'hui mon chemin.

— Vous avez raison. Vous êtes vraiment devenue une vieille fille acariâtre.

Emma croisa son regard rieur et fut surprise de voir à quel point Jack était soudain devenu plus accessible.

— J'essaie en effet de trouver des avantages à ma situation. Les personnes sont si promptes à avoir pitié de moi.

— Et le fait de pouvoir dire ce que vous pensez en est un ?

— Je n'ai pas beaucoup de temps pour les politesses et les futilités, confirma Emma. C'est un soulagement de pouvoir m'exprimer librement.

— Vous avez raison : le célibat vous va très bien.

Il pouffa doucement.

— Je n'avais jamais remarqué que vous aviez un menton aussi volontaire, ajouta-t-il.

Emma avala sa salive et s'efforça de garder un ton léger.

— Mr Stanton, prenez-vous du plaisir à me provoquer ?

— Vous provoquer ?

— Vous semblez décidé à reprendre notre dispute de ce matin.

— Nous voulons tous les deux la même chose, Miss Harrison.

Il pencha la tête sur le côté et une mèche de cheveux tomba sur son front.

— Nous étions amis, lui rappela-t-il.

— C'était il y a très longtemps, dit Emma en baissant les yeux.

Le silence devint de plus en plus pesant. Emma s'efforça de ne plus penser à l'époque où Jack avait pris l'habitude de leur rendre visite. Elle aimait son rire et sa façon enjouée de parler, de rendre les projets de son père intéressants. Dire qu'elle les jugeait ennuyeux au début !

— Je peux trouver un autre hébergement si ma présence vous dérange.

— Vous ne me dérangez pas, répondit Emma très vite en secouant la tête.

Elle en avait terminé avec lui, et elle n'avait aucun regret.

Sa mère avait eu raison de la mettre en garde contre lui.

— Mon père semble bien décidé à ce que vous restiez avec nous. Comme il le dit, il aime parler de constructions et de ponts.

— Et vous, Miss Harrison, de quoi aimez-vous parler ? Quels sont vos sujets de conversation préférés ?

Il s'était exprimé d'une belle voix grave, censée l'amadouer. Emma se demanda combien de femmes y avaient succombé.

— De quoi voulez-vous parler ? insista-t-il.

— D'autres choses que de nœuds et de rubans.

Elle traversa la pièce d'un air altier, afin de montrer à Jack qu'elle était immunisée contre son charme et ses manières exaspérantes.

— Miss Harrison ?

Sa voix grave l'arrêta. Elle s'immobilisa, la main sur la poignée de la porte.

— Ai-je oublié quelque chose ? demanda-t-elle. Les domestiques vous montreront votre chambre.

— Je voulais vous rassurer de nouveau sur le fait que les fondations seront coulées en temps et en heure.

— Cela a toujours été le cas.

— Sous votre supervision ?

— Si nécessaire. Je vais peut-être vous surprendre, mais je sais lire un plan. Et diriger des ouvriers n'est pas plus difficile que de commander des domestiques.

— Rien ne me surprend avec vous, commenta Jack à voix basse.

Emma ferma très vite la porte derrière elle, certaine de l'avoir entendu rire.

Elle n'aurait pas dû s'enfuir précipitamment et céder ainsi du terrain à Jack Stanton.

Emma arpentait sa chambre tandis que sa chemise de nuit lui balayait les chevilles. Normalement, elle aurait dû être en train de dormir mais, à chaque fois qu'elle fermait les yeux, elle voyait le visage de Jack, avec ses sourcils haussés et son air perplexe. Elle ne pouvait pas être attirée par cet homme. Elle était à bout de nerfs, c'était tout.

Pourquoi Jack Stanton s'était-il manifesté, alors que tout se passait comme elle l'avait prévu ?

Et qu'adviendrait-il le lendemain, lorsqu'il se rendrait sur le chantier ? Mudge serait-il loyal à l'égard de son père, ou profiterait-il de l'occasion pour se faire bien voir ?

Il devait bien y avoir un moyen de cacher à Jack Stanton la maladie de son père.

Soudain, un gémissement interrompit ses pensées. Emma se figea et l'entendit de nouveau. Son père était encore en train de faire un cauchemar. Ses crampes d'estomac étaient revenues, accompagnées des sueurs nocturnes. Il en avait beaucoup trop depuis quelque temps. Cela lui rappelait les derniers jours de sa mère.

Elle s'empara de la potion du Dr Milburn et d'une bougie, et pria pour que Jack n'ait rien entendu.

— Dormez bien, père.

Emma ferma doucement la porte de la chambre de son père. Ses yeux étaient douloureux de fatigue.

Elle était soulagée d'avoir entendu les gémissements de son père avant qu'il ne réveille toute la maison. Elle lui avait donné une dose de sa potion spéciale, même s'il se plaignait de son goût métallique. Il s'était ensuite lourdement endormi.

Sa bougie projetait des ombres longues devant elle tandis que ses pieds s'enfonçaient dans l'épais tapis oriental qui courait dans le couloir.

— Miss Harrison, quelque chose ne va pas ? J'ai entendu quelqu'un se lamenter.

Emma sursauta et poussa un petit cri. Des gouttelettes de cire volèrent sur le tapis. Jack Stanton se tenait dans l'embrasure de sa porte, les mains sur le chambranle. Sa chemise blanche flottait par-dessus son pantalon moulant.

— Vous ai-je dérangé ? demanda Emma.

— Non, pas du tout.

Elle essaya de détourner son regard du creux sombre que formait la gorge de Jack.

— Mais je vous ai fait peur, constata-t-il. Si vous ne faites pas plus attention, vous allez vous brûler.

Il tendit le bras et lui prit la bougie des mains. Ses doigts effleurèrent les siens. Un petit frisson remonta le long de son bras et elle baissa rapidement les yeux.

— Je ne m'attendais pas à voir quelqu'un.

Emma espérait que sa chemise de nuit soit assez longue pour cacher ses pieds. Pourquoi n'avait-elle pas pris le temps d'enfiler une tenue plus correcte ? Pourquoi apparaissait-elle toujours à son désavantage ? Ses cheveux négligemment tressés tombaient sur une épaule.

— Tout va bien à présent, le rassura-t-elle.

— Quelque chose ne va pas.

La voix de Jack l'enveloppa, grave et chantante, presque comme une caresse, la retenant et la clouant sur place.

— Confiez-vous à moi, insista-t-il.

Emma secoua la tête pour reprendre ses esprits. La voix de Jack était comme un leurre, un piège soyeux destiné à capturer les imprudents.

— Je n'ai rien à vous confier.

— Il y a bien quelque chose qui puisse expliquer pourquoi vous vous promenez ainsi en pleine nuit.

Il la regardait à travers ses paupières plissées, et Emma

se rappela qu'il était dangereux, qu'il était son ennemi, un pirate qui pillait les entreprises comme la sienne.

— Je suis allée voir mon père, avoua-t-elle finalement. Il m'avait appelée, ajouta-t-elle d'un air aussi désinvolte que possible.

— Son rhume a-t-il empiré ?

— Il respire bien, affirma-t-elle. Je pense que mon père a bu trop de punch au club. Je ne voulais pas qu'il réveille toute la maison comme il l'a fait la dernière fois.

— Ah oui, en effet, nous avons bu beaucoup de punch, répondit Jack avec un sourire narquois.

Emma souffla et sentit un poids quitter ses épaules. Il la croyait. Elle devait partir avant que sa langue ne fourche.

— Si vous voulez bien m'excuser, il est tard.

Jack Stanton la parcourut du regard de la tête aux pieds.

— Très tard, en effet.

Emma voulait serrer son châle plus étroitement. Elle se tenait devant Jack Stanton, l'homme qu'elle avait refusé d'épouser sept ans plus tôt, celui qui menaçait maintenant de détruire sa vie. Elle ne se sentait plus attirée par lui et, pourtant, elle se souvenait de la douceur de ses doigts lorsqu'il l'avait aidée à avancer sur le terrain accidenté autour du château.

— Je vous souhaite une bonne nuit, répondit-elle.

Le regard de Jack étincela.

— J'ai promis à votre père de prendre soin du chantier et de lui en rapporter les avancées. Il n'y aura plus d'accidents dus à de la négligence.

— C'est ce que je pensais que vous feriez. Bien entendu, la question est sans intérêt pour moi, conclut Emma en reprenant la bougie.

Cette fois, elle la tint fermement dans sa main pour empêcher la flamme de vaciller.

— Vous n'avez jamais su bien mentir, Miss Harrison.

Sur ce, Jack tourna les talons et retourna dans sa chambre.

Emma résista à la tentation de se mettre à hurler.

Mordillant son toast du bout des dents, les yeux tournés vers la porte du salon du petit déjeuner, Emma s'efforça de prendre un air nonchalant. Si jamais elle croisait Jack, elle pourrait peut-être le persuader de l'emmener sur le chantier. Quelqu'un devait expliquer la situation à Mudge.

— Avez-vous l'intention de me tendre un piège et d'insister pour vous rendre sur le chantier ? s'enquit Jack d'une voix sarcastique dès qu'il fut entré.

Emma émietta du pain entre ses doigts, contrariée de voir que son stratagème avait rapidement été déjoué.

— Je n'en avais nullement l'intention. Je pense que Mudge est capable de répondre à toutes vos questions, répliqua-t-elle en grinçant des dents.

— Je suis heureux de savoir que vous avez une telle confiance en votre contremaître.

— Il travaille avec mon père depuis six ans.

— Mais quelque chose chez lui vous ennuie, dit Jack en plissant les yeux d'un air inquisiteur.

L'image qu'il renvoyait contrastait terriblement avec celle de l'homme qu'elle avait croisé la nuit précédente. Dans l'obscurité, il ressemblait à un animal indomptable alors que, ce matin, il répondait en tout point à l'image de l'homme d'affaires prospère. Rien dans sa tenue ne dépassait.

Ses gants blancs brillaient contre sa canne et son chapeau haut-de-forme était d'un noir profond et luisant. Mais quelque chose dans sa démarche respirait le danger, comme chez un félin sauvage.

— Il est très insistant sur le tracé actuel du pont, expliqua Emma. Il pense que sauver le donjon du château relève d'une folie romantique.

— Est-ce le cas ?

— Je ne crois pas aux histoires romantiques, Mr Stanton. Et vous ? demanda-t-elle en le regardant durement.

— Si je n'y croyais pas, je ne construirais pas de ponts au-dessus de gouffres immenses, répondit Jack de manière énigmatique.

Il effleura son chapeau du bout des doigts et partit.

— Tu l'as vu ? s'enquit Lucy Charlton lorsque Emma entra dans le salon de la jeune femme.

Étant donné les circonstances, Emma avait décidé qu'il était préférable pour elle de faire sa tournée de visites plutôt que de fulminer chez elle.

Heureusement, c'était au tour de l'une de ses plus vieilles amies de recevoir chez elle. D'autres femmes étaient présentes, en particulier la mère de Lucy et sa belle-sœur célibataire. Elles étaient occupées à siroter délicatement leur thé, à broder et à manger des gâteaux.

— Vu qui ? demanda Emma, légèrement mal à l'aise. Qui est donc la victime des nouveaux commérages de Newcastle ?

— Jack Stanton, dit Lucy. J'ai entendu dire qu'il est venu superviser la construction du pont de ton père.

Mon pont, voulut corriger Emma. C'était *son* pont à elle. Mais elle se contenta de sourire poliment en s'asseyant avec grâce dans un fauteuil.

— Il loge chez nous, déclara-t-elle. Tu sais à quel point mon père aime parler de constructions.

Les femmes du salon éclatèrent de rire.

— Parle-moi de lui. Est-il aussi beau qu'on le dit ?

— Oubliez ça. Est-il riche ? demanda la jeune belle-sœur de Lucy en tapant dans ses mains.

Ses yeux bleu vif brillaient et ses boucles dorées se balancèrent.

— J'ai entendu dire que sa propre voiture et un attelage de chevaux gris étaient arrivés depuis Londres par le train ce matin même. Il gagne plus de vingt mille livres par an. Vous imaginez ?

Un frisson d'excitation ébranla le groupe de femmes, leurs questions fusèrent toutes en même temps. Elles posèrent leurs coussins à épingles, leurs éventails et leurs tasses tandis que la pièce se mettait à bourdonner.

— Laissez parler Emma, intervint Lucy en souriant. Parfois, Lottie, je pense que Henry a raison de dire que vous êtes moins polie qu'un babouin.

Lottie se recroquevilla en faisant une moue étudiée.

— Mais je veux seulement savoir.

— Il est originaire de Newcastle, déclara Emma. Il travaillait autrefois pour mon père. Il est parti il y a sept ans et est revenu hier.

Emma se demanda comment elle allait faire pour détourner la conversation. Elle ne désirait nullement songer à Jack Stanton.

— Emma Harrison, vous devez en connaître long sur lui, dit Lottie en se penchant vers elle. Dites-moi tout ce que vous savez. Vu votre âge, vous devez vous rappeler comment il était lorsqu'il vivait ici. Maman ne se souvient de rien. Je veux savoir. Vingt mille livres… Est-ce possible ? Un homme peut-il vraiment gagner autant d'argent ?

— J'ai le même âge que Lucy, répliqua Emma en regardant calmement Lottie.

Elle refusait de se laisser atteindre par les petites piques de cette jeune fille espiègle.

— Mais elle est mariée et elle a deux enfants. C'est suffisamment parlant, cracha Lottie.

Ses lèvres s'incurvèrent en un sourire mauvais.

— Emma est une relique d'une vieille époque, conclut-elle.

Emma s'efforça de ne pas broncher tandis que le reste de l'assistance retenait son souffle.

— Cela suffit, Lottie, taisez-vous et arrêtez d'être grossière, dit Lucy en tournant vers elle un visage impassible.

— Emma, ma chère, ne prêtez pas attention à Lottie. Elle manque un peu de délicatesse et est surexcitée ce matin.

— Ce que dit Lottie m'est complètement égal, dit Emma en décochant un sourire à son amie. Je n'ai nullement l'intention de lui en vouloir. Elle échauffe suffisamment les esprits comme cela.

L'assemblée éclata de rire et l'harmonie fut rétablie. Même Lottie se joignit à elles, tout en réfléchissant malgré tout à sa réplique.

— Et maintenant, pouvons-nous parler de nos tenues de bal ? lança Lucy en se raclant la gorge. Je me disais que la robe en soie crème mettrait très bien en valeur le teint de Lottie.

— Mais elle possède trop de dentelles, répliqua Lottie en faisant une petite moue. J'aimerais aussi qu'elle soit un peu plus décolletée. Je suis certaine que je vais être très demandée mais je garderai une danse pour ce cher Mr Stanton.

Elle baissa les yeux et battit des cils en entendant les autres femmes soupirer. Emma se contenta de hausser les sourcils tandis que Lucy entraînait la conversation vers d'autres sujets.

La discussion se poursuivit autour d'elle, mais Emma ne cessait de penser à Jack Stanton et au bal de la Saint-Nicolas. Elle ne pouvait pas se rendre à ce bal et regarder les femmes tourner autour de Jack Stanton comme autour d'un trophée. Elle tapota du doigt contre un coussin à épingles et sourit soudain. Elle avait une excuse parfaite : l'état de santé de son père.

— Mr Stanton, nous avons un problème, déclara Mudge en entrant dans le bureau, l'air gêné. L'un des blocs de pierre que vous vouliez dresser est tombé sur des outils. Vous allez devoir laisser les hommes partir plus tôt. Il est beaucoup trop tard pour s'en occuper maintenant.

Jack haussa les sourcils. Il s'attendait à ce qu'un incident comme celui-là se produise un jour ou l'autre. Les ouvriers avaient prévu de le tester et de voir quel superviseur il était. Ils voulaient savoir s'il connaissait son travail ou s'il n'était qu'un homme qui lançait de grands mots sans rien connaître à la construction. Il enfila sa redingote et regarda sa montre.

— Il reste encore au moins deux heures avant la tombée de la nuit, rétorqua-t-il. Je pense que le problème sera facilement résolu d'ici là.

Mudge resta bouche bée.

— Vous êtes sûr de vouloir intervenir, sir ?

— Tout à fait.

Jack regarda l'imposant contremaître droit dans les yeux.

— Je pense qu'il est temps que les hommes voient de quoi je suis capable.

— C'est vous le patron…, conclut Mudge en s'inclinant devant lui.

— Conduisez-moi.

Jack considéra le bloc de pierre, judicieusement disposé pour avoir l'air d'être tombé accidentellement. Le problème n'était pas difficile à résoudre, mais assez délicat pour poser un réel souci à un homme sans aucune connaissance. Jack sourit intérieurement. Mudge devait se croire très intelligent en testant son nouveau superviseur.

Jack saisit un marteau et le soupesa. Derrière lui, il entendit les paris fuser. Les hommes ne changeraient jamais. Il devait leur montrer qu'il n'était pas là pour plaisanter. Il souleva le marteau et l'abattit sur la pierre qui craqua. Il sentit le frémissement de l'impact et parvint à briser la pierre en deux parts égales. Il ferma les yeux de soulagement et bénit son premier contremaître qui l'avait forcé à apprendre cette technique.

Mudge et les autres hommes le regardèrent bouche bée. Ils s'attendaient certainement à ce qu'il leur demande un palan. Ou qu'il choisisse la mauvaise approche.

— Une fois de plus, c'est la solution la plus directe qui fonctionne, dit Jack en se frottant les mains. Les outils sont maintenant accessibles.

— Oui, sir.

Il vit le respect dans le regard des hommes.

Jack s'apprêta à repartir dans son bureau. Il fit une pause, se retourna et leur fit face.

— Je veux que tous les outils qui ont disparu du chantier du temps où Miss Harrison supervisait le site soient rendus. Je ne poserai aucune question, mais je veux les voir revenir. Sinon, je devrai supprimer des postes.

Il vit l'étonnement sur leurs visages et quelques joues s'empourprer. Il savait que sa remarque avait fait mouche. Il mettrait un point d'honneur à diriger correctement ce chantier jusqu'à ce qu'Edward Harrison soit capable de reprendre son poste.

— Vous vous êtes surmené hier, dit Emma en entrant dans le bureau de son père.

Elle le trouva enveloppé dans des couvertures avec une poche de glace sur la tête.

— Vous avez bu plusieurs verres de punch de trop, conclut-elle.

— Quelle manière d'accueillir ton cher père…

Il ôta la poche de glace et tourna vers elle des yeux injectés de sang.

— Pourquoi ne puis-je plus boire autant de verres de punch qu'avant ? Et pourquoi le bruit des pas des domestiques est-il aussi assourdissant ?

— Pourquoi avez-vous invité Jack Stanton à séjourner ici et à superviser la construction du pont ? demanda Emma d'une voix calme. Je croyais que nous étions d'accord sur ce point.

— Ce ne sera que le temps que je me rétablisse, précisa son père en lui tendant la main. Après ce qui est arrivé au jeune Davy, comment pouvais-je faire autrement ? Je m'inquiète pour sa mère. Cela fait à peine un an que le père de Davy est mort. Encore une terrible histoire.

— Il est de retour chez lui à présent, avec sa mère et sa grand-mère. Le Dr Milburn a envoyé de ses nouvelles ce matin. J'envisageais de leur rendre visite.

— Tu es une femme de cœur, Emma. Ta chère mère serait fière de toi.

Son père se mit à tousser.

— Elle serait la première à dire qu'elle s'était trompée à propos de Jack Stanton, poursuivit-il. Elle avait l'habitude de dire qu'il ne ferait rien de sa vie, et regarde ce qu'il a accompli.

— Papa…

— Tu peux me mettre en garde autant que tu veux, Emma Harrison, mais rappelle-toi que je sais que Jack Stanton veut que ce pont sorte de terre, comme nous le voulons tous les deux.

— Et Robert Stephenson aussi, rétorqua Emma en

regardant fixement son père. Mr Stephenson pourrait venir superviser le chantier. Je suis sûre qu'il le ferait si vous le lui demandiez.

— Stephenson a d'autres ponts à construire. Celui-ci devra être en fer et en pierre, pas seulement en fer. Stanton est le seul homme capable de diriger les hommes dans ce cas. Je l'ai formé et j'ai confiance en lui.

Et elle ? Elle aussi avait été formée, voulut-elle lui crier. Mais un seul regard sur le visage de son père lui suffit à comprendre qu'il ne prendrait pas très bien cette suggestion.

— Maintenant, oublions les ponts et parlons de sujets plus agréables, lança Edward Harrison en se raclant la gorge. Le bal de la Saint-Nicolas. J'ai hâte d'y assister.

— Non, il n'en est pas question ! Je vous l'interdis ! s'écria Emma en croisant les bras sur la poitrine, prête à la bataille. Vous avez passé une très mauvaise nuit. Aller à un bal ne vous ferait aucun bien.

— Mais tu étais tellement excitée à cette idée hier matin. Je me souviens très bien t'avoir entendue dire que tu porterais une robe en soie rose.

— Cela ne veut rien dire, répondit Emma, l'air impassible. Vous savez ce que l'air du soir fait à votre poitrine.

— Mrs Charlton sera aux anges. Elle essaye de caser sa Lottie dans le premier quadrille depuis des mois.

Emma leva les yeux au ciel.

— Vous savez ce que je pense de cette femme et de son odieuse fille, père. Je ne vois Lucy que parce qu'elle est l'une de mes plus vieilles amies et qu'elle ne me rend pas souvent visite, préférant me laisser des cartons d'invitation.

— Mais tu l'as vue récemment, répliqua son père d'un air malicieux.

— J'ai vu Lucy ce matin, et Lottie était présente. Elle se vantait de ses récents triomphes.

Emma leva la main pour empêcher son père de répondre.

— Mais même l'idée de clouer le bec de Lottie ne me fera pas changer d'avis, conclut-elle fermement. Nous n'irons pas au bal.

— C'est toi qui n'as pas envie d'y aller, souligna son père. Tu veux te venger parce que j'ai invité Jack Stanton à séjourner ici. Tu fais exprès de faire la difficile.

Emma but une gorgée de thé.

— Je ne pense qu'à votre santé. Hier soir, vous avez encore fait des cauchemars. Vous aviez refusé de boire votre potion. Vous êtes ridicule.

— Vraiment ? demanda son père en lui tapotant la main. Je te connais bien, ma fille.

— Moi aussi, père. Et ce sera mon dernier mot.

— Ah, Stanton ! s'écria Edward Harrison sans prendre la peine de se lever de son fauteuil. Quelles sont les nouvelles du chantier ? Êtes-vous satisfait ?

— C'est comme votre fille me l'avait dit, annonça Jack en entrant dans le bureau. Les hommes sont revenus et se sont mis au travail.

Il avait passé une grande partie de la journée sur le chantier. Le contremaître s'était plié en quatre pour se montrer utile. Il avait fait quelques allusions à l'état de santé de Harrison sans jamais rien lui dire de concret. Sa façon d'agir n'avait fait que confirmer ses soupçons.

— Mudge m'a informé qu'il existait une deuxième étude du lit du fleuve, ajouta-t-il.

— Vous devriez demander à ma fille où elle se trouve, lui conseilla Harrison. C'est elle qui organisait tout dernièrement. Elle est très douée pour cela, Emma. Demandez-lui n'importe quoi, elle saura vous répondre.

Emma était la dernière personne à laquelle Jack voulait penser. La nuit précédente, dans le couloir, il avait été frappé par sa vulnérabilité. Non seulement elle s'occupait de son père, mais elle essayait aussi de faire le travail d'un homme.

— J'ai été impressionné par l'empressement de vos hommes à se mettre au travail.

— Oui, une fois qu'ils ont dépensé leur paye.

Jack partit à rire puis reprit son sérieux. Les traits d'Edward

Harrison étaient tendus par la fatigue. Il ne l'avait pas remarqué lorsqu'il l'avait vu au club. Harrison n'avait pas bien vieilli. Et malgré ce qu'Emma lui avait dit, il savait qu'une femme ne pouvait pas diriger une entreprise de construction. Pas une femme aussi jeune qu'elle.

— Harrison and Lowe jouit d'une excellente réputation, déclara Jack. Si vous désirez vendre votre participation, ma compagnie se fera un plaisir d'étudier le rachat de l'entreprise. En des termes favorables, évidemment.

Il résista à la tentation d'en dire plus. Le premier qui parlerait aurait perdu. L'horloge posée sur la cheminée tinta fortement. Jack résista encore à l'envie de meubler le silence, mais le laissa enfler jusqu'à la limite du supportable. À la façon dont la main de Harrison se tordait, il comprit qu'il n'était pas le seul à souffrir. Il voulait pousser l'homme à céder et à accepter son offre.

— Actuellement, je n'ai nullement le désir de vendre, répondit enfin Harrison.

— L'offre tient toujours, si jamais vous changez d'avis, dit Jack.

Il avait fait ce qu'il fallait.

Harrison finirait par comprendre que son offre était plus que juste. Dès que la nouvelle de sa maladie deviendrait publique, les vautours ne manqueraient pas de tourner autour de lui.

— J'ai bien compris et je saurai m'en souvenir le moment venu, mais il n'est pas encore arrivé.

Harrison se pencha en avant, le regard brillant.

— Dites-moi, que pensez-vous de ma plus jeune fille ?

— Miss Harrison ? Nous nous sommes à peine parlé aujourd'hui, répondit Jack en plissant les yeux.

Ainsi, il s'agissait de cela ? D'une tentative à peine déguisée de les marier ? Il avait déjà déjoué ce genre de pièges auparavant.

Il n'était pas prêt à renoncer à sa liberté, pas même pour acquérir Harrison and Lowe. Il y avait des limites.

— Puis-je vous parler franchement ? demanda Harrison en regardant par-dessus son épaule avant de continuer. J'ai besoin de votre aide pour une petite affaire. Cela concerne mon avenir et celui de l'entreprise.

— Parlez. Je suis heureux d'être mis dans la confidence, dit Jack en allant fermer la porte du bureau avant de s'installer dans le fauteuil en face de Harrison.

Ce dernier avait éveillé son intérêt. Il avait un projet en tête et si Jack parvenait à le satisfaire, il pourrait alors l'amener à étudier son offre sérieusement.

— Ma fille pense à tort que, parce qu'elle s'occupe de ma maison, elle peut me diriger. Elle s'est mis en tête que j'étais beaucoup plus malade que je ne le suis réellement.

Harrison sourit tristement.

— En résumé, elle m'embête et me refuse de petits plaisirs.

— Cela ne me regarde pas, riposta Jack en levant la main. Je me suis interdit de me mêler des affaires privées.

Il imaginait très bien ce qui s'était passé. Emma avait pris goût au pouvoir quand son père était tombé malade et, maintenant, elle souhaitait régenter toute sa vie. Elle s'était transformée en mégère.

— Quel dommage, dit Harrison. Tant que cette affaire ne sera pas réglée, j'ai bien peur d'avoir l'esprit trop occupé pour réfléchir à votre aimable offre...

— Parlez-moi de vos ennuis, et peut-être que nous pourrons trouver une solution, répondit Jack en se calant dans son siège.

Il écouterait Edward Harrison, puis il refuserait poliment. Emma n'était pas son problème.

— Elle refuse de me laisser aller au bal de la Saint-Nicolas. Je ne peux plus danser le quadrille comme autrefois, mais cela me fait beaucoup de bien de regarder les dames avec leurs jolies robes, expliqua Edward Harrison avec un clin d'œil. Et puis... Il y a cette veuve...

— Je vous souhaite bonne chasse, mais je ne vois toujours pas en quoi cette affaire me regarde. Dites à votre fille que vous allez vous y rendre, un point c'est tout, dit Jack.

Harrison devait se montrer plus ferme. S'il désirait vraiment aller à ce bal, alors il fallait qu'il le fasse et qu'il en assume les conséquences. Il accordait à Emma beaucoup trop de liberté.

— Ce n'est pas aussi simple. Emma… Je n'ai pas envie de me disputer avec elle. Or, elle s'est mis en tête d'éviter ce genre de divertissements.

— Votre fille a certainement de bonnes raisons de le faire. Je trouve pour ma part que les bals sont des endroits très ennuyeux.

— Oui, mais avant que ma femme ne tombe malade, Emma aimait beaucoup se divertir. Ce n'est plus le cas aujourd'hui. Je ne sais même plus si elle sait encore danser.

Harrison secoua la tête et poussa un long soupir.

— Parfois, elle prend ses obligations beaucoup trop au sérieux. Et je crains qu'elle n'approuve pas complètement cette veuve.

Jack serra plus fort sa canne. Il ne faisait aucun doute que la veuve en question ne venait pas d'un bon milieu et qu'elle était donc considérée comme indésirable. Emma avait bien été endoctrinée par sa mère.

Il fallait qu'elle reçoive une leçon. Et vite. Elle ne pouvait pas continuer à régenter la vie des gens comme cela lui chantait. Mudge s'était plaint de ses ingérences ce matin. Et maintenant, c'était au tour de son père. Il fallait que quelqu'un l'arrête.

— Vous désirez que je vous aide à assister à ce bal pour pouvoir courtiser votre veuve sans que votre fille le sache ?

— Vous m'avez très bien compris, Jack, dit Harrison en prenant l'air d'un renard rusé.

Jack hocha la tête. Le message était clair. S'il arrivait à convaincre Emma de participer à ce bal, Harrison étudierait sérieusement son offre de rachat. La situation pouvait alors tourner à son avantage. De plus, il se ferait un plaisir de donner une leçon à cette Emma Harrison qui en avait fortement besoin.

— Je ferai ce que je peux.

— Je n'oublie jamais un service, Jack.

— J'y compte bien.

Chapitre 4

Emma comptait pour la troisième fois le nombre d'oies qui devaient être servies pour la tombola du Club de l'oie. C'était toujours un moment difficile, et elle n'avait aucune envie de se tromper. L'indignation de Mrs Mudge lors du Noël précédent, lorsqu'ils s'étaient aperçus qu'il leur manquait une oie, lui restait encore en travers de la gorge.

Mais, aujourd'hui, elle semblait avoir du mal à se concentrer. Les lignes de chiffres dansaient devant ses yeux et se brouillaient pour laisser place aux traits sombres de Jack Stanton. L'avait-elle imaginé ou bien ses cheveux noirs bouclaient-ils légèrement à la base de son cou ? Quel effet cela lui ferait-il de sentir ses longs doigts sur elle pendant qu'ils valsaient ? Si jamais ils le faisaient. Emma se maudissait de s'être laissé troubler par les commérages de Lucy une fois qu'elle avait été de retour chez elle. Elle ne s'intéressait pas à Jack, se refusait à le faire. Rien ne pourrait la faire changer d'avis : elle n'irait pas à ce bal.

— Miss Harrison, pourrais-je vous voir quand vous aurez un moment ?

Jack entra d'un pas décidé dans le salon sans même avoir eu la politesse de frapper. Ses yeux noirs brillèrent en parcourant la pièce avec l'arrogance d'un lion surveillant son territoire.

Emma frémit. Soudain, la pièce lui parut très petite. Jack était beaucoup trop près d'elle, et trop viril dans un endroit aussi féminin, avec tous ses nœuds et sa décoration surchargée, souvenirs du règne de sa mère.

— Puis-je vous aider en quelque chose, Mr Stanton ? demanda-t-elle sur un ton glacial.

— Je l'espère. Il ne s'agit pas de grand-chose et je ne vous dérangerai qu'un instant.

Emma se leva. Elle était capable de jouer la comédie d'une manière parfaitement naturelle. Si son pouls s'était emballé, cela n'avait rien à voir avec Jack et tout avec son manque de sommeil. Elle chassa les commérages de son esprit.

— Êtes-vous satisfait concernant le pont ? demanda-t-elle.

— Le chantier avance admirablement bien.

— Dans ce cas, quelque chose ne va pas dans votre appartement ? Je suis certaine que Fackler se fera un plaisir d'y remédier, dit Emma.

— La chambre est très confortable et vos domestiques ont très bien accueilli mon valet.

— Mais quelque chose ne va pas, conclut Emma.

— Un bal est organisé dans la salle communale de la ville en vue de lever des fonds pour l'église Saint-Nicolas.

La voix de Jack l'enveloppa de sa chaleur.

— C'est la cinquième année qu'un tel bal a lieu, déclara-t-elle tout en se demandant où cette conversation allait les mener.

Elle allait devoir ramener leur échange sur le sujet du pont. Elle posa la main sur la copie de la dernière étude qu'elle avait lue et relue.

— C'est un grand événement, expliqua-t-elle. Ces bals sont tenus en grande estime. Leur réputation n'a cessé de croître depuis que Strauss est apparu avec son orchestre il y a huit ans.

Emma détesta la façon dont elle buta sur les derniers mots. Il n'y avait aucune raison que Jack se souvienne de leur première valse. De la première fois où il s'était rendu à un bal.

Elle avait enfoui cela profondément dans sa mémoire et l'avait à moitié oublié jusqu'à ce moment saugrenu où ce souvenir s'était brutalement abattu sur elle. Il était même encore plus poignant que celui de cette dernière valse qu'ils avaient partagée, juste avant que Jack ne la demande en mariage…

— Oui, vous avez dansé toutes les valses ce soir-là. Toujours avec un cavalier différent. Vous étiez très demandée.

Il y avait plus qu'une pointe d'ironie dans le regard de Jack.

— La vraie reine du bal, conclut-il.

— À cette époque, je vivais pour danser. Maman était désespérée par le nombre de chaussons de bal que j'usais.

— C'est vrai ? demanda-t-il en plissant les yeux.

— Oh ! oui, répondit Emma avec un petit rire. Elle avait l'habitude de plaisanter avec cela. Elle disait qu'il fallait que je trouve un mari assez riche pour m'acheter des chaussons.

— Avez-vous usé beaucoup de chaussons dernièrement ?

— Une dame n'est pas censée parler de l'état de ses chaussures avec un gentleman, répliqua Emma en levant fièrement la tête.

— Nous savons tous les deux d'où je viens, Miss Harrison, rétorqua Jack d'une voix devenue glaciale. Les garçons de l'assistance publique, même ceux qui ont fait fortune, sont rarement considérés comme des gentlemen dans les cercles les plus fermés.

Emma pinça les lèvres et s'efforça de tenir sa langue trop bien pendue. Elle savait très bien d'où il venait. Le père de Jack était mort quand il avait neuf ans. Le jeune orphelin avait fréquenté l'école et le collège publics avant d'être embauché comme apprenti par son père. Jack Stanton s'était beaucoup battu pour en arriver là où il était. Depuis, il avait acquis le vernis d'un gentleman à défaut d'être né avec.

— Je me rends régulièrement à des bals, répliqua vivement Emma tout en sachant qu'elle ne faisait que mentir.

Elle avait bien assisté à des bals. Toutefois, ces derniers temps, elle passait plus de temps à regarder son père jouer aux cartes ou à bavarder avec Lucy et d'autres jeunes femmes qu'à danser.

— Pourtant, je ne vous ai pas trouvée sur la liste des participants au bal de la Saint-Nicolas.

Emma poussa un soupir. Jack paraissait heureux de pouvoir changer de sujet.

— Est-ce si important ?

— C'est le bal le plus couru de l'année, d'après mes sources.

Un léger sourire plana sur ses lèvres.

— J'ai entendu dire que le punch y était délicieux, ajouta-t-il.

— Je n'ai pas l'habitude de boire du punch. Les alcools forts empoisonnent la vie de nombreuses personnes.

— Quel dommage… Mais ce n'est pas une raison pour priver de bal ceux qui aiment ce genre de divertissements.

Emma tressaillit. Soudain, le brouillard qui troublait son esprit s'évanouit comme s'il n'avait jamais existé. Cette conversation n'avait rien à voir avec Jack et son envie de valser avec elle, et tout à voir avec le désir de son père d'aller au bal.

Il avait sollicité l'aide de Jack, comprit-elle en croisant les bras sur sa poitrine.

Il n'allait pas la faire plier aussi facilement. Elle avait pris sa décision. C'était pour le bien de son père. Son état de santé devait rester secret. Le Dr Milburn l'avait prévenue qu'il fallait à tout prix qu'il évite les chocs.

— Vous avez parlé avec mon père ? demanda-t-elle.

— Il en a parlé. Il m'a dit à quel point il attendait cet événement tous les ans.

Jack fit un pas en avant et s'approcha si près qu'en tendant la main elle effleurerait la sienne. Cette pensée l'ébranla profondément.

— Dans ce cas, vous devriez savoir que je lui ai interdit de s'y rendre.

Emma garda les yeux braqués sur l'émouvante scène biblique accrochée au mur juste derrière l'épaule de Jack.

Elle aurait dû se douter que son père essaierait quelque chose dans cet esprit. Il fallait qu'elle reste calme. Elle n'avait nullement envie de revivre l'humiliation qu'elle avait subie chez Lucy. Si seulement Jack pouvait quitter le salon avant qu'elle ne lui révèle les véritables raisons pour lesquelles elle avait interdit à son père d'assister au bal. Cette idée la fit grimacer.

— Pourquoi cela, Miss Harrison ? demanda Jack en fronçant les sourcils. Votre père souffre d'un simple rhume. Pourquoi voulez-vous lui refuser ce plaisir ? J'ai vu à quel point il attendait ce moment au club hier.

— Je n'ai nullement envie que son rhume dégénère ! s'écria Emma.

Ce faisant, elle laissa échapper son stylo à plume de ses mains et le regarda rouler jusqu'à la chaussure parfaitement cirée de Jack.

Il le récupéra et le tint devant lui, l'air indécis. L'idée qu'il puisse effleurer ses doigts en le lui rendant la remplit d'excitation. Elle savait que ses joues étaient rouges, et sa gorge était devenue sèche. Cette attirance inexplicable qu'elle ressentait pour lui était comme une maladie.

Elle s'efforça de se détendre, mais éprouva une légère pointe de déception lorsque Jack posa le stylo sur la table et recula d'un pas tout en l'observant comme un chat le ferait avec une souris.

— Vous croyez donc que votre père risque de tomber gravement malade ?

— Non, pas du tout. Mais je refuse de le laisser compromettre sa guérison. Papa n'est plus tout jeune. J'ai déjà perdu un parent et je n'ai nullement envie d'en perdre un autre.

Jack haussa les sourcils.

— Votre père n'est pas à l'article de la mort.

— Pas pour l'instant ! s'écria Emma avant de s'interrompre pour reprendre le contrôle de ses émotions.

Elle ne pouvait qu'espérer que Jack n'accorde pas d'importance à cet éclat.

— Mais j'ai déjà vu sur lui les effets d'un surmenage, ajouta-t-elle.

— Miss Harrison, si votre père est tellement faible, il devrait peut-être envisager de vendre son entreprise.

Emma prit une courte inspiration. Il fallait qu'elle garde la tête froide. Elle en avait déjà trop dit. Vendre la compagnie à une personne comme Jack Stanton, qui avait la réputation de n'être attiré que par le profit, était la dernière chose qu'elle voulait. Il suffisait qu'elle fasse une seule allusion à la santé réelle de son père, et le prix de l'entreprise chuterait. Et Jack garderait-il tous les hommes ? Certaines familles travaillaient déjà pour Harrison and Lowe du temps où la compagnie appartenait à son grand-père.

— Ce n'est pas ce que j'ai dit, protesta-t-elle d'une voix ferme qui contrastait avec les émotions qui lui serraient l'estomac. J'espère que mon père va se remettre très vite. L'air du soir ne peut pas faire de bien à ses poumons.

— Pas plus que l'humidité du fleuve, riposta sèchement Jack.

— Les ponts sont toute la vie de mon père, Mr Stanton, dit Emma d'une voix enrouée.

— Je le sais, répondit-il calmement.

— J'ai encore beaucoup de travail pour organiser la Fête de l'oie, Mr Stanton, souligna Emma. Si vous n'êtes venu ici qu'en émissaire de mon père, peut-être pourriez-vous aller le trouver et lui dire que son stratagème n'a pas fonctionné. Je serai inébranlable sur ce point.

Elle désigna la porte de la tête. Jack devait se montrer poli à présent et partir. Elle attendit. Il ne bougea pas. À la place, il s'installa dans le fauteuil et s'empara du dernier numéro du *Newcastle Courant* en tournant bruyamment les pages.

Emma s'assit derrière le bureau.

— Mr Stanton, si vous voulez bien, j'essaye de travailler.

Les prunelles de Jack Stanton pétillèrent lorsqu'il posa le journal.

— Me mettez-vous au défi ? demanda-t-il. Est-ce pour cette raison que vous tenez ce document comme un bouclier ? De quoi avez-vous peur, Miss Harrison ?

— Je n'ai peur de rien.

Emma posa le document sur la table avec un bruit sourd.

— Je pense, Miss Harrison, que ce n'est pas votre père qui vous inquiète, mais vous, dit-il en la scrutant attentivement.

Il baissa le ton.

— Est-il possible que les dernières danses à la mode vous effraient ? La très demandée Miss Harrison n'a peut-être pas appris la polka ? Avez-vous peur de perdre votre dignité si durement acquise ? La polka, Miss Harrison, associe l'intimité d'une valse à la vivacité d'une gigue irlandaise.

Emma leva les yeux au ciel. Elle devait se contrôler et dominer sa colère.

— La polka est arrivée à Newcastle voilà plusieurs années, et j'en connais les pas. Comme à Londres, cette danse a ici un grand succès.

— Montrez-moi, lança Jack en se levant. Voulez-vous me faire cet honneur, Miss Harrison ?

Emma le contempla, bouche bée. Elle jeta un rapide coup d'œil vers l'endroit où Jack se tenait, la main tendue, et elle sentit sa bouche s'assécher. Que ressentirait-elle, enveloppée de nouveau dans ses bras puissants ?

— Cette pièce n'est pas assez grande pour une démonstration, répondit-elle.

— Je vous invite à prendre ce risque, Miss Harrison.

Jack s'avança vers elle, les deux mains tendues devant lui.

— La seule chose qui pourrait arriver serait que nous percutions des meubles. Des objets inanimés qui peuvent facilement être réparés.

— Mr Stanton, l'espace est trop restreint, répliqua Emma en essayant d'ignorer le petit frisson qui venait de la parcourir.

Son pouls s'emballa en songeant à la façon dont la main de Jack avait effleuré la sienne la veille.

— Je déteste imaginer que les bibelots de ma mère puissent être abîmés. Ce sont des souvenirs.

— Quel dommage. Mais s'il y avait assez de place, accepteriez-vous de danser la polka avec moi ?

L'ombre d'un sourire dansa sur ses lèvres.

— Simple hypothèse, ajouta-t-il.

— Oui, je ne vois aucune raison pour laquelle je ne danserais pas la polka avec vous. L'expérience pourrait être amusante, dit Emma. Mais il est absurde de spéculer sur des choses impossibles.

— Il nous suffirait de déplacer les tables et les chaises, et de mettre quelques bergères en porcelaine de Dresde à l'abri, suggéra Jack. Il y aurait de la place, Miss Harrison.

Il se dirigea vers la petite table où plusieurs figurines étaient posées. Emma regarda Jack d'un œil horrifié. Il voulait danser avec elle. Ils se trouveraient seuls dans cette pièce et il aurait une main sur sa taille et l'autre sur son épaule. Elle s'empourpra violemment.

— Je proteste, Mr Stanton. Il n'y a pas de musique. Cessez cette folie.

— Je fredonnerai, proposa Jack en se déplaçant dans la pièce, les bras tendus. Avec une cavalière, ce serait beaucoup plus simple, Miss Harrison.

— Arrêtez, arrêtez ! s'écria Emma en essayant de retenir le rire qui menaçait d'exploser. Tenez-vous toujours des propos aussi absurdes, Mr Stanton ?

— Uniquement quand cela est nécessaire.

Jack reprit son sérieux en s'immobilisant tout près d'elle.

— Si ce n'est pas la danse, dites-moi ce qui vous fait peur. Pourquoi n'allez-vous pas au bal ?

— Pourquoi devrais-je avoir peur d'aller au bal ?

Emma détourna le regard de ses yeux pénétrants.

— Je suis tout aussi déçue que mon père. Ma robe de bal a été commandée depuis des mois. Elle est en soie rose et en dentelle de Belgique. Elle est magnifique. Certains diraient même osée.

— Mais vous, vous êtes une célibataire endurcie.

— Les célibataires ont le droit de danser, Mr Stanton, protesta Emma.

Et inutile de préciser que les seules personnes susceptibles de trouver son décolleté osé seraient les célibataires plus âgées, compléta-t-elle *in petto*.

— J'attendais cet événement avec impatience, reprit-elle, et puis mon père est tombé malade. Il faut parfois faire des sacrifices. Mais j'ignore si vous êtes capable de le comprendre.

— Dans la mesure où mes parents sont morts quand j'étais enfant, je saisis sans nul doute la notion de sacrifice, répliqua Jack. Je peux vous assurer, Miss Harrison, que vous vous trompez. Je comprends pourquoi certaines personnes se sentent obligées de veiller sur les autres.

— Vous me prêtez des paroles que je n'ai pas prononcées ! se défendit Emma.

— Pardonnez-moi, dit Jack en s'inclinant devant elle. Je voulais simplement savoir pourquoi vous refusiez de vous rendre à ce bal, ajouta-t-il. Si mes souvenirs sont bons, vous les appréciiez beaucoup, autrefois.

— De telles envies s'évanouissent une fois que l'on est confronté à la vraie vie, rétorqua Emma. J'ai grandi, Mr Stanton et j'ai compris qu'il y avait d'autres choses dans la vie que la danse, les dîners et les frivolités. Comme je vous l'ai déjà dit, je m'intéresse aujourd'hui à d'autres choses.

— Et la vraie vie, c'est… ?

— Ma mère est tombée malade. J'ai alors découvert que d'autres sujets m'intéressaient beaucoup plus que les chaussons de danse, répondit Emma en se levant.

Elle salua froidement Jack et désigna la porte.

— Mr Stanton, cette conversation est inutile.

— Bien au contraire.

Jack se racla la gorge et prit un air supérieur.

— Vous ne m'avez pas encore donné la preuve que vous n'aviez pas peur d'aller danser. C'est plus pour vous que pour votre père que vous avez décidé de ne pas vous rendre à ce bal. Vous redoutez la polka. Vous craignez que les gens parlent de vous à voix basse et en déduisent que l'incomparable Miss Harrison est devenue une vieille fille.

— Je me soucie de mon père.

— Dans ce cas, pourquoi lui interdisez-vous d'aller à ce bal ? demanda Jack. S'il ne veut pas vendre son entreprise, c'est qu'il n'est pas si malade. Nous sommes dans une impasse.

— Vous ne m'avez pas dit comment s'était déroulée votre visite du chantier, répliqua Emma, désireuse de changer de sujet.

Les ombres de la lampe mettaient en valeur ses traits virils. Il avait peut-être raison. Son père lui servait d'excuse. Elle avait rêvé de Jack toute la nuit, de lui et de son sourire sarcastique.

— Mais j'en ai parlé à votre père.

Le sourire de Jack transforma son visage.

— Je refuse de me laisser distraire, Miss Harrison, ajouta-t-il. Je connais bien vos manigances. Mais puisque vous avez envie de jouer, puis-je vous faire une autre proposition amusante ?

Une proposition amusante ? songea Emma. Elle voyait très bien où il voulait en venir.

— Je suppose que pour obtenir des informations sur le pont, je dois vous donner la garantie que j'irai au bal et vous prouver là-bas que je sais danser la polka ? avança-t-elle.

— Nous commençons à nous comprendre, Miss Harrison. Une polka en échange d'informations. Le marché est honnête.

— Vous ne me laissez pas le choix, répliqua Emma, la gorge serrée.

— Ce n'est pas une condamnation à mort, Miss Harrison. Si mes souvenirs sont bons, vous aimiez danser le quadrille, lança Jack. Mais vous ne m'avez pas encore promis que vous alliez vous rendre au bal. Au tout début de ma carrière, j'ai appris une chose : tous les termes d'un contrat doivent être clairement stipulés. Cela simplifie les choses pour les deux parties.

— Vous avez mon accord. J'irai au bal et, s'il y a une polka, je danserai.

Emma vacilla puis ajouta d'une voix plus ferme en chassant ses souvenirs :

— Vous êtes satisfait ?

— Pour l'instant.

Que venait-elle d'accepter ? Elle pourrait toujours trouver, plus tard, une excuse pour ne pas aller au bal mais, pour le moment, elle voulait savoir. Qu'avait découvert Jack lors de sa visite du chantier ?

— Voulez-vous me dire à présent ce qui s'est passé sur le chantier aujourd'hui ?

Les yeux de Jack pétillèrent de malice.

— Il n'y a pas grand-chose à dire. Mudge a été très coopératif et le travail avance.

— Vos paroles sont creuses et ne m'apprennent pas grand-chose, protesta Emma. Je vous ai donné ma promesse. Il est temps d'honorer la vôtre.

— Miss Harrison, je suis choqué par votre insistance, répliqua Jack. Cette conversation est fort déplacée. Pouvons-nous la reprendre après votre polka ? conclut-il en s'inclinant devant elle.

Emma songeait à son manque de fermeté et de volonté lorsque la voiture s'arrêta devant le chantier.

Elle avait commis une grossière erreur en laissant Jack Stanton la manipuler pour l'obliger à accepter de se rendre au bal. Elle aurait dû s'en tenir à son plan, et refuser de se laisser manœuvrer par son père ou par Jack. Maintenant, elle allait devoir affronter Lottie Charlton et sa cour, et écouter la belle-sœur de Lucy répandre ses commérages en gloussant.

Elle avait le droit de se rendre sur le chantier quand elle le voulait. Jack Stanton ne pouvait pas l'arrêter. Il n'oserait jamais.

Plusieurs ouvriers se tournèrent vers elle et la suivirent du regard, comme s'ils ne l'avaient jamais vue auparavant. Le silence s'abattit sur le chantier et tous guettaient chacun de ses mouvements. Emma hésita puis avança vers le bureau d'un pas décidé.

— Miss Emma, dit Mudge en écarquillant les yeux.

— Je suis venue pour…, commença Emma.

— Je m'occupe de Miss Harrison, déclara Jack d'une voix douce en l'interrompant.

Sans un mot, Mudge les salua de la tête et quitta la pièce. Emma en fut très étonnée. Elle n'avait jamais vu le contremaître obéir aussi vite.

Jack s'avança vers elle. Il portait une chemise au col ouvert, comme s'il venait de s'être joint aux ouvriers pour accomplir un travail physique.

Elle essaya de se ressaisir. Elle avait légèrement le tournis et ne pouvait détourner les yeux de ce petit bout de peau qui luisait doucement à la base du cou de Jack. Elle s'était reproché d'avoir rêvé de lui la veille, mais la réalité la subjuguait encore plus. Elle humecta ses lèvres sèches et s'efforça de regarder ailleurs.

— Ce chantier n'est pas ouvert au public, Miss Harrison.

— Je suis la fille d'Edward Harrison, lui rappela Emma en levant fièrement le menton vers lui.

— Il n'y a pas d'exceptions. Ce n'est pas un endroit où peuvent venir se promener les badauds. C'est beaucoup trop dangereux. Vous vous souvenez de ce qui est arrivé au jeune Davy.

— Je suis allée voir Davy, répondit-elle calmement. C'est la raison pour laquelle je suis ici.

Elle frissonna en songeant à la scène désolante à laquelle elle venait d'assister. Davy Newcomb venait de sortir de l'hôpital. Il n'avait qu'une vilaine entorse, mais les Newcomb comptaient sur le salaire de Davy pour joindre les deux bouts. À la façon dont Mrs Newcomb avait pris soin d'éviter son regard, Emma l'avait compris. Elle avait voulu faire quelque chose pour eux, mais Mrs Newcomb avait refusé. Elle n'avait jamais accepté qu'on lui fasse la charité et n'était pas prête à le faire maintenant. Emma était partie très mécontente.

— Comment va-t-il ? demanda Jack.

— Il va guérir avec le temps. Cela aurait pu être beaucoup plus grave. Il sait qu'il a commis une erreur.

— Je suis heureux de l'entendre, approuva Jack en hochant la tête. Il saura à l'avenir qu'il ne faut pas prendre de raccourcis.

— Davy est un garçon intelligent. Il aimerait aller à l'école, soupira Emma. Quel dommage que son père soit mort cette année. Sa mère dépend de lui et de son salaire. Il semble avoir oublié toute idée de faire des études.

— C'est dur mais c'est possible avec de la discipline. L'Institut d'ingénierie mécanique propose des cours du soir et d'autres formations à ceux qui le veulent.

— J'espère que Davy se décidera, mais je suis plus inquiète pour sa famille. Elle a besoin du moindre penny pour survivre. J'ai dit à la mère de Davy qu'il retrouvera son poste lorsqu'il sera suffisamment rétabli pour revenir travailler.

Jack croisa les bras.

— Pourquoi vous en êtes-vous mêlée ? Cela ne pouvait-il pas attendre que j'en réfère à votre père ?

— Ce n'est pas vous que je suis venue voir, répondit Emma avec colère.

Davy n'était pas l'employé de Jack Stanton. Et heureusement, songea-t-elle. Jack aurait pourtant dû manifester plus d'intérêt à Davy. Il avait sauvé ce garçon.

Il fallait qu'elle se concentre sur les raisons de sa présence sur le chantier. Elle devait découvrir si ce que Jack avait rapporté à son père était vrai, ou si c'était juste un mensonge poli. Mudge pourrait la renseigner.

— Qui, alors ?

— Mudge.

— Vous n'allez pas pouvoir m'évincer aussi facilement, je vous assure, déclara Jack. Mudge sait à qui il doit rendre des comptes. Votre père est très satisfait des avancées du chantier, jusqu'à présent.

Emma préféra regarder par-dessus l'épaule de Jack plutôt que de croiser son regard de braise. Elle écarquilla les yeux en voyant le tas d'outils. Les niveaux qui avaient disparu la semaine précédente étaient revenus, ainsi qu'une multitude de pelles. Il était inutile de chercher à savoir à qui elle devait leur retour. Les hommes avaient certainement peur de Jack.

— Êtes-vous toujours aussi tyrannique, Mr Stanton ?

— Lorsque cela est nécessaire…

Un léger sourire plana sur ses lèvres.

— Très bien.

Emma sortit une feuille de papier de son sac.

— Je suis venue voir Mudge à propos de la liste définitive des adhérents au Club de l'oie.

— Le Club de l'oie ? répéta Jack, surpris. Qu'est-ce que Mudge a à voir avec ce club ?

— En tant que contremaître, Mudge collecte les adhésions des ouvriers toute l'année, bafouilla Emma. Il maintient la liste à jour.

Elle ne s'était pas fait d'illusions : elle savait qu'elle ne pourrait pas se débarrasser facilement de Jack, mais elle voulait juger par elle-même de la situation, et évaluer de combien de temps elle disposait pour convaincre son père et Jack de changer l'emplacement des piliers. Aller trouver Mudge était la meilleure solution, car son père avait refusé de lui livrer ces informations, la renvoyant à Jack.

— Vous auriez dû me donner le message ce matin, avança Jack.

Jack contempla Emma. Sa robe bleue en popeline, complétée par une cape et un chapeau à plumes, mettait merveilleusement bien en valeur ses prunelles azur. Elle avait capitulé beaucoup trop vite la veille. Il s'était attendu à une riposte, et Miss Harrison ne le décevait pas sur ce point.

— Je ne vous ai pas vu ce matin, expliqua-t-elle en lui tendant le document avec un sourire. Je me suis aperçue que je ne disposais pas de la liste définitive en parcourant les comptes. Il nous manque l'adhésion de six membres, dont celle de Davy Newcomb. Pourtant, il a payé. Sa mère me l'a confirmé.

— Vous avez besoin de cette liste aujourd'hui ? demanda Jack entre ses dents.

Il savait que c'était une ruse d'Emma pour arriver à ses fins. Aucun doute qu'elle prévoyait de faire de l'ingérence et de lui causer des ennuis.

Il lui avait fallu une grande partie de la journée de la veille pour rattraper les dégâts qui, d'après Mudge, avaient été causés par les ordres qu'elle avait donnés. Emma écarquilla les yeux, l'air innocent, mais Jack n'était pas prêt à se laisser manipuler. Elle était venue dans un autre but. Et il n'avait aucun doute sur ce qui se passerait après sa visite. Il avait déjà passé plusieurs heures à rectifier des négligences et des erreurs. S'il n'était pas revenu à temps, le pont aurait subi de sérieux retards et n'aurait pas été sûr.

Jack prit le document des mains d'Emma.

— Nous sommes le 2 décembre, et la fête doit avoir lieu le 24. Il faut du temps pour passer les commandes, précisa-t-elle.

— Et pendant que Mudge vérifie les détails… ? demanda Jack.

Il voyait une certaine logique dans sa demande, mais il ne lui faisait toujours pas confiance.

— J'ai prévu d'aller voir les fondations, déclara Emma. Il n'y a aucun mal à cela.

— Vous ne pouvez pas croire que j'aie si facilement oublié notre petit marché, Miss Harrison.

— Mais nous avons également convenu que je m'occuperais d'organiser la fête, répliqua-t-elle. Je ne savais pas que cette liste présentait un problème. Cela n'a rien à voir avec notre marché.

Jack pinça fortement les lèvres. Cette femme était impossible. Il comprenait maintenant pourquoi elle ne s'était jamais mariée. Aucun homme ne voudrait d'une épouse pareille.

— Nous sommes dans une impasse, rétorqua-t-il. Mudge est actuellement occupé. Nous avons commencé à étudier les fondations du mur du château.

— Non, nous ne sommes pas dans une impasse, dit-elle en riant doucement.

Mais, à son regard, il comprit qu'elle avait reçu un choc.

— Pas du tout, continua-t-elle. Je serais heureuse de patienter, le temps que Mudge trouve la bonne liste.

— Je ne peux pas vous laisser vous imposer de la sorte.

Jack saisit son coude et fit mine de la pousser vers la porte, mais Emma resta fermement en place. Jack, qui était sur le point de la porter, comprit qu'elle ne bougerait pas d'un pouce.

— Essayez-vous de vous débarrasser de moi, Mr Stanton ? demanda Emma.

— J'essaie de faire mon travail du mieux que je peux, et cela veut dire que je ne dois pas être dérangé par des personnes non qualifiées. Construire un pont ne se résume pas à placer quelques piliers dans le sol et à ajouter une planche ou deux. Une fois construit, il doit durer dans le temps.

— Je connais très bien les plans de ce pont, affirma Emma entre ses dents, furieuse d'avoir été démasquée.

— Vous devez donc être consciente de tout le travail et des nombreux calculs mathématiques nécessaires pour le perfectionner.

Emma se dégagea vivement de son étreinte et fusilla des yeux l'homme exaspérant qui se tenait devant elle. Il était exactement comme tous les autres hommes de sa connaissance. Qu'avait-elle pu voir en lui ?

— Entendez-vous que les femmes ne sont pas capables d'effectuer des calculs complexes ?

— Je suis sûr que certaines femmes sont capables de réaliser des calculs mathématiques.

— Mais pas moi, continua Emma sur un ton sec. Vous croyez que je suis juste un objet décoratif !

Sa voix lui parut plus aiguë que d'habitude, et elle se détesta pour cela. Elle lança à Jack un regard mauvais et s'efforça de se ressaisir.

Jack détourna le regard le premier.

— La construction d'un pont n'est pas un passe-temps pour les femmes désœuvrées, dit-il enfin.

Il avait adopté un ton calme et compréhensif qui lui donna envie de crier.

— Vous pouvez causer plus de mal que de bien en vous mêlant de choses qui dépassent votre entendement. Il doit bien exister un millier de bonnes causes qui nécessitent votre attention.

— Est-ce ainsi que vous voyez mon intérêt pour ce pont : comme de l'ingérence ?

— Miss Harrison, nous avons conclu un marché. Vous

devez remplir votre part du contrat. En attendant, je vous suggère de me laisser retourner à mon travail.

Emma leva les yeux au ciel et réunit toute la force de volonté qui lui restait pour se contrôler.

— Les raisons de ma venue sont également importantes.

— Vous aurez votre précieuse liste, ainsi que le nombre exact d'oies dont vous avez besoin. Commandez-en donc quelques-unes de plus. Je paierai la note. Voilà, le problème est réglé.

Jack lui décocha un sourire qui éclaira ses yeux, un sourire qui avait sans aucun doute le pouvoir de faire chavirer n'importe quelle femme.

— Maintenant, si vous voulez bien me laisser retourner à mon travail…

Emma se redressa de toute sa hauteur.

Il la raccompagna jusqu'à sa voiture et veilla à ce qu'elle soit confortablement installée en coinçant la couverture autour de ses jambes. Malgré ses vêtements de travail, il avait tout d'un gentleman attentionné.

— Si vous voulez bien m'excuser, j'ai un pont à construire. Quant à vous, vous avez certainement quelques visites à faire.

— Oui, en effet.

Emma appuya la tête contre le dossier du siège et ferma les yeux. Le souvenir des doigts de Jack la hantait encore et accaparait son esprit.

Elle ne voulait pas aimer Jack Stanton. Elle voulait le détester.

Malgré tout, elle devait bien reconnaître qu'elle se sentait de plus en plus attirée par lui.

Chapitre 5

Jack s'immobilisa sur le seuil de la porte du salon. L'éclairage au gaz illuminait une charmante scène domestique. Emma était blottie dans un fauteuil. Elle lisait en caressant d'une main distraite un chat noir. C'était un spectacle parfait. Presque trop parfait. Jack sentit son ventre se serrer. Il essaya de se raccrocher un instant de plus à cette illusion. Il avait oublié à quel point il avait autrefois désiré fonder une famille, et comment Emma avait cruellement réduit à néant ses espoirs. Il ne fallait jamais qu'il perde cela de vue.

— Miss Harrison, dit-il en préambule avec un sourire affable.

Elle devait certainement être plongée dans la lecture d'un roman d'amour.

Emma leva les yeux et rangea le livre sous un coussin. Puis elle porta la main à ses cheveux pour arranger les épingles qui les retenaient.

— Mr Stanton, je ne vous ai pas entendu arriver.

— Je suis navré de troubler un si charmant tableau. Je vous en prie, continuez votre lecture.

Jack enfonça les mains dans ses poches. Il n'avait aucune raison de continuer à penser à cette femme. Elle n'était même pas jolie, au sens conventionnel du terme. Si l'on se référait aux canons de la société, son nez était trop long et ses joues beaucoup trop pâles. Son regard était devenu grave et son menton plus volontaire. Pourtant, dès qu'il commença à la regarder de plus près, Jack se sentit incapable de détourner les yeux. Toute la journée, il n'avait cessé de penser à elle tout en se demandant quel tour elle allait encore lui jouer.

— Vous vouliez me dire quelque chose ? demanda Emma. Vous voulez encore me persuader de danser la polka ? Ou bien songez-vous à autre chose d'encore plus ridicule ?

Surpris, Jack s'aperçut qu'il s'était attardé sur la forme des lèvres de la jeune femme. Il se dirigea rapidement vers la cheminée et attisa les braises.

Cette idée d'être à nouveau attiré par Emma l'ébranla. Après la façon dont elle l'avait traité, il s'était juré de ne plus jamais rien avoir à faire avec cette femme. Mais c'était avant. Il avait laissé le passé derrière lui. Pourquoi diable était-il revenu vers elle ?

— Je suis venu vous voir à propos de cette liste que vous m'avez donnée ce matin, dit-il après s'être ressaisi. Je suppose que c'était celle qui était en votre possession.

— En effet, répondit Emma en fronçant les sourcils. Mudge trouvera la bonne liste, j'en suis sûre, et votre compagnie n'aura pas besoin de fournir des oies en plus… si c'est ce qui vous inquiète.

— Oies que vous avez commandées ?

— Il fallait bien le faire, rétorqua-t-elle en levant la tête d'un air de défi.

Ses prunelles azur brillèrent doucement.

— J'ai réservé les plus grosses qu'ils avaient, précisa-t-elle.

— Je m'en doutais.

— Êtes-vous en train de me dire que vous auriez préféré ne jamais me faire cette promesse ? s'enquit Emma en le regardant attentivement.

— Je tiens toujours mes promesses, Miss Harrison, si ridicules soient-elles. Et je ne vois pas pourquoi il faudrait considérer comme ridicule d'offrir quelques oies pour Noël. Mais j'envisageais plutôt de donner des dindes. Ces volailles sont plus grosses et plus charnues.

— C'est vrai, mais il est trop tard. La commande est déjà passée et je préférerais ne pas avoir à la modifier.

— Je ne suis pas venu vous parler de cela.

— Si vous n'êtes pas venu me parler du Club de l'oie, pourquoi avez-vous envahi mon salon ?

Jack attendit avant de donner sa réponse. En y regardant de plus près, il aperçut à côté d'Emma une pile de notes et un stylo. Miss Harrison ne lisait pas un roman d'amour. Elle effectuait des calculs. Quelque chose la préoccupait à propos du pont.

— Vous avez une façon très particulière d'écrire les « e ».

— J'ai eu une gouvernante assez excentrique. Elle m'a appris quelques petites choses, mais rien de vraiment substantiel.

Emma émit un petit rire d'autodérision.

— Ce n'est qu'après que ma mère est tombée malade que j'ai appris à m'appliquer.

— On peut vite s'ennuyer au chevet d'une invalide quand on est habituée à sortir dans le monde.

— J'ai fait avec, répliqua Emma.

Elle n'avait nullement envie d'expliquer à Jack le soulagement qu'elle avait ressenti de ne plus avoir à tenir des conversations futiles ou à contenir ses sentiments en se contentant d'être admirée comme un tableau vivant.

— C'est vous qui avez réalisé certaines des esquisses du pont, lui lança Jack en la mettant clairement au défi de le contredire.

— C'est possible. Mon père voulait voir si je savais dessiner correctement, répondit prudemment Emma.

Elle scruta son visage à la recherche du moindre signe indiquant qu'il avait deviné ce qu'elle avait fait, d'une ouverture lui permettant de s'expliquer sans incriminer son père.

— J'ai toujours trouvé beaucoup de réconfort dans le dessin.

Si jamais Jack soupçonnait que c'était elle, et non son père, qui était à l'origine d'une grande partie de la conception du pont, elle imaginait d'ici sa colère. Il insisterait pour que toute la conception soit revue de fond en comble, au lieu de se contenter de déplacer le tracé actuel. Il fallait qu'elle regarde la réalité en face. Si elle voulait que ce pont voie le jour, elle allait devoir garder le silence et minimiser son rôle. La conception était juste. C'était l'emplacement du pont qui était erroné.

— Ces esquisses sont joliment réalisées. J'ai remarqué que, sur les vôtres, le donjon apparaissait à l'arrière-plan.

— Je pense qu'il est important de conserver les vestiges du passé, dit Emma en croisant les yeux sombres de Jack, qui la jaugeaient sans manifester la moindre chaleur.

Elle s'efforça d'ignorer la nervosité qui lui serrait le ventre.

— Le château est primordial pour la ville, expliqua-t-elle. C'est de là qu'elle tient son nom.

— Le château appartient au passé de la ville, convint Jack. Mais c'est son avenir qui m'intéresse. Si la construction du pont devient trop coûteuse, Newcastle perdra sa place de première ville du royaume, voire du monde entier. Comment se porteront alors ses habitants ? Les ouvriers et leurs familles ?

— Mais…

Emma essaya de trouver un argument capable de le faire changer d'avis. Il fallait qu'il comprenne que les personnes accordaient une grande importance aux traditions.

— Vous ne devriez pas nourrir de faux espoirs, Miss Harrison, dit Jack. Le terrain de la berge n'est pas solide. Les calculs de votre père l'ont prouvé. Nous ne pouvons pas conserver le château sans avoir à couler plus profondément les fondations. C'est impossible.

— C'est impossible ? répéta Emma avec un petit sourire. Je croyais que la devise d'un ingénieur britannique moderne était justement de rendre possible l'impossible.

— On ne peut pas lutter contre les lois de la nature.

— En effet, il est impossible d'échapper aux lois de la nature. Même une femme comme moi le sait, convint Emma en réprimant son exaspération. C'est juste que…

— Que quoi ?

Comment avouer à Jack qu'elle était certaine que les calculs de son père étaient faux, dangereusement faux ? Elle s'en était déjà inquiétée mais, après ce qu'elle avait lu aujourd'hui, elle en avait acquis la certitude. Il lui fallait juste un peu plus de temps pour revérifier ses calculs. Mais comment avait-elle pu passer à côté de ces fautes ? Et comment son père avait-il pu commettre des erreurs aussi grossières ?

— D'autres études ont été menées, qui aboutissent à des conclusions légèrement différentes.

— Une étude que vous avez demandée pendant que votre père était couché à cause de sa grippe ?

— Oui, admit Emma en gardant la tête haute.

Inutile de lui expliquer qu'elle avait découvert que plusieurs calculs de son père étaient faux. Il avait inversé des chiffres. Une erreur involontaire, mais qui devait être corrigée.

— J'ai pensé que ce serait plus prudent.

Elle attendit la réponse de Jack. C'était sans doute son unique chance de le convaincre d'aborder le sujet du pont. Et dès qu'elle l'aurait fait, elle n'aurait plus besoin d'aller à ce bal, songea-t-elle avec un sourire en coin.

— Miss Harrison, cette conversation est tout à fait déplacée, lança Jack avec un sourire narquois.

— Déplacée ? Mais pourquoi ?

— Vous avez bien failli me faire parler du pont.

— Y a-t-il quelque chose de mal à cela ? demanda Emma en prenant un air étonné. C'est un sujet qui nous intéresse tous les deux.

— Vous avez oublié notre contrat : vous n'avez pas encore dansé de polka. Mais il vous suffirait de dire un seul mot et nous pourrions danser ici même, dans cette pièce.

Jack l'observa attentivement.

— Vous croyez certainement que je plaisante, Miss Harrison, conclut-il.

Emma s'efforça de rester impassible.

— Ce n'est pas le cas ?

— Je suis extrêmement sérieux. Je ne néglige jamais les termes d'un contrat.

— Ne pouvons-nous plus parler de rien, en attendant le bal ? Ou seulement de la pluie et du beau temps ?

— De quoi aimeriez-vous parler ?

— De vos voyages, répondit Emma. Parlez-moi du Brésil et de votre travail là-bas.

Jack émit un rire grave et rocailleux qui vola dans la pièce et vint l'envelopper, lui communiquant sa joie de vivre.

— Je peux vous parler des endroits que j'ai vus, mais pas des ponts que j'ai construits ni de la façon dont ils s'apparentent à celui dont je m'occupe actuellement. Dites-moi, qu'est-ce que vous redoutez le plus en venant à ce bal ? Que cherchez-vous à me cacher ?

— Je n'ai peur de rien, dit Emma en se tordant les mains.

Elle mentait. Elle avait peur de Jack Stanton et de sa capacité à lire en elle. Elle redoutait les histoires qu'elle avait entendues sur ses pratiques professionnelles.

Comment avait-il fait pour gagner autant d'argent, et en aussi peu de temps ? Elle avait des devoirs et des responsabilités envers les employés de son père. Elle ne pouvait pas perdre la tête simplement parce que Jack se trouvait près d'elle.

— Papa, j'ai besoin de vous parler, déclara Emma en s'immobilisant sur le seuil du bureau de son père.

Elle avait réfléchi encore et encore à la meilleure façon d'aborder le sujet avec lui. Le Dr Milburn avait beaucoup insisté la dernière fois que son père avait fait une crise. Il ne fallait rien dire qui puisse le contrarier ou l'inquiéter. Il était tellement fier de son travail. Le choc pouvait le tuer.

Un gros ronflement jaillit de sous le mouchoir rouge.

— Papa, vous devez vous réveiller. C'est important.

Son père se redressa et cligna les yeux.

— Comment ? Quoi ? Ah, c'est toi, Emma. De quelle crise domestique viens-tu encore me parler ?

Emma prit une profonde inspiration. Elle devait garder son calme. Elle dirait même que c'était sa faute et qu'elle était responsable. Son père devait comprendre l'importance de ce qu'elle avait découvert.

— Papa, c'est à propos des calculs du pont. Je n'arrivais

pas à discerner pourquoi les deux études étaient tellement différentes, mais je pense que j'en ai trouvé la raison.

— Ne me dis rien de plus, ma fille, l'interrompit son père en levant la main. Stanton m'a déjà parlé de votre marché. Je n'ai pas envie de prendre ton parti. Tous les calculs de la première étude sont justes. Si Jack est aussi bon ingénieur que je le pense, il les revérifiera tous. Mais il découvrira qu'ils sont justes, ma fille. Mes calculs le sont toujours.

— Papa, je suis seulement venue vous demander de…

— Mudge a trouvé la liste, si c'est ce que tu voulais savoir. Il est venu me voir un peu plus tôt. Mrs Mudge avait rangé la fameuse liste dans une théière qu'elle n'utilisait plus et l'avait oubliée.

Son père lui tendit le document.

— Toute cette histoire pour quelques malheureuses oies, conclut-il en soupirant.

— C'est bien plus que cela, et vous le savez. Je n'ai pas envie que la fête soit aussi désastreuse que l'année dernière. J'ai juré que, cette année, tout se passerait bien. Jack Stanton a refusé de me laisser parler à Mudge ! Il m'a renvoyée du chantier.

Emma ravala son indignation et attendit que son père l'approuve.

— Tout ce que je vois, c'est que tu ne supportes pas de perdre, déclara Edward Harrison. Et tu sais que Jack Stanton a fait mieux que toi. Ma fille, je t'ai laissé beaucoup trop de libertés depuis que ta mère est morte. Il est temps que quelqu'un te reprenne en main et t'empêche de devenir comme ma grand-tante Agatha, qui peignait toute la journée des aquarelles médiocres de paysages monotones en compagnie de ses chats.

— Je n'ai jamais voulu ressembler de près ou de loin à votre grand-tante Agatha, s'insurgea Emma en regardant son père avec horreur.

Elle se souvenait de cette femme excentrique, à la voix tonitruante, et qui sentait le renfermé. Elle se précipita vers le miroir trumeau et scruta son visage. C'était toujours le sien, et non celui de la vieille Agatha, avec son nez crochu et ses yeux qui louchaient.

— Vous ne devriez pas dire de telles choses.

— J'ai trouvé ton point faible : la grand-tante Agatha, gloussa son père. Je m'en souviendrai.

— Papa, nous parlons sérieusement, lança Emma en faisant volte-face.

Elle devait jouer sa dernière carte.

— Il faut déplacer le tracé du pont. C'est impératif. Vous devez me laisser vous montrer pourquoi.

— Emma, nous en avons déjà parlé. Je sais tout le temps que tu as consacré à ce projet et à quel point ton aide m'a été précieuse, mais Jack Stanton est là, maintenant. Si jamais il y a une erreur, ce dont je doute fortement, il la trouvera. Je l'ai formé au plus haut niveau. J'ai totalement confiance en lui pour faire du bon travail.

Il abattit sa main sur l'accoudoir du fauteuil.

— La seule façon de pouvoir parler du pont avec lui est d'aller au bal de la Saint-Nicolas, conclut-il.

Atterrée, Emma mit les mains sur son visage. Elle n'allait pas avoir le choix. Il faudrait qu'elle aille à ce bal et qu'elle affronte Lottie Charlton et ses amies. Elle abaissa mentalement le décolleté de sa robe de bal.

Un bon centimètre et demi devait suffire. Elle était devenue une relique vivante, c'était vrai. Mais elle pouvait bien endurer quelques heures d'ennui pour atteindre son but.

Jack avait raison : elle ne pouvait pas changer les lois de la nature, mais elle pouvait s'en accommoder. Elle irait au bal et triompherait. Ensuite, Jack ne pourrait que l'écouter quand elle lui expliquerait pourquoi le tracé du pont devait être modifié. Et elle le ferait sans lui révéler l'état de santé de son père ni désigner de coupables.

Emma se tordit les mains tant elle se sentait nerveuse. C'était une chose de dresser des plans, et une autre de les mettre en œuvre. Elle ne cessait de se demander si le décolleté de sa robe de bal n'était pas un peu trop osé.

Elle ressentit le besoin urgent de demander à la voiture de faire demi-tour et de la ramener chez elle.

— Y a-t-il un problème, Miss Harrison ? Vous paraissez perturbée.

— Non, ce n'est rien, répondit Emma en secouant la tête plus vigoureusement que nécessaire.

Elle ne concéderait pas cette victoire à Jack Stanton. Elle avait besoin d'entendre ce qui se passait sur le chantier, tout particulièrement depuis que son père avait fait plusieurs allusions sur son avancée avant de refuser de lui donner plus de détails. Elle savait qu'il prenait un malin plaisir à le faire.

Son père passa la tête par la vitre.

— Je vois que les Charlton ont deux nouveaux alezans. Et que fait Fanshaw avec des blasons peints sur les portières de sa voiture ? Je croyais qu'il avait compris, depuis le temps.

— Taisez-vous, papa. Vous êtes aussi mauvaise langue que maman.

— Personne ne peut l'égaler, répliqua son père en lui souriant avec indulgence. La pauvre femme était obsédée par le rang social. Mais elle a eu une vie bien remplie. Contrairement à tante Agatha.

— S'il vous plaît, père, pas de sermon sur le mariage. Pas ce soir.

Emma regarda furtivement Jack qui, tourné vers la fenêtre, paraissait ne pas s'intéresser à leur conversation.

Un léger air de valse leur parvint de la salle communale tandis que la voiture atteignait enfin l'entrée protégée par un auvent. Les superbes lustres brillaient de mille feux et projetaient une flaque de lumière chaleureuse dans l'obscurité.

Emma aurait juré avoir vu les yeux de son père briller lorsqu'il descendit de la voiture. Ses intentions étaient claires. Il voulait la marier. Elle s'était laissée manipuler. Elle aurait dû s'en douter. Mais Jack ne s'intéressait pas à elle. Il lui avait proposé ce stupide marché uniquement pour la forcer à aller à ce bal, et ce dans le but de lui donner une leçon, et surtout de plaire à son père.

— Vous survivrez à cette danse, je vous le promets, lui glissa Jack en effleurant doucement sa main lorsqu'elle descendit à son tour de la voiture.

Les gants en chevreau qu'il portait ne brillaient pas d'un blanc éclatant mais n'étaient pas passés non plus. Ce soir, tout chez Jack, de la coupe de ses vêtements à l'épingle en or accrochée à sa lavallière, témoignait d'un homme qui avait réussi, d'un homme fortuné et de bon goût.

— J'en ai bien l'intention, riposta Emma. Tout comme vous, je mets un point d'honneur à tenir mes promesses, si ridicules soient-elles. Vous imaginiez-vous que je trouverais une excuse pour ne pas venir ?

— Cette idée m'a traversé l'esprit à plusieurs reprises. Mais vous semblez déterminée à savoir ce qui se passe sur le chantier.

— La compagnie appartient à ma famille. Je sais où se trouvent mes intérêts.

Emma se concentra pour arranger son manteau.

— Vous devriez laisser ces choses-là aux experts.

— Vous voulez dire, à vous, répondit-elle sèchement.

— Et à votre père.

Jack le désigna d'un signe de tête comme il saluait plusieurs notables de la ville.

— Il est très respecté, constata-t-il.

— Et vous pensez que je ne devrais avoir aucun intérêt pour la question ?

— Ce que je pense importe peu, car je vous ai fait une promesse. Si j'avais voulu garder ces choses-là secrètes, je ne vous aurais jamais proposé ce marché.

— Dans ce cas, ce n'est qu'une simple manœuvre pour m'obliger à danser.

— Pour vous faire surmonter vos peurs, rectifia Jack avec un large sourire. Et la perspective de cette soirée a beaucoup amélioré l'état de santé de votre père. Il est aussi excité qu'un écolier.

À la façon dont son père avait sauté de la voiture, Emma devait admettre qu'il était beaucoup plus alerte qu'elle ne le croyait. Néanmoins, il avait refusé de prendre sa potion sous prétexte que ses crampes d'estomac empiraient lorsqu'il le faisait. Dieu seul savait quand la crise allait survenir. Ce n'était qu'une question de temps. Il fallait qu'elle regarde la réalité en face. Le Dr Milburn avait été très clair sur ce point. Elle devait à la fois garder l'esprit pratique et s'assurer de la survie d'Harrison and Lowe.

— Comme je vous l'ai dit, ce n'est qu'un simple rhume. Mon père a tendance à exagérer. Ma mère s'en plaignait souvent.

— Cette soirée va faire beaucoup de bien à votre père. Vous pouvez vous détendre maintenant. Il se dirige vers la porte. Il est à l'abri de l'air du soir, à présent.

Emma pinça très fort les lèvres. À entendre parler Jack, on eût dit qu'elle était la nurse tyrannique et surprotectrice de son père.

— Je n'ai pas envie que son rhume revienne. J'ai eu… très peur de le voir alité.

— Vous allez donc être heureuse d'apprendre qu'il a décidé de se montrer raisonnable et de me laisser superviser la construction du pont jusqu'à Noël.

— Mais vous avez dit que vous aviez déjà de nombreux projets en cours…, bafouilla Emma, atterrée.

Elle avait nourri l'espoir de persuader son père de modifier le tracé du pont sans en parler à Jack. Elle n'était pas certaine d'être prête à expliquer à ce dernier que les erreurs de calcul étaient le fait de son père. Elle avait espéré que Jack s'en irait, maintenant que son père semblait être sur la voie de la guérison.

— Aucun projet n'est aussi urgent que celui-ci. Le lit du fleuve m'inquiète. La deuxième étude…

Jack s'interrompit et lui sourit.

— Mais je ne dirai rien de plus tant que je ne vous aurai pas vue danser la polka.

— Vous aimez me taquiner. Nous y sommes maintenant.

— Mais un marché est un marché, Miss Harrison.

— Il faudra tenir votre promesse, alors, répliqua Emma en laissant la domestique lui prendre son manteau.

Elle vit le regard de Jack s'assombrir soudain lorsqu'il découvrit sa robe de bal dans toute sa beauté. La soie rose et la dentelle de Belgique mettaient il est vrai merveilleusement bien en valeur son teint, et Emma avait remarqué que les anglaises qui encadraient son visage rendaient ses traits moins anguleux, plus jeunes. En revanche, le décolleté était résolument trop osé. Elle résista à l'envie de tirer le tissu vers le haut.

Elle baissa les yeux vers le programme et passa rapidement en revue la liste des danses.

— Il y a d'abord une polka. Et une autre tout de suite après le dîner.

— Je me demandais si vous alliez en parler, dit Jack en lui prenant la feuille des mains. Normalement, une lady attend d'être invitée.

— Nous avons conclu un marché. Sauf si vous désirez que je danse cette polka avec un autre homme.

— Quels sont les termes de notre contrat ? demanda-t-il d'une voix chaude qui l'enveloppa tout entière. Rappelez-moi les termes exacts… Avons-nous précisé avec qui vous deviez danser ?

— Je… Je ne m'en souviens pas, balbutia Emma.

Elle détestait se sentir ainsi déstabilisée, et être plus intéressée par les lèvres de Jack que par les termes de leur contrat. Il était tellement humiliant de penser qu'il ne désirait pas danser avec elle.

Voulait-il attendre la fin du dîner et la voir assise toute la soirée, en attendant que quelqu'un l'invite ? Ce ne serait pas la première fois qu'elle passerait le plus clair de son temps assise pendant un bal.

— Mon père s'est rallié à vous. Il refuse de me livrer la moindre information.

— Je pense qu'il sent venir une opportunité.

Jack posa la main dans le creux de son dos et la guida vers l'escalier.

— Maintenant que vous êtes ici, voyons si vous savez danser correctement la polka, ajouta-t-il. Mais je n'ai pas envie de vous mettre dans l'embarras. Peut-être préférez-vous une valse ?

Une valse. Emma s'écarta de sa main. Il n'avait aucune idée des émotions que ces deux mots éveillaient en elle, et des souvenirs de leur ancienne amitié qui remontaient avec eux. À l'époque, ils avaient valsé. Jack avait le pas léger, et Emma s'était laissée envelopper dans un cocon chaud. Que ressentirait-elle si elle valsait de nouveau avec lui ? Elle sentit sa bouche s'assécher. Dire qu'elle croyait avoir enterré de telles pensées depuis des années.

Jack la fixait à présent d'un air interrogateur. Il avait certainement oublié. Emma redressa le menton, bien déterminée à laisser le passé derrière elle et à regarder vers l'avenir.

— Je sais danser la polka, Mr Stanton et je suis bien décidée à le faire.

Elle ne voulait pas songer au nombre de fois où elle avait répété les pas dans sa chambre un peu plus tôt dans l'après-midi. Elle n'avait aucune envie de se ridiculiser. Et maintenant, elle comprenait que Jack s'était servi de ce prétexte uniquement pour qu'elle assiste à ce bal. Elle n'aurait pas dû se donner tant de mal.

Un petit sourire étira les lèvres de Jack.

— Je n'en ai jamais douté un seul instant.

— Ah, Miss Harrison, quelle agréable surprise !

La voix stridente du Dr Milburn résonna derrière elle et la fit sursauter.

— Votre père est-il ici, lui aussi ? Il paraissait au meilleur de sa forme la dernière fois que nous nous sommes vus. Cela est possible, mais ce n'est qu'une question de temps avant que vous ne m'appeliez pour augmenter les doses de la potion qu'il prend.

Emma fit la grimace et évita le regard inquisiteur de Jack. Elle aurait dû prévoir qu'elle rencontrerait le Dr Milburn. Il ne lui restait plus qu'à espérer qu'il ne fasse pas plus état de la maladie de son père.

— Mon père a disparu dans la foule.

Elle désigna vaguement la salle de bal.

— Il s'est certainement dirigé vers les tables de jeu, ajouta-t-elle. Vous connaissez son addiction pour le whist.

— Vous prenez un risque, Miss Harrison. Vraiment, dit le Dr Milburn en secouant la tête et en faisant osciller ses boucles blondes. J'espère que vous vous êtes assurée qu'il était bien couvert avant que vous ne sortiez tous les deux ?

Les yeux du médecin se posèrent sur son décolleté. Emma sentit sa peau picoter.

— Mon père se sent beaucoup mieux ces derniers temps, confirma Emma en redressant le menton.

— Je le mets sur le compte des stimulantes conversations que nous avons pendant le dîner, releva Jack en se déplaçant de sorte à venir s'intercaler entre elle et le Dr Milburn.

Ce dernier le regarda de la tête aux pieds en haussant les sourcils.

— Et vous êtes ?

— Jack Stanton. Je pense que nous nous connaissons. Nous sommes allés à l'école ensemble quand nous étions enfants. Vous êtes Charles Milburn.

— Ah oui, je vous reconnais maintenant, déclara froidement le médecin. Vous étiez le garçon de l'assistance publique. J'ai entendu dire que vous travailliez de nouveau pour Harrison and Lowe. Cela explique pourquoi Miss Harrison est arrivée avec vous.

— Mr Stanton est l'un des meilleurs ingénieurs civils de notre époque, Dr Milburn, précisa Emma.

— Vraiment, Miss Emma ? dit le docteur Milburn en toussotant. Les dernières rumeurs se trompent alors. J'aurais juré qu'il avait repris son ancien poste.

Emma se mordit les lèvres. L'insulte à l'égard de Jack était indéniable. Elle le vit se raidir et comprit que la remarque acerbe avait fait mouche. Après tout ce qu'il avait accompli, Jack demeurait vulnérable.

— Mr Stanton supervise le projet de mon père le temps qu'il se rétablisse, expliqua Emma. Jack Stanton est le nouvel associé de Robert Stephenson. Il nous a beaucoup divertis, mon père et moi, avec ses histoires de chemins de fer provenant de pays du bout du monde.

Elle attendit. Elle vit les épaules de Jack se détendre légèrement, et le pli sur le front du Dr Milburn s'accentuer.

— J'espère que vous veillez bien à ce qu'il prenne son remède, Miss Harrison. J'ai vu tellement d'hommes comme lui. Un jour, ils frétillent et, le lendemain, ils sont à l'article de la mort. Je suis certain que ce n'est pas ce que vous souhaitez pour lui, conclut le Dr Milburn d'une voix lancinante.

— Non, en effet, répondit Emma en reculant d'un pas à cette idée.

Elle pria pour que le Dr Milburn ne livre pas d'autres informations sur la santé de son père en présence de la seule personne susceptible de les exploiter.

— Edward Harrison a besoin d'un traitement pour un simple rhume ? demanda Jack. Pourquoi cela ?

— Lorsqu'ils ont passé un certain âge, je recommande à tous mes patients de prendre cette potion, déclara le Dr Milburn. Elle fait des merveilles sur eux. Je suis certain qu'il a aidé Mrs Harrison à vivre plus longtemps.

— Mon père est très indépendant d'esprit, avança Emma.

— Je sais mais je compte sur vous, Miss Harrison. Vous me réserverez une danse, n'est-ce pas ?

— Oui, mais pas une polka. Miss Harrison est déjà prise pour cette danse, dit Jack d'une voix douce malgré la froideur de son regard.

— Réservez-moi la « Sir Roger de Coverley », alors. C'est une belle danse, très respectable, souligna le Dr Milburn en laissant entendre que la polka n'était pas digne de lui. Le comité a décidé que, selon la tradition, le quadrille serait la dernière danse. Une manière festive de terminer ce bal de fin d'année.

Emma regarda tour à tour Jack et le Dr Milburn. Jack Stanton paraissait sur le point de faire une scène. Que s'était-il passé entre eux autrefois ? Emma dissimula un sourire. En dansant avec le Dr Milburn, elle montrerait à Jack qu'elle n'était pas sans cavaliers.

— D'accord, je pense que je ne suis pas prise pour cette danse.

— J'attendrai ce moment avec impatience, Miss Emma, dit le Dr Milburn en s'inclinant devant elle avant de s'en aller.

Emma poussa un soupir de soulagement. Rien de fâcheux ne s'était passé. Elle s'apprêtait à se diriger vers la salle de réception lorsque Jack la retint par le bras. Elle se tourna et croisa son visage déterminé, encadré par des cheveux sombres et percé d'un regard encore plus noir.

— Depuis combien de temps Charles Milburn est-il le médecin de votre père ? s'enquit Jack.

— Depuis cinq ans environ. Il a été merveilleusement bon quand ma mère était mourante. Le Dr Milburn est à la fois le médecin de mon père et celui de l'entreprise.

— Nous nous sommes connus à l'école, dit Jack en s'efforçant de se détendre et d'oublier les petites méchancetés que Milburn avait infligées aux enfants incapables de se défendre tout seuls. Je me demandais depuis tout à l'heure à qui Milburn me faisait penser et, maintenant, je sais.

— À qui ? demanda Emma.

— À un homme dont j'ai malheureusement fait la connaissance au Brésil.

— Ce n'était pas une personne que vous appréciiez beaucoup ?

Jack choisit ses mots avec soin.

— C'était un escroc et un meurtrier, lâcha-t-il.

Il vit Emma pâlir.

— Le Dr Milburn a gardé ma mère en vie le plus longtemps possible, répondit-elle sur un ton glacial. Maman vivait pour ses visites. Il a beaucoup aidé mon père, qui n'est pas le patient le plus facile. Les gens changent, tout comme vous.

— Comme vous le dites si bien, les gens changent.

— Mon père voulait me marier au Dr Milburn mais je pense qu'il disait cela pour plaisanter, rit doucement Emma.

Elle pouvait difficilement confier son malaise à Jack. Le Dr Milburn était certainement un bon médecin pour son père mais, comme époux, jamais !

— Il sait que je suis décidée à rester vieille fille.

Jack scruta son visage et posa finalement les yeux sur son décolleté. Son regard, aussi audacieux que caressant, suscita en elle une vive chaleur. Emma résista à l'envie de remonter sa robe sur sa poitrine.

— Avec cette robe, vous n'avez pas du tout l'air d'une vieille fille.

— Dois-je le prendre comme un compliment ? demanda Emma.

— C'était une simple observation, Miss Harrison. Ne confondez pas les deux.

Avant qu'Emma ait pu songer à une réponse appropriée, plusieurs hommes vinrent réclamer l'attention de Jack. Elle se contenta de le fusiller du regard.

Chapitre 6

— Emma Harrison ! s'écria d'une voix enjouée Lucy au milieu de la foule grandissante. Quelle bonne surprise !

Emma repéra son amie, assise en compagnie d'autres jeunes femmes, tandis que les danseurs tourbillonnaient autour d'elles. Les lustres en cristal baignaient la pièce d'une douce lumière. Le comité des fêtes avait décoré la salle communale avec des feuillages, ce qui lui conférait un air très festif.

— Quelque chose ne va pas ? demanda Emma en voyant Lucy froncer les sourcils.

— Je ne t'ai pas vue porter une robe comme celle-là depuis des années… Pas depuis que… ta mère est tombée gravement malade, répondit Lucy. As-tu décidé de te marier, de renoncer à ta vie de célibataire ?

Emma secoua la tête.

— J'ai conclu un marché déraisonnable.

— Un marché ? Dis-m'en plus, la pria Lucy en tapotant la chaise vide à côté d'elle.

Emma s'y laissa tomber avec bonheur. Elle avait oublié combien de jupons il fallait porter sous une robe de bal et à quel point ces derniers étaient lourds.

— Si tu regardes bien, tu verras que ma belle-sœur bouillonne d'impatience.

— Pourquoi cela ?

Emma regarda attentivement Lottie Charlton, qui était en train d'écouter le Dr Milburn.

— On dirait qu'elle a avalé un fruit pourri, constata Emma. Elle n'apprécie peut-être pas la conversation du docteur.

— Tu as gâché son entrée. Lottie t'avait mise sur la touche et toi, tu apparais ce soir avec ce style spectaculaire. Cette robe, Emma !

— Je n'ai rien fait de tel, se défendit Emma en désignant de son éventail la foule grandissante d'hommes qui entouraient désormais Lottie.

La petite blonde, le visage à moitié caché par son éventail, riait de manière aguicheuse à une remarque de Jack. Emma chassa la pointe de jalousie qui la tenaillait.

— Elle est très jolie, continua-t-elle. Tu peux voir d'ici les officiers qui font la queue pour demander que quelqu'un la leur présente. Tu verras. Je garderai ma place habituelle près de toi toute la soirée, pendant qu'elle paradera comme la reine de la fête.

— Elle est peut-être la reine de la fête, mais Lottie est aussi une peste. Elle a persuadé Mr Higgins d'accrocher du gui au-dessus de la piste de danse et elle a l'intention de surprendre ton Jack Stanton dessous.

Lucy désigna la boule de gui sous lequel la tradition voulait que l'on s'embrasse au milieu de la pièce.

— Il est caché au milieu des guirlandes, ajouta-t-elle. Toutes ces manigances finiront par lui jouer un jour un mauvais tour, et elle se retrouvera mariée au mauvais homme.

— Ce n'est pas *mon* Jack Stanton, protesta Emma.

Mais peut-être s'était-elle défendue un peu trop vite. Elle aurait dû se concentrer sur les incartades de Lottie, sujet beaucoup plus convenable et beaucoup moins périlleux.

— Tu es arrivée avec lui, et je vois briller en toi ce soir une lumière que je n'avais plus vue depuis de nombreuses années.

Lucy croisa les mains sur ses genoux et lui adressa un sourire supérieur.

— Cela te fait paraître beaucoup plus jeune, conclut-elle.

Emma ignora les commentaires de son amie sur la lumière. Lucy avait certainement confondu l'éclairage et la chaleur des lustres avec autre chose. Et la robe qu'elle portait ce soir convenait tout à fait à l'occasion, songea Emma.

— Je suis venue uniquement parce que Jack Stanton m'a forcé la main, dit-elle.

Elle se retint de triturer le bouton en perle de son gant. Une lady se tenait tranquille en toutes circonstances, paroles que sa mère lui avait inlassablement répétées toute sa vie. Aujourd'hui, son existence était très différente de celle que sa mère aurait considéré comme décente pour elle.

— Forcé la main ? s'étonna Lucy.

Mais Emma vit la lueur amusée qui dansait dans ses yeux.

— J'ai du mal à croire qu'un homme puisse te forcer à faire quelque chose. Tu es devenue redoutable, Emma.

— Tu es mon amie depuis très longtemps, Lucy, c'est pourquoi je ne relèverai pas cette remarque.

Emma cacha son expression derrière son éventail. Lucy avait le droit de s'exprimer. Elle avait choisi Henry Charlton six ans plus tôt, alors qu'elle avait fait son entrée dans le monde depuis quelque temps. Ce n'était pas un mariage d'amour, mais Lucy disait s'en satisfaire.

— Même de vieilles amies ne devraient pas prendre de telles libertés.

— Balivernes, Emma, nous sommes amies depuis toujours.

Lucy posa sa main gantée sur son bras.

— Mais je m'inquiète surtout de ce qui pourrait se passer si ton père se remarie.

— Je ne pense pas que cela soit possible, lança Emma avec un rire condescendant.

Elle ne s'était pas confiée à Lucy sur la maladie de son père et sur ses craintes.

— Pourtant, tu devrais t'en soucier, répliqua Lucy. Il n'est pas si vieux et il possède une fortune considérable. Regarde comment la veuve de ce fermier de la Tyne Valley lui tourne autour.

Emma, soudain mal à l'aise, s'agita sur sa chaise tandis qu'un frisson glacial lui parcourait le dos. Elle s'occupait de la maison depuis que sa mère était tombée malade, soit depuis sept longues années. Si son père venait à se remarier, elle serait ravie pour lui, mais la maison cesserait d'être son domaine.

— Je pourrais toujours devenir dame de compagnie.

— Emma, tu n'es pas du genre à mener la vie d'une dame de compagnie dévouée, prête à se plier en quatre, à lire d'ennuyeux tracts religieux et à faire du crochet et du tricot.

— Tu ne pensais pas non plus que je pouvais faire une bonne infirmière, lui rappela Emma. Tu as fait beaucoup de sinistres prédictions à l'époque, soutenant que j'abandonnerais ma mère et que je me marierais avant la fin de l'année où elle est tombée malade.

— Parfois, je pense que tu as persisté dans cette voie uniquement parce que cela te faisait plaisir de me prouver que j'avais tort, rétorqua Lucy, le regard brillant de malice. Je vous connais depuis longtemps, Emma Harrison.

Non, elle s'était complu dans cette vie parce qu'elle avait le cœur brisé. Emma se mordit nerveusement les lèvres. D'où lui venait donc cette idée ? Elle préféra la chasser. Elle était très heureuse et satisfaite de la vie qu'elle menait. Sa seule inquiétude était son père, qu'elle devait garder en vie.

— Il y a peut-être un soupçon de vérité dans ce que tu dis, Lucy.

— Miss Harrison.

La voix de Jack l'enveloppa tout entière.

— Je vous ai enfin trouvée, déclara-t-il. J'avais l'impression que vous aviez été avalée par la foule.

— Je n'imaginais pas que vous auriez besoin de me chercher, dit Emma.

Mais, au fond d'elle, elle tremblait de peur. Elle avait espéré que Jack se satisferait de la voir apparaître au bal.

— Vous avez oublié que nous devions danser une polka ?

Le ton de Jack était léger, mais ses yeux étaient froids.

— La première danse est la polka, continua-t-il. Je ne vois pas l'intérêt d'attendre plus longtemps. Et vous ne semblez pas avoir été invitée pour cette danse.

Emma sentit son cœur chavirer. Maintenant que l'heure

était venue, elle n'était plus du tout certaine d'y arriver. Elle connaissait les pas. Mais de là à danser au milieu de tous ces gens, des gens qui se rappelaient certainement qu'elle avait autrefois été la reine du bal, et non celle que l'on invitait pour le dernier quadrille à la fin de la soirée.

— Je croyais que j'aurais plus de temps devant moi, riposta-t-elle.

— Du temps pour quoi ? Pour vous énerver ou pour trouver une excuse pour ne pas danser ?

— Emma, tu ne m'avais pas dit que Mr Stanton t'avait invitée à danser. Petite coquine…

Les yeux de Lucy brillèrent d'une lueur espiègle.

— Dire que je croyais que tu me tiendrais compagnie jusqu'à ce que le Dr Milburn vienne te chercher. Allons, emmenez-la, sir. Emma ne danse pas beaucoup ces derniers temps, plus comme lorsque nous étions jeunes. J'aimerais beaucoup la voir danser la polka.

— Miss Harrison prétend connaître les pas, mais j'ai des doutes.

Ce disant, Jack la défia du regard.

— Vous mettez en doute ma parole, mais je ne suis pas une menteuse, Mr Stanton, s'insurgea Emma. Je connais effectivement les pas.

— Elle est consternante, vous ne trouvez pas ? intervint Lucy. J'espère qu'elle ne vous marchera pas sur les pieds.

— Je n'ai jamais marché sur les pieds de personne, protesta Emma. Franchement, Lucy !

— Emma s'intéresse beaucoup plus à de stupides calculs de vents et de marées ces derniers temps, continua Lucy, comme si Emma n'existait pas. Elle ne cesse de parler de cela. Qui donc peut bien s'intéresser à ces choses-là et en faire un sujet de conversation ?

Emma s'étrangla. Elle était partagée entre l'envie de gifler son amie et la fierté qu'elle tirait de ses propres capacités.

— Vraiment ? s'étonna Jack. Je n'avais pas remarqué que son intérêt pour le génie civil allait aussi loin.

— Oh ! si. Vous devriez voir ses esquisses du nouveau pont. J'en ai vu les premières ébauches et…

— Lucy Charlton, tu parles beaucoup trop, l'interrompit Emma. Parfois, je me demande si tu sais ce que tu dis.

— Mais je sais ce que tu essaies de faire, Emma Harrison ! répliqua son amie. Et je suis d'accord avec Mr Stanton. Tu ne devrais pas rester assise là, alors que d'autres danseuses moins douées que toi occupent la piste de danse.

Lucy lui enfonça son coude dans le dos pour l'obliger à se lever. Emma lui décocha un regard noir.

— Dis-lui, supplia-t-elle avec une urgence dans la voix. Dis-lui que tu plaisantais.

— Je plaisantais, Mr Stanton, répéta Lucy en agitant son éventail. Emma Harrison est la même qu'avant. Vous êtes venu à son secours juste à temps, alors qu'elle essayait d'étouffer un bâillement.

— Je croyais que tu appréciais ma compagnie, Lucy, protesta Emma en lançant un regard reconnaissant à son amie.

Il fallait qu'elle se montre prudente vis-à-vis de Jack.

— Miss Emma, dit-il en lui tendant la main. La danse va bientôt commencer. Essayez de ne pas avoir l'air de monter sur l'échafaud.

— Sur l'échafaud ! Mais pas du tout, Mr Stanton ! s'indigna Emma en contenant sa nervosité.

Elle se répéta mentalement les pas. Elle espérait juste que le tempo ne serait pas trop rapide pour elle.

— Il me semble que vous avez pâli considérablement.

— Je me suis levée trop vite, assura Emma en prenant une profonde inspiration. Mon corset…

— Oui, bien sûr. Cela explique tout.

— Pouvons-nous y aller ?

— Ne craignez rien. J'essaierai de vous distraire avec des anecdotes sur la vitesse du vent et la hauteur des marées, comme votre amie me l'a suggéré.

— Je ne pense pas que ce soit le bon endroit pour une discussion aussi sérieuse, répliqua Emma.

— Vraiment ? Vous auriez dû y réfléchir avant d'accepter notre petit marché.

— Vous n'avez pas l'intention de tricher, Mr Stanton ?

Elle pouvait tout aussi bien faire un scandale et l'abandonner au milieu de la piste si les informations qu'il avait prévu de lui donner ne tenaient que dans le temps de cette danse. Elle avait besoin d'une longue conversation sur le sujet, mais elle commencerait à s'expliquer maintenant, puisqu'elle en avait l'occasion.

— Je veux un compte rendu détaillé de ce qui se passe sur le chantier. Je m'y suis habituée. La construction de ce pont est devenue une obsession pour moi. Lucy avait raison sur ce point. J'aimerais m'entretenir avec vous sur le tracé du pont et sur la nouvelle étude. Je pense avoir trouvé pourquoi elle est si différente de la première.

— Vous devriez savoir qu'en matière d'affaires ou de femmes je ne triche jamais, Miss Harrison. Et je ne mélange jamais les deux choses.

Jack lui décocha un demi-sourire.

— J'imaginais juste vous taquiner un peu, continua-t-il, mais je vois que vous savez résister à mes plaisanteries. Ne préférez-vous pas badiner un peu à la place ?

— Je pense que nous devrions danser, répondit Emma d'une voix ferme.

Badiner avec Jack était la dernière chose qu'elle désirait faire. Elle devait se souvenir qu'il était l'homme capable de réduire à néant son monde.

— Comme vous voudrez…

Emma posa une main légère sur celle de Jack et le laissa la conduire sur la piste au milieu des autres couples. Elle ignora le regard de vipère que lui lança Lottie. Jack posa ensuite la main sur sa taille et hocha la tête. La musique s'éleva joyeusement.

— Allons-y, dit Jack avant de commencer. « Talon pointe. »

— Pardonnez-moi ? demanda Emma en se retenant de rire.

— C'est ainsi que j'ai appris à danser la polka. Cette

petite comptine m'aide un peu. Mais vous paraissez inquiète. Êtes-vous certaine d'avoir déjà dansé la polka ?

— Je connais la théorie.

— Il y a une grande différence entre la théorie et la pratique, Miss Harrison. Tant dans le domaine de la danse que dans celui du génie civil.

Emma commença à danser d'un pas incertain, puis elle trouva son rythme. Contrairement à la valse, plus douce et plus lente, qui attirait toutes sortes de danseurs, la polka était plutôt réservée aux jeunes générations. Sans avoir les compétences d'un professionnel, Jack s'avéra être un cavalier aguerri et la guida avec aisance sur la piste. Emma se détendit et commença à remarquer quelques détails : la façon dont la main de son partenaire reposait contre son dos, les légères ondulations de ses cheveux, son parfum frais et viril et, par-dessus tout, la forme de ses lèvres.

Soudain, Emma manqua un pas et vacilla contre lui. Elle heurta la chemise blanche amidonnée qui couvrait son large torse, et poussa un petit cri étouffé. Jack manœuvra délicatement pour faire passer sa maladresse pour un acte délibéré. Emma retrouva son équilibre et continua de bondir autour de la piste.

— Je suis désolée, marmonna-t-elle tout en rougissant et en priant pour que Jack mette ce faux pas sur le compte de la fatigue.

— C'est certainement à cause du plancher de la piste, comme quelqu'un me l'a dit autrefois, dit-il calmement.

— Ils ne l'ont pas réparé depuis toutes ces années, remarqua Emma en s'étranglant.

Elle ne se souvenait que trop bien de la première fois qu'ils avaient dansé sur une valse de Strauss. C'était les paroles qu'elle avait prononcées, mot pour mot. C'était à ce moment-là qu'elle avait commencé à se sentir attirée par Jack. Puis, un an plus tard environ, il avait fait sa demande et était parti sans attendre sa réponse.

— Non, apparemment pas.

Emma leva les yeux vers lui et vit que ses prunelles

sombres s'étaient légèrement adoucies. Ses traits étaient moins graves. Emma se demanda quelle était la texture de ses lèvres. Étaient-elles douces ou fermes ?

— La musique s'est arrêtée, dit-elle en retirant sa main de celle de Jack.

Mais ses pieds refusaient de bouger.

— D'autres cavalières doivent vous attendre pour la valse qui suit, ajouta-t-elle.

Un étrange sourire fleurit sur les lèvres de Jack.

— Miss Harrison, vous vous êtes arrêtée de danser à un bien étrange endroit.

Emma leva les yeux vers le plafond et aperçut alors le gui. La petite farce de Lottie…

Jack prit son menton pour l'obliger à le regarder et scruta avidement son visage avant de poser les yeux sur sa bouche.

— L'idée est très tentante, mais pas ici. Ce serait une très mauvaise idée de vous embrasser ici, en public.

— Oui, en effet, convint Emma malgré le fourmillement qui venait d'envahir ses lèvres.

Déjà, plusieurs vieilles ladies avaient tourné vers eux leurs regards perçants et s'étaient emparées de leurs lorgnons pour mieux les observer. La salle entière grouillerait de commérages si Jack s'avisait d'effleurer ses lèvres. Mais s'il la laissait là sans même lui donner un baiser sur la joue, la salle ne manquerait pas de murmurer qu'il l'avait éconduite. Emma maudit en silence Lottie Charlton pour sa petite trouvaille.

— Je vois que mon père me fait signe…

— Cherchez-vous à vous enfuir, Miss Harrison ? demanda Jack en serrant plus fort sa main. Vous devez payer un gage.

— Pas du tout. Je n'avais nullement l'intention de m'arrêter ici. C'est le hasard qui l'a voulu.

Ses paroles étaient à peine un murmure. Ses lèvres fourmillaient comme si Jack les avait physiquement effleurées au lieu de les caresser du regard.

— D'autres avanceraient le contraire.

Il leva sa main et se pencha vers elle. Emma braqua les

yeux vers les boucles à la base de son cou, et essaya d'ignorer la soudaine vague de chaleur qui venait de l'envahir.

— S'il vous plaît, murmura-t-elle sans vraiment savoir ce qu'elle voulait.

— Je suis toujours heureux de vous satisfaire.

Il embrassa l'intérieur de son poignet, à l'endroit où son gant béait un peu. Il effleura sa peau nue en s'y attardant légèrement, rendant ce geste beaucoup plus intime qu'un baiser sur le front. Puis il y mit fin dans l'instant.

— J'attends avec impatience la prochaine fois.

— La prochaine fois ? souffla-t-elle en levant un regard inquiet vers Jack.

S'il dansait de nouveau avec elle ce soir, les commérages sur eux iraient bon train. Emma trembla de tous ses membres. Elle n'était pas certaine d'être prête à affronter cela. Le passé était le passé. Elle n'était plus la même femme que celle que Jack avait connue sept ans plus tôt. Elle ne riait plus autant, et elle savait beaucoup mieux ce qu'étaient la douleur et les épreuves.

Qui Jack voyait-il lorsqu'il la regardait ?

— Y aura-t-il une prochaine fois ? demanda-t-elle.

Elle se voulait sarcastique mais sa voix lui parvint, plaintive comme celle d'une enfant réclamant un bonbon.

Jack hocha la tête.

— Oui, et ce sera une valse, je pense, plutôt qu'une polka. Je suis à votre service, Miss Harrison.

Emma posa la main sur sa joue et sentit la fraîcheur du cuir sur sa peau en feu. La marque des lèvres de Jack semblait s'être imprimée à l'intérieur de son poignet. Elle contempla pensivement l'imposante carrure de Jack disparaître au milieu de la foule.

— Jack, vous voilà. Je croyais vous trouver aux tables de jeu.

La voix d'Edward Harrison interrompit le cours de ses pensées tandis qu'il regardait Emma prendre part à une danse folklorique. Ses jupes volèrent et dévoilèrent ses chevilles fines. Jack vit que Milburn les regardait aussi et réprima l'envie qui lui montait d'envoyer son poing dans la figure de cet homme suffisant. Il tourna ostensiblement le dos à la piste de danse.

— Je mets un point d'honneur à ne jamais faire de paris. Je préfère prendre des risques calculés.

— Je comprends mieux comment vous avez gagné autant d'argent aussi rapidement et apparemment sans efforts, déclara Harrison en lui tendant un verre de punch fumant. Vous aviez prédit l'essor phénoménal des chemins de fer. J'aurais dû suivre vos conseils à cette époque. C'est vous qui aviez raison.

— J'aime le penser, dit Jack en buvant une petite gorgée de « punch à la laine d'agneau » un breuvage, qui devait son nom aux pommes rôties qui flottaient à la surface et qui ressemblaient à la toison des agneaux venant de naître.

L'association grisante entre la bière brune fumante, le vin doux, la cannelle, le gingembre et la noix de muscade lui rappelait toujours la saison de Noël.

— Je le sais, Stanton. Je le sais. Qui aurait pu imaginer un jour que les chemins de fer deviendraient une partie aussi essentielle du royaume en si peu de temps ?

— Avez-vous trouvé votre veuve, Harrison ? demanda Jack en désignant plusieurs vieilles femmes occupées à commérer sur le bord de la piste. Votre cour se passe-t-elle comme vous le voulez ?

— La personne en question est dans d'assez bonnes dispositions, déclara Harrison en reculant d'un pas. J'ai beaucoup aimé vous voir tournoyer dans la pièce avec Emma. Vous avez fait beaucoup de progrès comme danseur. Je me souviens de l'époque où vous deviez vous servir d'un niveau pour vous entraîner à danser la valse.

Jack lui adressa un sourire pincé. Ce bal ravivait en lui de vieux souvenirs et des émotions qu'il croyait mortes depuis longtemps. Les heures qu'il avait passées à s'entraîner signifiaient bien peu comparées au plaisir de tenir Emma Harrison dans ses bras. À cette époque. Et maintenant aussi…

— Merci, ce fut un plaisir, répondit Jack en penchant la tête en avant tout en chassant le passé de son esprit. Votre fille a le pied très léger.

— Autrefois, je nourrissais quelques espoirs entre vous et ma fille, lâcha Harrison d'un air désinvolte.

— C'était il y a très longtemps, répliqua prudemment Jack.

Il ne s'était pas attendu à ressentir quoi que ce soit lorsqu'il avait pris Emma dans ses bras, mais tout son corps avait répondu à sa proximité. Quelle était la saveur de ses lèvres ? s'était-il demandé.

Il avait l'impression que les années s'étaient évaporées, et pourtant il savait qu'il n'était plus le jeune homme gauche et maladroit d'avant.

— J'aimerais inspecter les travaux demain, et voir comment ils avancent, dit Harrison en le ramenant brusquement à la réalité.

— Je suis certain que nous pouvons organiser cette visite. Il me tarde de vous montrer le chantier. J'ai quelques questions à vous poser à propos de certains calculs.

— Ceux de la première étude sont tous justes. Je les ai vérifiés moi-même, rétorqua Harrison. Je prends peut-être de l'âge mais mon esprit fonctionne admirablement bien, Stanton.

— J'aime les doubles vérifications, Harrison. J'espère que vous ne m'en tiendrez pas rigueur. Je ne fais que suivre votre enseignement, dit Jack en regardant Harrison droit dans les yeux.

Cette situation cachait bien plus de choses qu'il ne l'avait cru au départ.

— Si je travaille sur ce pont, je veux qu'il dure, conclut-il.

— Au fait, Stanton, je pense que nous pouvons emmener ma fille. Le bal ne l'aura pas trop fatiguée, affirma-t-il en souriant avec fierté. Maintenant, si vous voulez bien m'excuser, je dois aller m'occuper de ma veuve. Elle a promis d'être ma partenaire au whist.

Harrison s'en alla d'un pas nonchalant et prit par le bras une femme à peine plus âgée qu'Emma. La femme poussa un énorme soupir et battit des cils. Harrison rougit légèrement.

Jack plissa les yeux. Emma se sentait peut-être en sécurité chez son père, mais qu'adviendrait-il si jamais ce dernier se remariait ? Aucun doute qu'elle ne se satisferait pas d'une place de simple dame de compagnie, au service d'une femme guère plus âgée qu'elle. Bizarrement, cette idée ne lui fit pas plaisir non plus.

Soudain, l'un des danseurs heurta les feuillages qui décoraient la pièce et une branche de gui tomba à ses pieds. Jack se baissa pour la ramasser. Puis il aperçut Emma qui tournoyait dans les bras d'un des soldats de Sa Majesté. Ses jupes se balançaient au rythme de la musique. Elle était l'image parfaite du papillon mondain, mais Jack savait que cette image était fausse. Il y avait une gravité en elle, quelque chose qu'il n'avait jamais perçu auparavant.

Leurs regards se croisèrent et ils se fixèrent l'espace d'un battement de cœur. Emma fut la première à détourner les yeux.

— Ainsi, Emma, votre père souhaite que je vous emmène sur le chantier plutôt que nous parlions de la situation dans votre salon. Avez-vous demandé son aide ? Et qui essayez-vous de protéger ? s'interrogea Jack à voix basse en faisant tournoyer la branche de gui entre ses doigts. Jusqu'où êtes-vous prête à aller pour accomplir vos désirs ?

Chapitre 7

Les bougies des lustres étaient à moitié consumées et la salle de bal était plongée dans une lueur dorée. Le plancher en bois était recouvert de cire. Une goutte encore brûlante rata de peu son épaule, constata Emma comme elle tournoyait sur la piste avec l'un des officiers gravitant autour de Lottie.

— Miss Harrison, vous paraissez distraite, se plaignit le major.

— Je suis navrée, je vais m'efforcer d'être une cavalière plus agréable, répondit Emma avec un petit sourire.

Elle s'efforça de détourner les yeux des larges épaules de Jack.

Chaque fois qu'elle entrait sur la piste, elle le cherchait du regard. Il était différent de l'homme auquel elle avait failli donner son cœur sept ans plus tôt. Vu de l'extérieur, il paraissait le même, mais Emma le sentait animé d'une énergie très forte, d'un appétit qui n'existait pas au début de leur rencontre. Il avait depuis poursuivi son rêve et il l'avait atteint.

Ce qui était bien pire, Emma le savait, car si on lui donnait maintenant le choix entre danser de nouveau avec lui et en apprendre plus sur le pont, elle était désormais tentée d'oublier son devoir et d'opter pour la danse.

— Miss Harrison, je pense que j'ai le plaisir de danser cette prochaine danse avec vous.

La voix du Dr Milburn interrompit le fil de ses pensées

et elle se sentit assaillie par l'odeur du peppermint. Les traits froids du médecin entrèrent dans son champ de vision.

— Docteur Milburn, je ne m'étais pas aperçue que le bal touchait à sa fin.

Emma désigna ses pieds et sourit tristement.

— Je crains le pire pour cette paire de chaussures. Je ne me suis pas encore assise depuis la polka.

— J'ai remarqué que vous étiez très demandée, avoua le médecin en la regardant attentivement.

— Cela me change. J'avais oublié ce que c'était que de danser toute la nuit.

Le Dr Milburn fronça les sourcils.

— Vous savez, je crains que votre père ne soit devenu très proche de Jack Stanton.

— Mon père le connaît depuis très longtemps, répondit prudemment Emma. C'est lui qui a formé Mr Stanton.

— Nous étions à l'école ensemble, lança le Dr Milburn avec un grand rire. C'était un garçon de l'assistance publique et il ne finissait pas de faire parler de lui. Les bonnes manières ne s'inventent pas.

Il y avait quelque chose de désagréable dans le ton du médecin. Emma prit une profonde inspiration. Que voulait-il insinuer ? Que Jack ne méritait pas l'argent qu'il avait gagné parce qu'il avait été un enfant de l'assistance publique ? Qu'il l'avait d'une façon ou d'une autre obtenu d'une manière illégale ? Emma chassa cette idée inimaginable de son esprit.

— Il a fait fortune dans les chemins de fer, répliqua-t-elle. Comme Brunel, Stephenson et les autres.

Un air de contrariété traversa le visage du médecin.

— Vous savez que, dans le cadre de mon travail de charité, je rends visite aux ouvriers chez eux. Ils vivent dans de biens pauvres endroits. Répugnants. Parfois, je me demande si cette révolution industrielle dont ils parlent est toujours d'actualité. Contribue-t-elle vraiment à un monde meilleur ?

— Je ne vois pas le rapport avec Jack Stanton.

— Je ne veux même pas imaginer ce qui a dû arriver à ces pauvres diables lorsqu'il a racheté les entreprises dans lesquelles ils travaillent. Comment perçoivent-ils sa fortune ? Et toutes ces femmes qu'il a séduites mais qu'il n'a pas épousées ? Vous devez vous montrer prudente, Miss Harrison.

— Je pense avoir pris la mesure de cet homme, rétorqua Emma. Il supervise la construction du pont, et rien de plus.

Son poignet frémissait encore du baiser de Jack.

— Je ne m'intéresse pas du tout à lui, conclut-elle.

— Je suis soulagé de l'entendre, dit le Dr Milburn en s'inclinant de nouveau devant elle. Le quadrille va bientôt commencer. Pouvons-nous y aller ?

Emma se laissa guider sur la piste. Tandis que les danseurs formaient une ligne et s'apprêtaient à commencer, elle aperçut Jack tout près. Il posa sur elle un regard dur et froid, inquisiteur, détail qu'elle n'avait pas remarqué plus tôt dans la soirée. Un frisson lui parcourut le dos. Qu'avait-il prévu pour elle ? Le Dr Milburn disait-il vrai en ce qui concernait ses pratiques professionnelles ?

— Miss Emma, la danse a commencé, se plaignit le médecin.

Emma s'efforça de se concentrer sur les pas, chassant ces sombres pensées de son esprit surmené.

— Je vais regagner ma chambre en homme heureux, déclara Edward Harrison lorsque leur voiture se gara derrière la maison. Je me fais vieux mais ces bals font beaucoup de bien à mon cœur.

Emma s'avança pour suivre son père dans l'escalier. Ses pieds lui faisaient mal, mais elle se sentait d'humeur joyeuse. Elle avait oublié que danser pouvait être aussi agréable.

— Puis-je vous parler quelques instants, Miss Harrison ? demanda Jack en désignant le salon.

Emma s'empêcha de répondre trop vite. Tout son corps frémissait, comme si la main de Jack venait d'effleurer la sienne. Elle chassa sa fatigue. Jack n'avait certainement pas envie de parler du pont à cette heure ? Elle avait nourri l'espoir d'avoir cette conversation le lendemain matin. D'ailleurs, elle avait certainement bu un verre de punch de trop. C'était la seule chose qui pouvait expliquer ce sentiment d'extrême légèreté qui l'avait envahie. Une fois que la nuit aurait fait s'évaporer les brumes de l'alcool, elle risquait de sentir à nouveau le poids de ses vingt-cinq années.

Les braises dans la cheminée projetaient sur eux une lueur jaune orangée et conféraient à cette pièce habituellement paisible un air mystérieux.

— Quelque chose ne va pas ? s'enquit Emma en allant remettre les coussins en place sur le canapé.

Ses tempes bourdonnèrent plus fort lorsque Jack ferma doucement la porte.

— J'ai fait preuve de négligence à votre égard.

— De négligence ? répéta Emma.

Sous l'effet de la surprise, sa main se figea au-dessus d'un coussin.

— Vous avez pourtant été très agréable toute la soirée, le rassura-t-elle. Je ne vois aucune faille dans votre comportement. Vous avez même accompagné la vieille Mrs Armstrong tout au long du dîner… Dieu sait que vous êtes allé au-delà de vos obligations ! Elle part du principe que tout le monde est sourd et a besoin d'un cornet acoustique.

— C'est une femme charmante, mais je ne suis pas ici pour parler de la personne avec laquelle j'ai choisi de dîner.

Les cheveux noirs de Jack contrastaient fortement avec la blancheur immaculée de sa chemise, ce qui lui donnait un air dangereux.

— Vous voulez peut-être parler du pont ? Maintenant ?

Emma tenait un coussin à bout de bras, l'esprit en émoi. Le bal l'avait épuisée. Elle allait devoir faire attention à ce qu'elle allait dire. Mais par où commencer ? Et comment ?

Jack lui prit le coussin des mains et le posa sur le canapé. Soudain, l'air chargé de son parfum viril et citronné l'enveloppa. En l'espace d'une seconde, la pièce lui parut avoir rétréci. Elle humecta ses lèvres sèches et sentit son pouls s'emballer. Ils étaient seuls mais, contrairement à la fois précédente, les domestiques s'étaient tous retirés. À présent, la demeure était plongée dans le silence. Emma entendait au-dessus d'elle son père, qui s'apprêtait à se coucher.

— Je vous ai promis une autre danse, une valse, si mes souvenirs sont bons. Mais j'ai été retenu par d'autres affaires.

Le feu projetait des ombres sur son visage et cachait son expression.

— Et vous, avez-vous été occupée ?

— Après notre polka, je n'ai pas fait tapisserie, répondit Emma.

Elle se concentra sur l'horloge posée sur la cheminée, tentant d'ignorer comment son corps s'était éveillé, comme s'il attendait et désirait – que quelque chose se produise.

— Je n'aime pas dire une chose et ne pas m'y tenir, répliqua Jack en avançant vers elle.

— Il n'y aura pas d'autre bal entre aujourd'hui et Noël. Sortez-vous cela de la tête, comme je l'ai déjà fait, rétorqua-t-elle.

Emma savait qu'elle mentait. Chaque fois qu'elle avait valsé avec d'autres hommes, elle s'était souvenue de ce qu'elle avait ressenti dans les bras de Jack. Un sentiment de sécurité et d'intimité, comme si elle avait été de retour chez elle. Elle s'efforça de se contrôler.

— Pourrions-nous parler du pont ? demanda-t-elle. C'est une autre promesse que vous avez faite et je suis impatiente d'écouter les progrès que vous avez accomplis.

— Si une polka valait une discussion, une valse pourrait mériter une visite du chantier pour voir comme les choses avancent ?

La voix de Jack baissa d'une octave, et devint douce comme une caresse.

Il fallait qu'elle se souvienne de ce qui était important.

— En effet. Mais nous ne parlons que de théorie, Mr Stanton. Je vous ai dit qu'il n'y avait pas de bal entre maintenant et Noël.

Emma sentit un pincement de déception. Contre toute attente, elle avait envie de se trouver de nouveau dans les bras de Jack, et peu lui importait le motif.

— Et si je fredonnais ? proposa-t-il en tendant les bras vers elle.

Ses yeux étaient plongés dans l'ombre.

— Vous voulez danser avec moi, ici, à la lueur de ce feu de cheminée ?

Emma essaya de reprendre son souffle mais son corset était beaucoup trop étroitement serré. Danser ici… Un frisson d'excitation parcourut son échine.

— Vous vous jouez de moi, Mr Stanton. Valser ici, dans le salon, et sans musique ?

Son rire mourut dans sa gorge lorsqu'elle croisa l'expression de Jack. La lumière que diffusait la lampe à gaz donnait à son regard et à ses traits anguleux un air dangereux.

Son habit du soir ne contribuait en rien à lui attribuer l'air d'un homme qui savait se dominer. Bien au contraire, il ne le couvrait que d'un mince vernis d'homme civilisé.

— Je n'ai jamais été aussi sérieux.

Il avança vers la cheminée et Emma le regarda fixement. Malgré elle, elle fit un pas vers lui et hocha imperceptiblement la tête.

Demain, elle redeviendrait raisonnable mais, ce soir, elle avait envie de sentir les bras de Jack autour de sa taille. Elle avait bu un verre de trop, et même son sang semblait vibrer d'excitation dans ses veines.

— Un seul tour dans la pièce et ce sera tout, obtempéra-t-elle.

— Vos désirs sont des ordres.

Jack posa une main sur sa taille et, de l'autre, s'empara d'une des siennes. Emma frémit quand elle toucha son épaule et qu'elle sentit ses muscles se raidir sous ses doigts.

Il entreprit de fredonner assez fort. C'était une valse de Strauss, comme celle sur laquelle ils avaient dansé pour la première fois tant d'années en arrière. L'avait-il choisie délibérément ou simplement parce que c'était le seul air de valse qu'il connaissait ? Emma hésita à lui poser la question puis se ravisa. Elle n'avait aucune envie d'attirer l'attention de Jack sur le fait que, de son côté, elle se souvenait très bien. Elle redoutait de réfléchir aux conclusions qu'il tirerait de sa question.

Lorsqu'elle croisa son regard, Emma fredonna à son tour en même temps que lui. Il acquiesça et serra plus fermement sa taille avant d'attirer son corps plus près du sien. À travers le tissu de sa robe, Emma sentit la main brûlante de son cavalier.

Ils firent une fois le tour de la pièce puis ils ralentirent, cessèrent de fredonner et s'immobilisèrent.

Emma croisa à nouveau le regard de Jack et ne put détourner les yeux. Elle comprit qu'il lui fallait reculer, comme l'exigeaient les bonnes manières. Mais ses membres étaient comme paralysés.

Elle avait envie de rester là, dans les bras de Jack. En sécurité. Puis de poser la tête contre son torse et d'écouter les battements réguliers de son cœur. Au prix d'un violent effort, elle s'arracha à l'étreinte de Jack.

— Je dois partir, dit-elle en regardant vers la porte fermée qui lui paraissait se trouver à des kilomètres.

Elle ignorait comment l'atteindre sans vaciller. Ses jambes ne lui obéissaient plus.

Jack ne répondit rien mais sa bouche s'empara soudain de la sienne. Lèvres contre lèvres. Emma eut alors l'impression que tout son univers ne se résumait plus qu'à une seule chose : la pression des lèvres de Jack sur les siennes.

Fermes mais douces.

Un frisson chaud lui parcourut le corps. Elle avait déjà reçu des baisers avant ce jour, de petites bises rapides. Une fois, un homme l'avait embrassée sur les lèvres. Mais jamais personne n'avait pris ainsi possession de sa bouche, ne s'y était attardé. Ce baiser menaçait de bouleverser tous ses sens. Il fallait qu'elle recule, mais elle était incapable de faire le moindre mouvement. Elle désirait que ce moment dure éternellement. Puis le baiser devint plus exigeant, plus urgent. Jack dévorait ses lèvres tandis que ses bras la serraient plus fort et l'attiraient vers lui, l'écrasant contre son corps tout en muscles.

L'horloge sonna les douze coups de minuit, et Emma sursauta avant de s'écarter brusquement de lui. Le visage de la jeune femme reflétait sa panique. Ses lèvres étaient trop pleines, trop rouges. Jack ne fit pas un geste pour la retenir.

Il avait voulu la tester et voir jusqu'où elle était prête à aller, avant de s'écarter le plus tard possible. Puis c'était arrivé. Il avait goûté ses lèvres, les avait senties s'incurver puis céder sous la pression des siennes. Il lui avait fallu faire appel à toute sa force de volonté pour ne pas aller au-delà. Même à cet instant, il brûlait de tendre la main et de serrer à nouveau le corps chaud d'Emma contre le sien.

— Pardonnez-moi, Miss Harrison. C'est à cause du gui…

Son souffle était court, comme s'il venait de courir sur une longue distance. Il reprit sa respiration, les mains sur les hanches et la tête droite.

— Je ne vois pas de gui ici.

Emma croisa les bras et le regarda d'un air méfiant.

Jack haussa les sourcils.

— L'audace de cette affirmation me surprend, Miss Harrison. Il y a un brin de gui dans vos cheveux.

Les joues de la jeune femme s'empourprèrent tandis que ses mains fouillaient le chignon à l'arrière de sa tête.

— Où donc ? Pourquoi ne l'ai-je pas remarqué ? Savez-vous depuis combien de temps il est là ? Imaginez ce que les commérages vont répandre !

Jack tendit la main et tira sur la brindille qu'il avait lui-même accrochée dans les cheveux d'Emma pendant qu'ils dansaient. C'était une petite ruse de sa part, car les lèvres d'Emma l'avaient tenté toute la soirée.

— Vous devriez être plus observatrice, conclut-il.

Il garda un air parfaitement solennel et attendit. Les coins des lèvres d'Emma s'incurvèrent.

— Je suis certaine que cette brindille ne se trouvait pas là avant que nous valsions.

Ses yeux pétillèrent tandis qu'un petit rire s'échappait de ses lèvres.

— Je suis catégorique, poursuivit-elle. C'est impossible.

Lucy Charlton m'aurait prévenue lorsque nous sommes partis. C'est vous qui l'avez mise.

Le rire de Jack fit écho au sien.

— Vous m'accusez ? se défendit-il en haussant les sourcils, la mettant au défi de poursuivre ce badinage.

— Peut-être.

Emma baissa les yeux et parut s'absorber dans les motifs du tapis turc.

Jack hésita, attendit.

Le bruit de l'horloge s'amplifia et résonna dans son corps. Il força ses mains à rester immobiles. Des années plus tôt, Emma et lui avaient échangé des propos galants, et il avait précipité les choses. Il avait perdu Emma.

Il refusait que ce scénario se reproduise.

Jack ferma les yeux. Sept ans plus tôt, il s'était fait la promesse de commencer une nouvelle vie sans regarder en arrière. Il ne pouvait pas revenir sur cette résolution simplement parce que la femme qu'il avait tenue dans ses bras était Emma Harrison.

— Dans ce cas, j'ai effectivement ma part de responsabilité. Maintenant, dites-moi que vous me pardonnez.

Emma rougit. Un petit soupir fusa de ses lèvres mais le tapis continua à retenir son intérêt.

Jack attendit qu'elle lui offre de nouveau ses lèvres tant il brûlait de s'en emparer.

La jeune femme leva enfin la tête.

— Il n'y a rien à pardonner.

Elle poussa un petit rire et passa la main sur le manteau de la cheminée.

— C'est la faute du gui, ajouta-t-elle.

Elle baissa rapidement les yeux et ses cils projetèrent leur ombre sur ses joues, lui donnant le même air qu'elle avait autrefois. Jack serra les poings.

Il devait se souvenir de ce dont elle était capable. Il lui avait livré son cœur dans cette lettre et elle l'avait assassiné. Elle ne lui avait jamais répondu et n'y avait jamais fait la moindre allusion. Ce silence lui avait servi d'exutoire pour faire quelque chose de sa vie, au lieu de se contenter d'un simple poste d'ingénieur civil junior.

La mort d'un rêve en avait engendré un autre.

Pourtant, aujourd'hui, il y avait quelque chose de différent en elle. Quelque chose qui l'incitait à se montrer prudent. Tout n'était pas comme il y paraissait.

— Pourquoi avez-vous accepté de danser avec moi ? demanda-t-il.

— Je vous ai dit que j'étais très intéressée par le pont. Je voulais… pouvoir visiter le chantier. Vous me l'avez promis.

— Et pourquoi souhaitez-vous cela ?

La question parut résonner dans toute la pièce. Emma pouvait presque entendre l'avertissement sous-jacent. Il y avait danger. Elle avait bien failli oublier qui était Jack Stanton, et à quel point il était important qu'il ne découvre pas la vérité sur le pont et sur sa conception. Il lui fallait trouver un moyen d'attirer l'attention de Jack sur les erreurs de calcul sans donner d'explications sur l'état de santé de son père.

Il fallait qu'elle y pense plus qu'aux bras de Jack sur elle, ou à son propre désir de poser la tête sur son torse pour lui confier ses craintes sur son père et sur son propre avenir.

Mais elle ne pouvait rien dire. Pas même maintenant qu'ils venaient de partager un baiser. Surtout depuis qu'ils avaient partagé ce baiser.

Un baiser.

Personne ne les avait encore découverts, mais la possibilité était là. Qu'aurait dit son père ? Les avait-il poussés dans les bras l'un de l'autre ? Le pire était qu'elle désirait de nouveau sentir les lèvres de Jack sur les siennes et qu'il la prenne dans ses bras. Elle avait voulu tout cela.

— Dites-moi, Miss Harrison, insista-t-il d'une voix douce mais d'un air décidé. Répondez-moi, Emma.

— Parce que…

Emma se retint d'évoquer les erreurs de calcul. Ce n'était

pas le moment d'en parler. Elle préférait profiter de la beauté de la nuit.

— Parce que j'aime m'intéresser aux choses que fait mon père. Cela nous donne d'autres sujets de conversation que le temps qu'il fait.

Tout en parlant, elle comprit que ses paroles sonnaient faux. Elle se couvrit la bouche avec les mains et pria.

Les traits de Jack se durcirent. Il alluma trois bougies et, soudain, la pièce s'illumina.

— J'espère qu'un jour vous me ferez suffisamment confiance pour me dire la vérité, Miss Harrison.

— Et j'espère qu'un jour vous n'aurez plus besoin de tricher en mettant du gui dans mes cheveux. Dire que je vous faisais confiance. Vous êtes pire qu'un voyou.

Emma se redressa, prit une bougie au passage et salua Jack d'un signe de tête.

— Je souhaite me rendre sur le chantier demain matin.

— Mais…

— Vous auriez dû mieux lire les termes de notre contrat, Mr Stanton, répondit-elle d'une voix ferme. Bonne nuit.

Emma sortit très vite de la pièce, avant que ses jambes refusent de la porter. Avant qu'elle ne supplie Jack de la laisser rester.

Jack la laissa partir, malgré la tentation de la retenir et de l'embrasser de nouveau pour mieux goûter sa bouche. Il était certain qu'elle allait revenir.

Le bruit de ses pas résonnèrent lorsqu'elle monta précipitamment les marches.

Jack se versa un verre de brandy, le mit sous la lumière et le fit tournoyer. Il vit la couleur des cheveux d'Emma dans le verre. Il vida le contenu d'un seul trait.

— La partie n'est pas encore terminée, Miss Emma Harrison.

Chapitre 8

— J'aime beaucoup la façon dont tu es coiffée ce matin, Emma, commenta son père le lendemain.

Il vint la retrouver autour de la table du petit déjeuner où elle grignotait du pain avec du beurre.

— Cette coiffure te va beaucoup mieux que celle que tu avais avant, qui avait tendance à te vieillir et à te faire ressembler à la grand-tante Agatha, ajouta-t-il.

Emma se retint de lui rétorquer qu'elle se coifferait comme elle voudrait et qu'elle ne ressemblerait jamais à la grand-tante Agatha de sa vie. En accord avec Annie, elle avait décidé de conserver les anglaises qui encadraient son visage. Elles adoucissaient en effet son profil. Emma lorgna vers la petite horloge en marbre posée sur le manteau de la cheminée avant de se tourner vers son père.

— Que faites-vous debout de si bonne heure ? demanda-t-elle. Le jour vient à peine de se lever.

Son père avait passé sa redingote, et sa grosse montre à gousset en or brillait sur son gilet. Elle ne l'avait plus vu habillé de cette façon depuis le samedi de la semaine précédente, jour où ils avaient attendu l'arrivée de Jack. Mais, ce jour-là, il avait fallu qu'elle insiste pour qu'il vienne, et ils n'étaient arrivés sur le chantier qu'à la pause de 11 heures, pas avant.

Son père s'assit calmement à la table du petit déjeuner et fit signe aux domestiques de lui servir son repas et du café. Fackler s'avança en silence et arrangea avec des gestes précis la serviette de son maître.

Emma tendit la main derrière elle pour saisir le flacon de potion de son père, mais il le refusa d'un geste.

— Je veux avoir tous mes esprits aujourd'hui, dit-il en fronçant le nez. Ce remède a un goût qui me déplaît fortement, et il me donne des palpitations. Tu t'inquiètes beaucoup trop pour moi.

— Vous ne voudriez pas avoir une nouvelle attaque, protesta Emma en serrant le flacon entre ses doigts.

Elle détestait imaginer ce qui se passerait si son père faisait une crise en présence de Jack.

— Laisse-moi juger de ma santé, ma fille. Je connais les risques. J'ai pesé le pour et le contre. J'ai suffisamment de bon sens, contrairement à ce que tu sembles croire.

— Vos accusations sont injustes.

— La vérité n'est jamais une accusation, répondit son père en soutenant son regard. Maintenant, ne perdons plus de temps. Où est ce jeune Stanton ?

— Pourquoi cela, père ? Qu'avez-vous prévu de faire avec Mr Stanton ?

Emma essaya de ne pas sourire en l'entendant désigner Jack de cette façon. Elle se souvenait que son père avait l'habitude de l'appeler ainsi. Autrefois, il parlait régulièrement de lui pendant le dîner jusqu'à ce que sa mère détourne la conversation de ses affaires.

Jack n'était plus le « jeune Stanton ». Tout comme elle, il avait grandi, et changé. Il était devenu plus dangereux, plus sophistiqué et plus… désirable. C'était un homme mûr. Il n'y avait plus rien d'enfantin chez lui.

Emma servit le café d'une main tremblante et le liquide se déversa un peu sur les bords de la tasse.

— J'ai prévu une surprise, répondit son père en se frottant les mains.

— Je le vois bien à la manière dont votre regard brille, répliqua Emma en se penchant vers lui. Dites-moi tout, père, quelle bêtise avez-vous en tête ?

— Aucune bêtise. Tu vas aller visiter le chantier du pont aujourd'hui, et je vais venir avec toi, déclara son père.

— Oui, je sais que je suis de la partie. Ce n'est pas une nouveauté.

Emma s'interrompit brusquement et plissa les yeux, puis elle regarda fixement son père.

— Comment savez-vous que je vais visiter le chantier ? Quand avez-vous vu Mr Stanton ?

Soudain, l'air vint à lui manquer. Jack était-il déjà allé trouver son père ce matin ? mais à quel sujet ? Elle s'efforça d'apaiser ses tensions. Tout était trop rapide, trop nouveau pour elle.

Son père lui expliqua :

— J'ai eu une petite discussion avec Stanton hier soir pendant le bal. J'ai pensé que c'était une excellente idée. Tu t'es suffisamment morfondue d'être restée éloignée. J'ignore pourquoi tu t'es entichée de ce pont, mais c'est une réalité. C'est ainsi. Tu dois l'avoir dans le sang. Tu as failli devenir folle la semaine dernière quand j'ai refusé de te parler des avancées du chantier.

— Je ne me morfonds pas, se défendit Emma avant de sentir sa gorge se serrer.

Elle ignorait que son père fût aussi perspicace. Elle allait devoir choisir ses mots avec soin. De quelle façon allait-elle lui parler des erreurs de calcul, surtout s'il n'avait pas pris son remède ?

— Je me suis occupée des préparatifs de la fête, renchérit-elle. J'ai rempli les boîtes pour les pauvres et veillé à ce que ma robe de bal soit prête. J'ai eu un millier de choses à faire.

— Mais je sais à quel point le pont t'a manqué. Stanton était d'accord avec moi lorsque je me suis entretenu avec lui pendant le bal. Tu étais en train de danser avec un soldat.

Emma regarda son père fixement tout en se remémorant les événements de la veille. Elle sentit sa bouche s'assécher. Jack était au courant ! Il avait déjà accepté de l'emmener sur le chantier avant leur entrevue au salon le soir précédent. Il l'avait manipulée pour la contraindre à danser avec lui et pouvoir l'embrasser !

Ce baiser, qu'elle avait appelé de toute son âme à durer éternellement, n'aurait jamais dû arriver.

Et pire encore, c'était elle qui en avait été à l'origine. C'était elle qui lui avait tendu ses lèvres, qui s'était immobilisée, qui avait planté son regard dans les prunelles sombres de Jack tout en désirant qu'il l'embrasse.

Un frisson lui parcourut le dos. Elle aurait dû avoir honte, mais ne ressentait rien de tel. Ce baiser avait eu quelque chose de spécial, qui remontait à des temps immémoriaux. Sauf qu'il ne fallait pas qu'il se répète. Jamais plus. Jack s'était joué d'elle. Il avait toujours eu l'intention de l'emmener voir le pont. La honte finit par la submerger.

— Vous avez organisé cette journée ? s'insurgea-t-elle. Comment avez-vous pu faire une chose pareille sans me consulter préalablement ?

— Que viens-tu de dire ? J'ai l'impression d'être de plus en plus sourd. Bientôt, je vais avoir besoin d'un cornet acoustique, lança son père en posant une main sur la sienne. Je partirai donc seul. Inutile de te creuser la tête pour trouver une excuse. Jack Stanton comprendra. Ton intérêt pour le pont n'était que passager et tu as trouvé une autre activité pour passer le temps, voilà tout.

— Vous faites exprès de ne pas me comprendre, papa. J'ai envie de venir avec vous, répondit très vite Emma. Ce sera le point fort de ma matinée. Je suis heureuse que vous vous sentiez en assez bonne forme pour aller sur le chantier. La potion du Dr Milburn fait apparemment des miracles.

— Je retrouve bien là ma fille, dit son père en se tapotant le nez. Je n'ai pas pris ma potion ces derniers jours. Je ne voulais pas que Stanton s'aperçoive que j'étais mal en point et faible.

Emma s'apprêtait à protester quand Jack les rejoignit dans le salon du petit déjeuner. Pas un seul de ses cheveux ne dépassait, et le pli de son pantalon couleur crème était parfait. Tout en lui témoignait de l'élégance d'un gentleman mais Emma ne songea qu'à la façon dont sa bouche avait fondu sur la sienne.

À la façon dont il l'avait tenue dans ses bras. Et à la façon dont il l'avait trompée. Elle tordit sa serviette sur ses genoux et s'efforça d'oublier le baiser de Jack. Il l'avait utilisée. Il fallait qu'elle se raccroche à cette idée. Jack ne s'intéressait qu'à ses affaires. Il se fichait d'Harrison and Lowe et de ses employés. Et il ne voyait en elle qu'un moyen d'arriver à ses fins.

— Tout le monde est réveillé, constata Jack, le regard animé d'un feu intérieur. Avez-vous toujours l'intention de nous accompagner sur le chantier, ce matin, Miss Harrison ? demanda-t-il. Nous pouvons reporter la visite, si vous le souhaitez.

— J'ai la ferme intention de me rendre sur le chantier du pont aujourd'hui, avec mon père.

Les mots avaient jailli avec plus de véhémence que nécessaire. Jack haussa les sourcils de surprise.

— Il a toujours été question que cette visite soit dûment chaperonnée. Je sais que vous êtes très attachée aux convenances, Miss Harrison.

Il y avait une pointe de sarcasme dans ses paroles.

— Oui, même si je suis célibataire, il est plus simple de me plier aux conventions sociales, répondit Emma en pinçant les lèvres et en s'efforçant de prendre un air sévère. Il n'y a jamais eu le moindre relent de scandale dans cette famille. Ma mère nous a bien élevées, ma sœur et moi.

— Je suis heureux de l'entendre, approuva Jack en posant franchement les yeux sur sa bouche.

Sa voix de velours la fit frémir et lui rappela leur danse ainsi que le baiser qui avait suivi.

— Je suis sûre que vous allez beaucoup apprécier cette sortie, conclut-il.

Emma fronça les sourcils et se ressaisit. Elle devait se souvenir de qui il était, et de la façon dont il l'avait trompée la nuit précédente.

— Cela reste à voir, répliqua-t-elle sur un ton acerbe.

Jack et son père échangèrent un regard perplexe. Emma plissa les yeux. Elle avait compris que son père avait une idée derrière la tête. Il ne songeait pas à la marier, tout de même ? Elle ne le croyait pas assez sournois pour cela. Pas après ce qui s'était passé sept ans plus tôt.

Elle ignorait ce que son père préparait cette fois et cela l'ennuyait. Mais si Jack Stanton était de mèche avec lui, elle doutait que cela aille dans son sens à elle.

Le chantier brillait sous les rayons du soleil, mais la nuit avait dû être froide. Une épaisse couche de glace s'était formée sur les flaques d'eau. Deux garçons jouaient à glisser sur les pentes du chantier, mais d'un seul regard, Jack les interrompit. Les jeunes ouvriers prirent chacun une pierre et se remirent au travail.

Emma enfouit les mains dans son manchon et observa les volutes de vapeur qui entouraient Jack comme un nuage et masquaient ses traits.

Tout au long du trajet en voiture, elle avait fait tout son possible pour éviter que ses jupes ne le touchent. Il avait semblé prendre beaucoup de plaisir à la provoquer, profitant d'une embardée pour déplacer son pied légèrement vers elle. Et malgré tout, elle ne cessait de songer à leur baiser !

— Le chantier est blanc de gel, dit-elle pour masquer son embarras.

— Oui, et je ne voudrais pas que vous tombiez, s'exclama Jack.

— Je tiens très bien sur mes jambes, rétorqua Emma avec un sourire forcé. Je n'ai écrasé le pied d'aucun de mes cavaliers hier soir.

— Vous pouvez être une excellente danseuse, mais le verglas est une autre histoire et requiert la plus grande prudence.

Un sourire ironique étira le coin des lèvres de Jack tandis qu'il plaçait une main sous son coude pour l'empêcher de glisser sur une plaque de glace.

Emma pinça les lèvres. Il l'avait trompée la veille. Il avait pris la décision de l'amener ici bien avant de lui parler dans le salon, bien avant de poser les mains sur sa taille, bien avant de… Elle interrompit brutalement le flot de ses pensées.

— Je ne suis pas en porcelaine, Mr Stanton. Je sais me tenir sur mes deux pieds.

— Vous paraissez perturbée ce matin, Miss Harrison, remarqua Jack, une lueur amusée dans le regard.

Ses doigts restèrent à quelques centimètres de son coude, délicieusement proches. Tout son bras frémissait du désir qu'il la touche. Puis Emma vit les yeux de son père briller, et un léger sourire planer sur ses lèvres. Un frisson glacial parcourut ses veines, et elle s'obligea à s'écarter de Jack. Les actes de Jack allaient dans le sens de son père. C'était ce dernier qui avait manigancé tout cela. Il avait sollicité l'aide de Jack, mais il devait bien voir que le jeune homme d'affaires jouait aussi son propre jeu, non ? Emma songea qu'elle devait sans tarder discuter avec Jack, pour qu'il sache qu'elle avait compris les règles, et compris quel était le but qu'il s'était fixé.

— Vous m'avez trompée ! s'écria-t-elle dès que son père fut hors de portée de voix. Vous aviez déjà l'intention de m'amener ici hier. Nous n'avions nullement besoin de valser. Aucunement.

— C'est vous qui avez insisté. Je n'ai fait que vous le proposer. Et j'y ai pris aussi beaucoup de plaisir.

— Moi ? s'indigna Emma avant de lever les yeux au ciel, exaspérée.

— Vous réagissez vraiment mal à mes taquineries, Miss Emma, observa Jack, le regard brillant. Comme toujours.

Emma prit une courte inspiration tout en remarquant le changement de ton. Elle n'était plus « Miss Harrison » mais « Miss Emma », comme il avait l'habitude de le faire autrefois, en mettant l'accent sur « Emma ». Elle devait admettre qu'elle aimait sa façon de prononcer son prénom, mais là n'était pas la question.

— Normalement, un gentleman demande la permission à une lady avant de s'adresser à elle de manière aussi familière.

— Nous avons déjà convenu que je n'étais pas un gentleman. Ma naissance me l'interdit.

Son regard se durcit.

— Vous feriez mieux de vous en souvenir, tout particulièrement dans les salons, le soir, ajouta-t-il.

— Qu'êtes-vous alors, Jack Stanton ? s'enquit Emma à voix basse.

— Un ingénieur qui se trouve être aussi un homme d'affaires et qui vous emmène voir son tout dernier projet.

— C'est le projet de mon père, rectifia Emma, le cœur battant à tout rompre.

Cela faisait à peine plus d'une semaine que Jack était revenu et, déjà, le pont lui appartenait. Elle le voyait à la manière dont les matériaux étaient empilés et à la façon dont les ouvriers le saluaient. Bientôt, il mettrait en œuvre ses méthodes et ses pratiques à la place de celles de son père.

— Qu'entendez-vous par là ? demanda Jack en la regardant d'un œil inquisiteur.

— C'est Harrison and Lowe qui construit ce pont, répliqua Emma en croisant les bras sur la poitrine et en le regardant droit dans les yeux.

— Harrison and Lowe construit ce pont pour le compte de Robert Stephenson and Company. On peut donc dire qu'il nous appartient à tous les deux.

Jack désigna d'un signe de tête le fleuve, que le soleil faisait luire de mille feux.

— Je suis bien décidé à vous montrer ce que j'ai accompli. Je pense que vous remarquerez tous les changements apportés en si peu de temps et j'espère que vous les approuverez.

— Ce n'est pas à moi d'approuver ou de désapprouver.

— Mais les choses seront beaucoup plus simples si vous le faites, répondit calmement Jack.

— C'est mon père qui devrait effectuer cette visite avec vous.

— Vous êtes sa fille.

Plutôt que de continuer à soutenir le regard perçant de Jack, Emma parcourut le chantier des yeux. Malgré le froid, bon nombre d'ouvriers étaient déjà à l'œuvre. Elle retint un cri en distinguant Davy Newcomb qui boitillait dans la cour. Le jeune homme la salua chaleureusement de loin.

— Que fait Davy ici ? demanda-t-elle en se tournant vers Jack, stupéfaite.

Puis elle se souvint des remarques désobligeantes du Dr Milburn au sujet de Jack.

La nuit précédente, elle s'était tellement laissé absorber par la soirée qu'elle avait failli oublier qui était Jack et comment il avait acquis sa réputation de redoutable homme d'affaires.

— N'est-il pas blessé ? ajouta-t-elle.

— Je lui ai trouvé du travail, répondit Jack en haussant légèrement les épaules, comme si l'état de santé du jeune homme lui importait peu. Il n'y a pas de place pour les fainéants sur ce chantier.

Emma lutta pour contenir l'indignation qui enflait dans sa poitrine. Davy Newcomb n'aurait pas dû se trouver là. Jack avait tort de le forcer à travailler. Était-ce pour lui des pratiques professionnelles acceptables ? Forcer des hommes blessés à travailler sous peine d'être au chômage ?

— Mais il a une entorse, rétorqua-t-elle. Il devrait se reposer. Vous n'auriez pas dû le laisser revenir et se mettre en danger.

— Sa famille ne peut pas se permettre que le jeune Newcomb se repose. Il est quasiment le seul à rapporter de l'argent, même si sa mère travaille un peu comme lingère.

Jack la regarda fixement et son regard s'assombrit.

— Que vouliez-vous que je fasse ? demanda-t-il. Laisser sa famille mourir de faim à cette époque de l'année ? Votre manque de charité chrétienne me surprend, Miss Harrison.

— Ce n'est pas ce que j'ai dit, s'indigna Emma, les mains sur les hanches, prête à affronter Jack.

Il était revenu à son nom de famille, mais elle préférait ne pas y penser. Elle savait seulement que Jack Stanton avait tort. Davy Newcomb n'aurait pas dû se trouver là. Il était un danger pour lui-même et pour les autres.

— Ce n'est pas ainsi que mon père gère ses affaires.

— C'est moi le responsable, jusqu'à ce que votre père soit suffisamment rétabli pour reprendre les rênes. Permettez-moi en attendant de gérer ce chantier comme je l'entends.

Jack tourna les talons et s'éloigna à grands pas vers les bureaux.

— Mais… Mais… vous devez faire preuve de compréhension pour les hommes de bonne volonté, lança Emma en direction de l'inflexible silhouette.

Elle grinça des dents. Jack Stanton était despotique. Arrogant. Et totalement sûr de lui.

Il fallait qu'il comprenne que le retour de ce garçon était une folie sous bien des aspects. C'était mauvais pour Davy Newcomb. Mauvais pour l'entreprise. Emma se mordit les lèvres, partagée entre son désir de suivre Jack et celui de continuer à protester pour découvrir la vérité.

Il existait une possibilité qu'elle contrecarre le mal que Jack avait causé par inadvertance.

— Je vais aller lui parler et lui faire savoir qu'il n'a rien à craindre pour son poste, ajouta-t-elle en criant. Il faut qu'il sache qu'Harrison and Lowe traite bien ses employés.

Jack s'arrêta et se tourna lentement vers elle. Ses traits étaient figés et durs comme le granit et son regard était froid.

— Comme vous voudrez.

Emma se précipita vers l'endroit où Davy s'était arrêté pour réajuster sa béquille, une liasse de documents à la main.

— Comment allez-vous, Davy ? Votre jambe va-t-elle mieux ?

— Oui, Miss Harrison. Je me débrouille assez bien avec cette béquille.

Le jeune homme poussa son chapeau en arrière et lui décocha un large sourire.

— Je n'ai pas l'intention de dévaler une autre pente, miss, si c'est ce qui vous inquiète. Vous avez été très courageuse de descendre avec le patron. Bien sûr, je ne savais pas que c'était le patron, à ce moment-là.

— Votre jambe vous fait-elle beaucoup souffrir ? Surtout après vos journées de travail ?

— Cela pourrait aller mieux, mais ça pourrait être pire aussi, répondit Davy en haussant les épaules.

— Mais pourquoi êtes-vous là ? Ne devriez-vous pas être chez vous, à vous reposer ?

— Le patron m'a donné des choses importantes à faire ! s'exclama le jeune homme avec beaucoup de fierté.

Il se redressa de toute sa hauteur et parut soudain plus grand.

— Il est venu chez moi l'autre jour, continua-t-il, et il a eu une petite discussion avec ma mère. Il lui a dit à quel point j'étais en train de devenir quelqu'un de bien.

Emma lorgna en direction de Jack, occupé à donner des ordres à d'autres ouvriers.

— Vous devriez être chez vous, Davy, insista-t-elle. Votre jambe doit guérir correctement avant que vous repreniez le travail. Vous n'avez pas besoin de vous inquiéter. Il y aura toujours une place pour vous ici quand votre jambe ira mieux. Les Newcomb travaillent pour Harrison and Lowe depuis toujours. D'abord, il y a eu votre grand-père, puis votre père et enfin vous.

— Ne me renvoyez pas, Miss Harrison, s'écria Davy en saisissant sa manche et en l'implorant du regard. Nous avons besoin d'argent, et il fait beaucoup plus chaud dans le bureau que chez moi.

— Je suis certaine que la compagnie peut y remédier, dit Emma. Mon père est ici, aujourd'hui. Je vais lui parler tranquillement. Vous ne mourrez pas de faim.

— Les Newcomb n'acceptent pas l'aumône, répliqua Davy en se redressant de toute sa taille. Je sais que vos intentions sont bonnes, miss, mais le nouveau patron et moi, nous avons tout arrangé.

Davy partit en clopinant, et Emma le suivit du regard sans savoir quoi penser. Avait-elle commis une erreur ? Avait-elle été trop prompte à juger la situation ? Elle essaya de réfléchir. Il lui fallait trouver des réponses, et vite.

— Avez-vous appris quelque chose de votre conversation

avec Davy ? demanda Jack lorsqu'elle revint dans la cabane de chantier.

Assis devant le bureau de son père, il ne bougea pas d'un pouce. Ses prunelles ressemblaient à du marbre noir, et sa voix était tout aussi froide.

— Nous avons eu une discussion. Ce garçon est aussi têtu que vous.

— Je le prendrai comme un compliment.

Emma croisa les bras et lui retourna son regard. Elle était bien décidée à faire la lumière sur cette affaire.

— Pourquoi est-il ici ? Ce garçon est blessé. Il devrait être chez lui, à se reposer !

— Avez-vous essayé de lui imposer le repos ? Savez-vous pourquoi il est ici ? Vous en souciez-vous ? Ou bien vous contentez-vous de tirer des conclusions hâtives et de me condamner ? De dresser des hypothèses qui cadreront avec votre vision du monde ?

Jack posa les mains sur la table et se leva. Ses yeux lançaient des éclairs. Emma recula d'un pas, consciente de la colère qui l'animait.

— Dès que vous serez prête à m'écouter, conclut Jack, faites-le-moi savoir. Nous pourrons alors peut-être discuter.

— Eh bien… Je…, bafouilla Emma en portant la main à sa gorge, tout en se rappelant les paroles de Davy.

Davy n'accepterait pas qu'on lui fasse l'aumône. Elle s'était trompée. Elle baissa les yeux et se concentra sur le bouton en perle de son gant, puis elle déglutit, consciente du regard brûlant de Jack posé sur elle.

— Je suis désolée. Vous avez raison. J'ignorais que Davy Newcomb avait déjà repris le travail. Mais il ne devrait pas être là. Ce n'est pas ainsi que mon père gère ses affaires.

— Emma Harrison, vous êtes la femme la plus exaspérante que je connaisse ! s'écria Jack.

— Je le sais, répliqua Emma en posant les mains sur les hanches. Les ouvriers de mon père ont de l'importance à mes yeux. Ils font partie de la famille. Nous avons des devoirs envers eux. Je n'ai pas envie que ce garçon boîte toute sa vie. Il doit pouvoir subvenir aux besoins de sa mère et de ses frères et sœurs.

Soudain, le visage de Jack s'adoucit.

— Miss Harrison, pouvons-nous parler de cela de manière sensée ? Crier comme une poissonnière ne vous mènera à rien.

Une poissonnière ! C'était donc ainsi qu'il la voyait ?

— Non, vous avez raison. Je n'ai nullement l'intention d'être perçue comme une personne vulgaire. Aucun doute que Mudge et mon père peuvent nous entendre.

— Je pense même qu'ils peuvent vous entendre depuis l'autre bout du chantier sans aucun problème.

Un sourire fendit le visage de Jack.

— Et moi aussi, ajouta-t-il.

Emma sentit sa gorge se serrer. Aucun homme n'avait le droit d'être aussi beau et aussi exaspérant à la fois. Il fallait qu'elle fasse un pas vers lui et qu'elle lui prouve qu'elle était capable de l'écouter. C'était son seul espoir de lui faire comprendre ensuite à quel point il était nécessaire de modifier le tracé du pont.

— Je vous écoute, dit-elle d'une voix calme. Je suis prête à entendre vos explications.

Jack posa les mains à plat sur le bureau. Il s'exprima ensuite d'une voix claire, accentuant chaque mot comme on le ferait face à un enfant.

— Davy Newcomb est ici de son plein gré. C'est un choix qu'il a fait librement.

— Mais il souffre. Il ne peut pas travailler comme apprenti avec une jambe blessée. Vous n'auriez pas dû le laisser faire.

— C'est pourquoi nous sommes arrivés à un arrangement.

Jack prit alors un air très supérieur.

— Cela nous a permis de régler plusieurs problèmes, conclut-il.

— Mais il ne peut pas travailler. Vous risquez de mettre ce pauvre garçon en situation d'échec et, ensuite, il aura du mal à trouver un autre emploi.

Emma s'efforça de rester calme. Elle devait exposer ses arguments de sorte que Jack les comprenne.

— La compagnie ne peut pas se permettre d'avoir la charge d'un ouvrier qui ne peut pas travailler correctement, déclara-t-elle.

Il risquait d'être un danger pour lui-même et pour les autres sur le chantier.

— Et moi, je dis qu'il est en mesure de travailler ! s'écria Jack en frappant le bureau du plat de la main. Permettez-moi de décider qui représente un danger sur ce chantier. Je le gère à ma manière.

Emma préférait remettre cette discussion à plus tard, mais elle savait qu'elle avait raison. Davy aurait dû être chez lui, à se reposer.

— Naturellement, je vais devoir m'en remettre à vous. C'est vous le responsable, maintenant.

— En effet.

Le regard de Jack s'adoucit.

— Si cela peut vous rassurer, Davy n'est plus au service d'Harrison and Lowe.

Emma le regarda sans comprendre.

— Pourtant, il est ici, sur le chantier, et il travaille, objecta-t-elle.

— Oui mais il travaille pour moi, et pour moi seul.

Chapitre 9

— Je ne suis pas certaine de bien comprendre, avança prudemment Emma en se tournant vers Jack.

Une partie de son esprit saisit les petits détails de la personne de Jack Stanton, comme ses longs doigts posés sur le bureau, les ondulations de ses cheveux noirs et la détermination qui brillait dans son regard, tandis que l'autre partie analysait inlassablement cette information. Il avait donné un emploi à Davy Newcomb. Un emploi !

— Il a déjà un travail, ajouta-t-elle. Il travaille pour Harrison and Lowe comme apprenti.

— Non, plus maintenant, dit Jack en se levant.

Puis il coinça les pouces dans les poches de son veston.

— Comme vous l'avez exposé très justement, Harrison and Lowe n'a pas d'emploi à donner à un ouvrier qui est blessé. Il serait un danger pour les autres.

Jack avait renvoyé Davy, puis il l'avait embauché pour son propre compte. Dans quel but ? Cela n'avait aucun sens. Elle avait envie de détester Jack pour cela, mais Davy était ici et, manifestement, il aimait ce qu'il faisait.

— Pourquoi auriez-vous envie de l'employer ? Vous avez déjà un valet.

— Il n'est pas mon valet, ni mon domestique.

— Dans ce cas, qu'est-il ?

— Mon assistant personnel.

— Vous avez embauché Davy pour être votre assistant personnel ?

Emma n'en revenait pas.

— J'ai besoin d'aide pour de petites tâches, expliqua Jack. Des tâches qui requièrent une certaine vivacité d'esprit et de la bonne volonté. Cela m'est apparu comme la solution parfaite au problème.

Il ponctua sa réponse d'un léger sourire.

— À notre problème à tous les deux, ajouta-t-il. Je suis allé le voir le jour où vous êtes venue me rendre visite sur le chantier à propos de cette liste. Vous aviez raison. J'aurais dû me rendre à son chevet plus tôt.

Elle avait été injuste avec Jack. La solution qu'il avait trouvée pour Davy Newcomb était extrêmement pratique. Le garçon et sa famille n'auraient jamais accepté qu'on leur fasse l'aumône, et pourtant Davy ne pouvait pas réaliser de lourdes tâches. L'idée était simple et judicieuse.

— Je me suis trompée sur vos intentions, Mr Stanton, et je regrette profondément mes précédentes paroles. Elles étaient irréfléchies. Je vous prie de me pardonner.

— Parfois, la solution à un problème arrive de manière inattendue.

Il lui tendit la main, une main virile aux doigts fuselés.

— Pouvons-nous repartir sur de nouvelles bases, Miss Harrison ? Pouvons-nous être amis et travailler l'un avec l'autre, et non l'un contre l'autre ?

— Repartir sur de nouvelles bases ?

Emma tendit la main vers Jack et sentit la sienne, puissante, s'enrouler autour de ses doigts un bref instant avant de se retirer. *Amis*. C'était tout ce qu'il voulait. Elle devait s'en souvenir.

— Cela me convient, continua-t-elle. J'accepte votre amitié avec plaisir.

— Je suis heureux de voir que vous avez décidé de me faire confiance et de vous fier à mon jugement, dit Jack avec un large sourire.

Emma sentit sa gorge se serrer. Si elle lui faisait vraiment confiance, elle lui parlerait des erreurs de calcul, de la maladie de son père mais, ce faisant, elle s'exposerait beaucoup trop.

Comment Jack réagirait-il ? Quels torts cela ferait-il à la réputation de son père ?

Les avertissements du Dr Milburn sur les pratiques professionnelles sournoises de Jack résonnaient encore dans ses oreilles. Pouvait-elle vraiment se fier à Jack Stanton et le croire capable d'un comportement honorable à l'heure de conclure des affaires sérieuses ? Elle attendrait et guetterait une ouverture, un moyen de s'expliquer. Elle verrait comment leur amitié allait évoluer.

— Quelles sont les tâches de Davy, exactement ? demanda-t-elle avec un large sourire en changeant de sujet.

Elle se déciderait quand elle en saurait plus.

— Je l'ai vu passer avec du matériel et des cartes, ajouta-t-elle.

— Je lui ai demandé de prendre des mesures. Je voudrais faire quelques expériences et tout d'abord voir si elles sont réalisables. Davy est idéalement placé pour se charger de cela. Il est intelligent et volontaire.

Tout en ouvrant la porte du bureau, Jack désigna de la tête le jeune homme, qui arrivait avec divers instruments.

— S'il s'avère être aussi efficace que je l'en crois capable, je suis prêt à le former pour qu'il devienne ingénieur en mécanique. Le pays en manque et le progrès exige des personnes compétentes.

— Pourquoi avez-vous besoin de mener des expériences ? s'enquit Emma en s'efforçant de garder son calme.

— Je veux m'assurer que tout est en ordre. Brunel et moi sommes d'accord sur ce sujet. L'attention aux détails est la garantie du succès.

Emma retint son souffle. La solution à son problème se trouvait-elle là ? Pouvait-elle expliquer où son père s'était trompé sans paraître critiquer son travail ? En demandant à Jack de renouveler ses expériences et de recommencer les calculs ?

— Eh bien… Mon père a déjà mené une série d'expériences avant la conception du pont. Il a testé la force du vent, des marées, ainsi que le substrat rocheux.

Elle hésita et fronça le nez. Elle devait trouver un moyen de lui expliquer.

— Il est possible que l'une de ces expériences nécessite d'autres données. Mon père est tombé malade au début de l'année et…

Jack se figea. Ainsi, Emma avait aidé son père à mener ces expériences. Cette information ne le surprenait pas le moins du monde, surtout après ce qu'il avait lu. Restait à savoir qui avait commis ces erreurs ? Elles étaient simples, grossières, et Edward Harrison aurait dû les voir. Sauf si… Jack chassa de sa tête cette idée qu'il jugeait trop grotesque : Harrison était-il celui qui avait commis ces erreurs et Emma cherchait-elle à le couvrir ?

Emma Harrison avait développé un intérêt manifeste en matière de génie civil. Elle employait la bonne terminologie et les documents sur la conception du pont étaient indéniablement rédigés de sa main.

— Je n'ai pas été satisfait par tout ce que j'ai vu, déclara prudemment Jack. Il semblerait que certaines erreurs aient été faites. Peut-être que les calculs n'ont pas reçu toute l'attention nécessaire…

— Les expériences ont été réalisées avec le plus grand soin, riposta Emma en levant le menton.

Ses prunelles azur lancèrent des éclairs.

— C'est ainsi que mon père a toujours procédé, conclut-elle.

— Loin de moi l'idée d'accuser votre père, dit Jack en levant la main.

Emma était sur la défensive. Il allait devoir trouver un autre moyen de découvrir la vérité.

— J'ai appris au fil du temps à mener mes propres expériences plutôt que de me fier aux interprétations d'autres personnes. Les erreurs peuvent se glisser là où l'on s'y attend le moins. Il est possible d'inverser des chiffres.

Emma sursauta et le contempla avec méfiance. Puis elle fit glisser sa chaussure sur le sol poussiéreux.

— En effet, admit-elle.

— Nous devons trouver avec précision l'endroit où doit passer le pont. Beaucoup de choses en dépendent. J'ai opté pour l'approche la plus prudente. La neige qui tombe actuellement nous a donné un peu de temps pour tout revérifier.

— Vous allez conserver le tracé actuel, alors ? demanda Emma d'une toute petite voix.

— Oui, pour l'instant. Mais vous avez eu raison de demander une nouvelle étude. Elle montre en effet que le sol est bien plus stable à un autre endroit, si l'on déplace le tracé en contournant le donjon du château. J'ai trouvé quelques erreurs de calcul simples dans le document d'origine.

Soudain, Jack vit les traits d'Emma s'animer. Comme s'il venait de lui offrir un bracelet en diamants. La nuit précédente, il avait été incapable de trouver le sommeil, et il avait lu le rapport. Il avait également remarqué les annotations claires qu'Emma avait rédigées dans la marge. Ces calculs étaient justes, contrairement à ceux dont il était question ici. Qui était donc à l'origine des premiers calculs ? Il paraissait incroyable que le Edward Harrison que Jack connaissait ait pu commettre des erreurs aussi basiques.

— Vous le pensez vraiment ?

— Rien n'est sûr, répondit Jack en passant la main dans ses cheveux.

Plus que jamais, il voulait la faire sourire comme à cet instant mais, cette fois, grâce à lui, et non grâce au pont.

— Mais allez-vous conserver le donjon ? insista Emma. Il est le symbole de la ville, et les symboles sont importants.

Ses mains enserraient son menton et ses yeux brillaient.

— Je ne peux rien vous promettre, mais le fleuve paraît légèrement plus étroit à cet endroit. Il est possible que nous n'ayons besoin que de sept piliers au lieu des neuf que votre père avait prévus initialement. Le coût de neuf piliers serait énorme.

— Je comprends.

*
* *

Emma sentit sa gorge se serrer. Elle aurait dû être heureuse que Jack envisage de déplacer le tracé du pont. S'il avait également prévu d'en modifier la conception, allait-il donc rester sur place beaucoup plus longtemps que prévu ? Y avait-il autre chose qu'il avait oublié de lui dire ? Qu'est-ce que son père et lui avaient planifié ? Cependant, malgré sa fureur concernant ces secrets, elle se sentait emplie de joie. Elle voulait passer du temps avec Jack. Après les événements de la veille, c'était comme si son univers avait changé, comme s'il était devenu plus lumineux.

Elle avait vécu beaucoup trop longtemps dans un monde feutré, avec des horizons restreints. Soudain, son avenir lui paraissait plus vaste et séduisant. Emma s'efforça de remplir ses poumons d'air. Elle devait se montrer prudente, et ne pas trop en dire. En dévoilant trop de choses, elle risquait de tout gâcher.

Elle devait se souvenir que Jack Stanton avait le potentiel de devenir son ennemi. Elle s'était trompée à propos de Davy, mais elle ne savait pas clairement quelles étaient les intentions de Jack à l'égard d'Harrison and Lowe.

Un mot de travers, un pas de côté, et les vautours viendraient rôder autour d'eux. Combien de compagnies Jack avait-il avalées sur le chemin de la fortune ? Pourtant, il était prêt à déplacer le tracé du pont.

— Vous prévoyez sept arches au lieu de neuf, sans toucher à la conception ? demanda-t-elle en s'efforçant de cacher son excitation.

— La conception est solide, malgré l'utilisation inhabituelle de fer et de béton.

— Il est important de construire ce pont correctement.

— J'ai l'intention qu'il tienne…

Jack fit une pause et lui sourit largement.

— … pendant les cent soixante années à venir, au moins.

— Cent soixante ans ?

— Oui. Imaginez ce que penseront les gens en 2007 lorsque leur train passera sur ce pont.

Emma contempla les eaux grises qui coulaient sous le pont existant. Elle essaya de se représenter *son* pont et d'imaginer à quoi ressemblerait Newcastle. Elle plissa les yeux et secoua la tête.

— Je n'arrive pas à voir aussi loin. Je suis incapable de me projeter aussi loin dans l'avenir.

— Songez à vos arrière-petits-enfants à bord d'un train, passant sur ce pont.

Jack se pencha vers elle et braqua sur elle ses prunelles, qui brûlaient d'un feu secret.

— Le voyez-vous à présent, Miss Emma ? Avec ses wagons éclairés ? Cette jeune fille, plongée dans son livre ? Que pense-t-elle, d'après vous ? Croyez-vous qu'elle imagine comment ce pont est arrivé là, ou qu'elle se doute que vous avez participé à sa construction ?

Emma lui retourna son regard, mais elle ne fit que remarquer à quel point Jack était près d'elle. Elle ne voyait que la forme de sa bouche. Un seul baiser volé et, déjà, elle imaginait plus de choses. Il fallait qu'elle cesse de bâtir des ponts dans les nuages. Les ponts avaient besoin d'un sol solide et de fondations robustes.

À cet instant, à côté de Jack, Emma eut l'impression de tomber dans un gouffre.

— Je suis célibataire, répondit-elle précipitamment.

Elle était vieille fille. Elle n'aurait pas d'enfants, et encore moins d'arrière-petits-enfants. Cette idée la déprima. Autrefois, elle avait rêvé de fonder une famille.

— Les miracles arrivent, parfois.

— Pas ce genre de miracles, Mr Stanton.

Elle avait renoncé au mariage depuis longtemps, depuis le jour où elle avait décidé qu'il était beaucoup plus important qu'elle reste auprès de sa mère malade. Et lorsque celle-ci était morte, Emma avait compris que les occasions étaient passées. Les hommes s'intéressaient à des femmes plus jeunes et plus jolies qu'elle, et encore moins à celles qui lisaient des manuels de génie civil et qui étaient promptes à exprimer le fond de leurs pensées.

— N'êtes-vous pas trop dure envers vous-même ? Vous rencontrerez peut-être un homme, un jour. Ce n'est pas complètement impossible.

— Comme je vous l'ai déjà dit, Mr Stanton, j'aime être célibataire. Ce statut me donne une certaine liberté, répondit Emma en le regardant droit dans les yeux. Je ne recherche rien d'autre que de l'amitié.

— Qui essayez-vous de convaincre, Miss Harrison ?

Le vent souleva légèrement les cheveux de Jack, qui balayèrent son front. Emma brûlait de les toucher. Elle se tourna et contempla les eaux mouvantes du fleuve.

— Vous comptez sur l'aide de Davy, reprit-elle d'une voix ferme en éludant la question. Êtes-vous certain qu'il peut effectuer ces relevés avec sa jambe ?

— En tout cas, il est très vif d'esprit. Avec une bonne formation, je pense qu'il peut faire un très bon ingénieur, déclara Jack en mettant les mains sur les hanches. Je vais essayer de lui faire suivre des cours du soir. Il peut travailler et étudier en même temps.

— Vous prévoyez de rester longtemps à Newcastle, alors ? demanda Emma.

Elle se sentait déchirée. D'un côté, elle désirait que Jack reste, mais pas au prix de voir son père perdre son entreprise.

— Il faut bien que quelqu'un supervise le chantier et coordonne la construction de la gare ferroviaire centrale, répondit-il de manière énigmatique.

— Mais mon père sera très bientôt rétabli.

— Je l'espère vivement.

Emma regarda la vapeur qui sortait de la bouche de Jack.

— Je possède de vieux livres d'école, dit-elle. Je pourrais les donner à Davy. Ils encombrent la salle de classe où nous étudiions, ma sœur et moi.

— Davy refuse tout ce qui ressemble de près ou de loin à de la charité. Vous allez devoir faire preuve d'habileté, mais c'est une excellente idée.

Emma se mordit les lèvres en observant Davy traverser la cour d'un air décidé.

— Que proposez-vous ? J'aimerais faire quelque chose pour lui, pour l'encourager.

Jack garda le silence quelques instants.

— Avez-vous entendu parler des arbres de Noël allemands ? demanda-t-il enfin.

— Oui, ils viennent tout juste d'arriver à Newcastle, répondit Emma en riant doucement. J'en ai déjà commandé un chez le confiseur pour cette année. Il portera des oranges, des citrons et des raisins confits. Mais quel est le rapport entre les arbres de Noël et le fait que Davy n'accepte pas qu'on lui fasse l'aumône ?

— J'ai assisté à une fête au London Mission Hall l'année dernière, où des arbres de Noël allemands étaient exposés, des arbres d'amour. À la fin de la soirée, les présents qui ornaient les arbres ou qui étaient posés à leur pied étaient distribués.

— L'idée est parfaite, s'écria Emma.

Elle pouvait presque voir la scène devant elle.

— Pourquoi n'y ai-je pas pensé moi-même ? continua-t-elle. Je me souviens l'avoir lu dans l'*Illustrated London News.* Avons-nous encore le temps de l'organiser ? La fête doit avoir lieu dans moins de deux semaines.

— Si vous trouvez les cadeaux, je crois pouvoir fournir l'arbre. Je pensais à un arbre aussi grand que le hall de l'Institut des ingénieurs en mécanique peut le contenir, plutôt que plusieurs petits sapins. Acceptez-vous de travailler avec moi sur ce projet, Miss Emma ?

— Considérez que c'est déjà fait, répondit Emma.

Elle essaya de dresser la liste de tout ce qu'il fallait faire. Elle s'était trompée. Jack avait changé. Quelle merveilleuse idée de faire cela pour Davy et pour tous les autres employés ! Cela leur donnerait l'occasion d'accepter un peu de charité.

— Je vais demander à Mrs Mudge et Mrs Newcomb de m'aider à dresser une liste. Elles sauront mieux que moi ce dont les enfants des employés peuvent avoir besoin.

— Les cadeaux n'ont pas besoin d'être très sophistiqués. Des noix et autres fruits feront très bien l'affaire.

— Et je peux demander à mon père de jouer Santa Claus maintenant qu'il est tout à fait guéri. Nous avons une tunique verte au grenier et je pourrai trouver une bûche de Noël à accrocher dans son dos. Je suis certaine que Mrs Newcomb saura lui fabriquer une couronne.

— Je vois d'ici votre père en Santa Claus. Ses cheveux ont la bonne couleur et il est suffisamment mince.

— Je ne comprends pas comment je n'y ai pas pensé avant. Ce sera le point culminant de la fête, s'écria Emma.

— Parfois, nous avons besoin des autres pour accomplir nos rêves.

Emma le regarda fixement. Les yeux de Jack brillaient d'un éclat vif, même si sa main était nonchalamment posée sur le pommeau en ébène de sa canne. Ses paroles avaient un sens plus profond. Faisait-il allusion au pont ?

— Nous étions censés faire le tour du chantier, avança-t-elle d'une voix tendue par l'émotion.

— Voulez-vous que je vous montre certaines de mes expériences ? Sauf si vous trouvez ces choses-là ennuyeuses…

— Cela me plairait beaucoup.

Jack effleura son coude tandis qu'elle descendait vers la rive du fleuve. Un flux de chaleur sembla passer entre eux. Emma se figea, puis se concentra sur sa respiration.

Les cris des ouvriers résonnaient au loin. Emma réalisa qu'ils n'étaient que tous les deux, sans son père. Ses lèvres brûlaient d'être embrassées.

Avec le froid, le fleuve coulait péniblement, et une fine couche de glace brillait là où l'eau était peu profonde. Emma écarquilla les yeux en apercevant la panoplie d'instruments. Certaines expériences ne lui avaient jamais effleuré l'esprit mais, dès que Jack lui eut expliqué son raisonnement, elle comprit qu'elles devaient être menées à bien. Elle posa plusieurs questions et entendit le respect grandissant dans la voix de Jack.

— Certaines personnes pensent que les ponts sont des choses figées, dit Jack. Mais c'est faux. Ils bougent constamment. Ils doivent être en mesure de résister aux forces qui changent en permanence.

— Je le sais.

— Il existe une grande différence entre la pratique et la théorie. Ce qui fonctionne en théorie peut très bien ne pas être réalisable.

— Essayez-vous de me dire quelque chose ? demanda Emma en redressant un poteau utilisé pour mesurer la hauteur du fleuve.

— Non, je ne faisais qu'une simple observation.

— Je comprends les aspects pratiques de la construction d'un pont, répliqua Emma.

— C'est ce que vous dites, mais je me demandais si…

— Si quoi ?

Ses prunelles s'animèrent d'une flamme secrète, et une délicieuse fossette se forma au coin de sa bouche. Emma constata avec étonnement qu'elle avait oublié que cette fossette se creusait lorsque Jack était très satisfait.

— Accepteriez-vous de m'accompagner au théâtre ? demanda-t-il soudain.

— Qu'est-ce que le théâtre vient faire ici ? s'écria Emma, interloquée.

— Il y a une pantomime au Théâtre Royal qui aborde de manière pédagogique la conception de plusieurs ponts ainsi que plusieurs événements à travers l'histoire, et encore d'autres sujets pour divertir les spectateurs. Nous pourrions en parler ensuite.

— Vous voulez m'emmener en ville ? demanda Emma en pesant chaque mot.

L'idée était tentante, mais impossible à réaliser. Jack devait certainement le savoir. Ils ne se fréquentaient même pas, et étaient encore moins fiancés.

Il n'y avait aucun accord entre eux. La tentation était grande d'accepter, mais les obstacles étaient hélas insurmontables.

— J'en ai discuté avec votre père, continua Jack. Plusieurs personnes seront présentes. Votre amie Lucy Charlton et son mari. Vous serez correctement chaperonnée.

— J'ignorais que vous connaissiez aussi bien Henry Charlton.

— Il possède une affaire dans laquelle il souhaiterait que j'investisse. En souvenir du bon vieux temps, j'ai accepté d'écouter ce qu'il avait à me dire.

— Mais vous avez des doutes sur ce projet.

Elle se souvenait du ton condescendant de Henry la première fois qu'il avait rencontré Jack, et la façon dont il avait une fois humilié Jack à propos de ses vêtements bon marché et de son accent de Newcastle très prononcé. Lorsque Lucy avait épousé Henry, Emma avait été très surprise de son choix. Mais, comme lui avait dit son amie, elle avait choisi la sécurité et le confort plutôt que le bonheur.

— Pourquoi dites-vous cela ?

Le regard de Jack était devenu aussi froid que du granit.

— Vous n'avez jamais été amis. Je suis très étonnée que Henry cherche à exploiter de cette façon de vieilles connaissances.

— Je croyais que vous aviez complètement oublié ce qui s'était passé il y a sept ans, remarqua Jack en l'observant attentivement. Personnellement je me souviens à peine de lui.

— Je l'avais mis dans un coin de mon esprit, mais je me souviens très bien de la façon dont Henry Charlton s'est comporté avec vous. J'étais très contrariée par la manière dont certaines personnes vous traitaient, et il faisait partie de celles-ci. Je ne l'ai jamais beaucoup apprécié après cela. C'est uniquement parce que j'aime beaucoup Lucy que nous sommes restés amis.

— Je ne peux pas changer le passé, Miss Harrison. Mais je peux changer l'avenir. C'est la seule chose qui m'intéresse. J'investirai si l'affaire qu'il me présente me semble prometteuse.

Mais où se situait-elle, elle ? brûlait-elle de lui demander.

Ce qu'ils avaient partagé la veille était-il lié au passé ou à l'avenir ?

Emma préféra ravaler sa salive et serra ses mains gantées l'une contre l'autre. Il fallait qu'elle contienne ses émotions. Qu'elle analyse tout cela de manière aussi détachée que Jack paraissait le faire.

— Vous avez déjà parlé de ce spectacle avec mon père et mes amis. Y a-t-il d'autres choses pour lesquelles vous m'avez engagée et dont je ne serais pas informée ?

— Je n'ai pas l'habitude de trahir des confidences, Miss Harrison. Peut-être pourriez-vous m'éclairer ? Que pourrais-je prévoir de faire encore ?

Les yeux de Jack brillèrent de malice.

— Mettre du gui dans vos cheveux ? continua-t-il. Pardonnez-moi, Miss Harrison, mais je ne pense pas que vous prendriez avec humour que cela se reproduise.

— Je n'en sais rien.

Emma détourna son regard des lèvres de Jack. La simple évocation de leur baiser avait soulevé en elle une vague de chaleur.

— Je devrais aller voir comment va mon père.

— Votre père a récupéré très vite pour un homme de son âge et de sa constitution.

— Il aime beaucoup parler de son travail. Je suis certaine que votre présence l'a aidé à se rétablir.

— Son enthousiasme est contagieux. Il me l'a transmis, de nombreuses années en arrière, répondit Jack. Maintenant, voulez-vous bien me donner votre réponse ? Acceptez-vous de sceller notre amitié en venant avec moi au théâtre ?

Il lui parlait d'amitié. Elle pouvait donc l'accompagner au théâtre en toute confiance, songea-t-elle en fermant les yeux.

Elle avait envie de lui faire confiance mais, d'abord elle voulait s'assurer que son instinct ne la trompait pas. Jack était très différent de l'homme qu'elle avait connu autrefois.

— Est-ce pour cette raison que vous m'invitez ? Au nom de l'amitié ?

— Pour quoi d'autre le ferais-je ?

Jack scruta son visage et s'arrêta sur sa bouche.

— Je veux que cette guerre entre nous cesse, déclara-t-il d'un air grave.

— On ne peut pas vraiment appeler cela une guerre.

— Vous semblez décidée à penser le pire de moi.

— Pas le pire, protesta Emma. Je me suis excusée pour avoir tiré de mauvaises conclusions à propos de Davy.

— Si vous n'avez aucune objection à émettre sur ma personne ou sur l'amitié que je vous offre, pourquoi ne voulez-vous pas m'accompagner au théâtre ?

Elle était piégée. Garder secrète la maladie de son père était beaucoup plus important que de s'interroger sur les raisons qui avaient poussé Jack à l'inviter.

— Au nom de l'amitié et des nouveaux départs, je viendrai avec vous, décida-t-elle. Vous m'avez assurée que je serai correctement chaperonnée et cela fait longtemps que je ne suis pas allée voir un spectacle de Noël.

La fossette réapparut au coin des lèvres de Jack.

— Prenez-le comme une sortie pédagogique, Miss Emma. Une façon de cultiver votre esprit. Vous apprendrez sûrement quelque chose.

— À quel jeu jouez-vous, père ? demanda Emma à Edward Harrison dès que leur voiture se mit en route. Pourquoi m'avez-vous laissée seule avec Jack Stanton ? Vous essayez encore de me trouver un mari, n'est-ce pas ? Je vous l'ai déjà dit, je suis très heureuse de la vie que je mène.

— J'ignore de quoi tu parles, répliqua son père en tournant ses prunelles bleu clair vers elle. Ma fille, as-tu apprécié cette visite ? Tu es partie assez longtemps avec Jack Stanton, et c'est moi qui t'ai attendue, non le contraire.

— Nous sommes allés voir les expériences qu'il mène près du fleuve, répondit Emma. Certains calculs ne lui conviennent pas et il souhaite les réaliser lui-même. Ils peuvent prendre un peu de temps.

— Il cherche une raison de rester à Newcastle, décréta

son père avec un sourire suffisant. Il sait que j'ai toujours apporté un grand soin à mes calculs. Ils n'ont jamais été faux jusqu'à présent.

— Je crains que vous n'ayez raison, père. Je pense que Jack Stanton veut mettre la main sur la construction du pont.

Maintenant qu'elle avait prononcé ces mots, Emma attendit que son père la contredise.

— Il existe des hommes pires que lui pour le faire, rétorqua son père avec une complaisance désolante. Mais je ne pense pas du tout que ce soit son intention.

— Quelle est-elle, alors ?

— Il souhaite te faire la cour, Emma.

Incrédule, Emma contempla son père à la recherche d'une lueur dans son regard ou de l'ébauche d'un sourire sur les lèvres. Quelque chose qui la conforte dans l'idée qu'il ne faisait que plaisanter. Il ne pouvait pas avoir oublié ce qui s'était produit par le passé ? Mais le visage d'Edward Harrison demeura sérieux.

— Vous ne pouvez pas dire des choses pareilles, même pour plaisanter, protesta Emma. C'est impossible. Tout est terminé entre Jack Stanton et moi, et ce depuis des années.

Elle voulait que son père la croie. Jack Stanton ne s'intéressait plus à elle. Il l'avait embrassée la veille uniquement pour lui prouver qu'il avait raison sur un point.

Et s'il l'invitait à aller au théâtre, c'était uniquement parce qu'il pensait qu'elle passait beaucoup trop de temps seule et qu'elle avait peur d'affronter la société après avoir subi des humiliations.

— Ce n'est pas une plaisanterie ni une farce pour faire passer le trajet plus vite, ma fille, lui assura son père.

Il prit sa main dans la sienne.

— Je suis sérieux, continua-t-il. Crois-tu que je t'aurais laissée seule avec lui hier soir ou aujourd'hui si j'avais eu le moindre soupçon sur l'honorabilité de ses intentions ?

— Mais il n'a aucune intention. Ses affaires occupent toutes ses pensées.

Emma retira sa main.

— Parfois, je me demande si votre maladie n'obscurcit pas votre esprit. Bientôt, vous allez jurer entendre sonner les cloches du mariage.

— Ne dis pas de sottises, ma fille ! Il y a des signes qui ne trompent pas. Mon esprit est aussi fort que toujours. Tu es résolument aveugle.

Emma tenta d'ignorer les tremblements qui l'agitaient. Elle ne pouvait pas laisser son père nourrir de tels fantasmes.

Elle était heureuse qu'il ne sache rien de ce qui s'était passé entre Jack et elle la veille au soir. Heureusement, les choses en étaient restées là.

— Vous vous mettez à divaguer, comme ma mère.

— Pouvons-nous laisser ta mère de côté ? Sa maladie était une chose, elle n'avait rien à voir avec le léger rhume dont j'ai souffert.

Il racla le bout de sa canne sur le sol de la voiture.

— Non, continua-t-il. Je suis aussi robuste qu'avant, et toi, ma fille, tu es une tête de mule.

Emma regarda par la fenêtre la scène qui se déroulait sous ses yeux : des enfants patinaient sur la glace, des femmes se hâtaient, leurs paquets à la main, tandis que des hommes se promenaient. Quelques rares marchands de journaux avaient commencé à pousser leurs chants de Noël. Emma sentit sa gorge se serrer et elle avala péniblement sa salive. Elle devait rappeler certaines choses à son père avant qu'il ne gâche définitivement sa vie.

— Avez-vous oublié, père, que Jack Stanton est parti sept ans plus tôt sans un mot ?

— Ma fille…

Son père se racla la gorge plusieurs fois.

— Je ne pense pas qu'il ait fait sa demande à la légère à l'époque. Votre histoire a compté pour lui.

Emma se tourna vers son père.

— C'est vous et maman qui m'avez conseillé d'attendre et de voir, en prétextant que, si sa demande était sérieuse, il m'écrirait. Il n'a jamais envoyé de lettre, ne m'a jamais donné la possibilité d'expliquer la maladie de maman.

Son père baissa les yeux.

— Ta chère mère a fait ce qu'elle jugeait être le mieux pour toi, Emma. Parfois, je me suis posé des questions, tout particulièrement ces dernières années, lorsque tu as développé un tel don pour l'ingénierie. Quel dommage que tu ne sois pas née homme, ma fille. Quel ingénieur tu aurais fait !

— Qu'a donc fait ma mère ? s'enquit Emma en pesant chaque mot et en résistant à l'envie de brusquer son père.

Non, elle ne se laisserait pas distraire par ses remarques sur l'ingénierie. Il fallait qu'elle découvre ce que sa mère avait fait ! Comment elle avait découragé un prétendant qu'elle ne jugeait pas assez digne d'elle. Y avait-il eu autre chose que ce qui s'était passé sept ans plus tôt, et qu'elle ignorait ? songea Emma.

— Il vaut mieux ne pas parler de ces choses-là, répondit son père. Il ne faut jamais critiquer les morts, Emma. Souviens-t'en.

Il lui tendit la main, mais Emma l'ignora.

— Ce qui s'est passé est comme l'eau qui passe sous les ponts, conclut son père. On ne peut pas revenir en arrière.

— Qu'a-t-elle fait ? insista Emma. Vous devez me le dire !

Elle rêvait de secouer son père et de lui faire avouer ce qu'il lui cachait.

— Emma Harrison, baissez donc d'un ton. Le cocher et le valet vont vous entendre !

Emma ferma les yeux et se concentra sur sa respiration. Lorsqu'elle pensa pouvoir parler sans hausser la voix, la voiture était arrivée à Jesmond, et Fackler venait à leur rencontre. Elle attendit que son père soit assis dans le salon devant la cheminée et commença à faire les cent pas.

— Tu sembles perturbée, Emma, dit son père en lui tendant la main. As-tu vu quelque chose qui n'allait pas sur le chantier ? Je dois reconnaître que Jack Stanton le garde plus en ordre que ce que j'avais osé espérer.

— Qu'a fait maman, père ? Vous ne vous débarrasserez pas de moi en me parlant du pont. Je vous connais trop bien.

Debout devant lui, Emma posa les mains sur les hanches.

— J'ai le droit de savoir, conclut-elle.

— Elle ne pensait qu'à ton bonheur, répondit son père en évitant son regard. Évidemment, elle n'avait aucune idée de ce que deviendrait Jack Stanton. Aucun de nous d'ailleurs. Elle le voyait comme un homme très convenable, mais en dessous de sa fille. Souviens-toi que Claire venait tout juste d'épouser un baronnet. Ta mère avait de grands espoirs pour toi. Elle rêvait d'un membre de l'aristocratie, ou au moins d'un homme avec des terres et une fortune. Quelqu'un capable de faire mener à notre plus jeune fille le train de vie qu'elle méritait.

— Elle n'a pensé à personne d'autre qu'à elle, siffla Emma.

Elle essaya de contrôler la colère sourde qui venait de l'envahir. Son père aimait peut-être faire semblant, mais elle-même connaissait les défauts de sa mère. Elle l'avait toujours aimée, mais elle savait qui elle était.

— Vous n'ignorez pas à quel point elle était égoïste et ambitieuse. Elle n'a jamais rien fait pour moi ou pour Claire, mais pour sa propre position. Elle voulait un titre.

— Tu ne devrais pas parler de ta mère de cette façon ! Elle t'aimait et elle voulait ce qu'il y avait de mieux pour toi. Ses filles étaient tout pour elle. Les sacrifices qu'elle a faits…

Les yeux d'Edward Harrison étaient embués de larmes.

— Elle avait ses défauts, continua-t-il, mais elle t'aimait.

— Nous savons tous les deux à quel point elle était snob, papa.

Les mots étaient sortis du plus profond d'elle.

— Pourquoi chercher à le nier ? Elle nous a sans doute aimées, Claire et moi, mais elle voulait surtout ce titre. Jamais elle ne m'a demandé ce que je voulais, moi.

— Il incombe aux parents de s'assurer que leurs enfants épousent les bonnes personnes, des personnes qui leur conviennent, et non celles pour lesquelles ils se sont momentanément entichés.

Emma prit une profonde inspiration. Son père avait peut-être raison. Ses parents avaient fait un mariage d'amour,

Emma en était certaine, mais cette union entre Jack et elle ne répondait pas aux attentes de sa mère.

— Dites-moi ce qu'elle a fait, père. Pourquoi vous sentez-vous coupable ?

— Je me sens las, Emma, déclara son père en passant la main sur son front. Je crains que cette visite ne m'ait beaucoup trop fatigué. Tu avais raison tout à l'heure. J'ai peut-être eu tort de ne plus prendre mon remède.

— Je vais vous le donner sur-le-champ.

Emma sonna le majordome, lui prit le flacon des mains quand il revint et versa la dose de potion prescrite dans un verre.

— Vous devez prendre soin de vous, père, et suivre les conseils du Dr Milburn.

— Tu es une bonne fille, Emma, conclut son père en lui tapotant la main. Ne parlons plus de tout cela. Ta mère a fait ce qu'elle a cru bon de faire.

Emma serra les dents et laissa la conversation dériver. Il devait y avoir un autre moyen de découvrir pourquoi son père se sentait coupable. Et cela avait un rapport avec la demande en mariage de Jack sept ans plus tôt.

Chapitre 10

Une fois que son père fut installé avec le journal du jour, son remède et un verre de sherry, Emma quitta le salon et se précipita dans le boudoir, où se trouvait le vieux bureau de sa mère. Son père lui cachait quelque chose, quelque chose que sa mère avait fait, songea-t-elle en tapotant le meuble en bois de rose du bout des doigts.

Elle avait parcouru toutes les lettres de sa mère à la mort de celle-ci, et aucune ne faisait mention de Jack Stanton. Elle s'en serait souvenue. Margaret Harrison était une femme méticuleuse qui notait tout et qui tenait un journal de correspondance.

Jack lui aurait-il envoyé un courrier ? Une lettre lui expliquant pourquoi il était parti sans attendre sa réponse ?

Emma fit la grimace. Si c'était vraiment le cas, sept années s'étaient écoulées depuis, et toute cette affaire avait perdu son importance. Cet endroit ne révélerait plus aucun secret.

Emma sentit monter en elle une bouffée de colère. De quel droit sa mère avait-elle intercepté une lettre qui lui était destinée ? Emma avait dix-huit ans quand Jack avait fait sa demande. Sa mère aurait dû lui faire confiance.

Elle avait choisi quant à elle de suivre le chemin du devoir. Elle l'avait décidé avant même que Jack ne lui avoue qu'il voulait l'épouser. Sa mère était gravement malade. Les médecins ne lui donnaient plus que quelques mois à vivre.

Mais Emma n'avait pas pu expliquer à Jack les raisons de son choix. Il s'était contenté de partir brutalement, sans un mot. S'il n'avait pas été capable d'attendre qu'elle lui donne des nouvelles, comment aurait-il pu l'attendre, elle ? Les « quelques mois » de la maladie de sa mère s'étaient transformés en années. De longues années pendant lesquelles Emma avait appris à exercer son esprit d'analyse et sa capacité de réflexion. Sa mère l'avait encouragée dans cette voie car, ce faisant, elle pouvait garder sa fille sous la main. Emma aurait dû en vouloir à sa mère, mais elles s'étaient ainsi rapprochées et, finalement, sa mère avait approuvé le chemin qu'elle avait choisi.

Elle vivait dans un monde réel, régulé par des calculs précis, et non dans un univers romantique et imaginaire, songea-t-elle en frappant avec force le bureau en bois lisse du plat de la main.

Emma entendit soudain un clic comme son doigt heurtait une petite rose sculptée placée derrière le meuble. Elle souleva de nouveau le couvercle du bureau et regarda à l'intérieur. Un panneau s'était légèrement avancé.

Elle s'empara d'un coupe-papier pour le tirer plus facilement.

Un paquet de documents enroulés et retenus par un ruban bleu tomba. D'une main tremblante, elle s'empara des missives et les parcourut rapidement à la recherche de la signature de Jack. Elle avait devant les yeux une simple correspondance entre sa mère et la meilleure amie de celle-ci.

Emma parcourut de nouveau les documents des yeux. Une seule lettre datait de sept années en arrière. Emma tourna la page pour poursuivre sa lecture.

> *Tu as fait ce qu'il fallait avec cette lettre, Margaret. Bienheureux celui qui ne connaît pas la vérité. Dans quelques mois, Emma aura oublié Jack Stanton. Tu as fait ton devoir, ma chérie. Sois-en fière. Avec le temps, ta fille te remerciera.*

Emma regarda une nouvelle fois la date notée sur la lettre. Elle avait été envoyée quelques semaines seulement après la demande en mariage de Jack. Emma avait souhaité un temps de réflexion pour lui donner sa réponse. Jack avait dû lui écrire entre-temps et sa mère avait intercepté la lettre.

Évidemment, Jack avait cru qu'elle avait reçu sa lettre mais qu'elle avait choisi de ne pas y répondre.

Il était inutile qu'elle perde son temps à s'interroger sur ce qui aurait pu advenir. Elle devait vivre dans le présent et oublier le passé.

Emma sursauta en entendant du bruit à l'entrée du boudoir.

— Que faites-vous ici, assise toute seule ? s'enquit Jack. L'état de votre père s'est-il aggravé ?

En voyant Jack entrer dans la pièce, Emma se dépêcha de cacher la lettre sous un buvard.

— Je réfléchissais, répondit Emma.

— Vous pensiez à quelque chose en particulier ? s'inquiéta Jack en fronçant les sourcils.

— Rien de très important, le rassura Emma en posant la main sur son front.

— Vous semblez bouleversée.

— C'est sans doute un effet de l'éclairage, mentit-elle en se levant pour quitter la pièce.

Ses nerfs étaient à vif. Elle brûlait de révéler à Jack ce qu'elle venait d'apprendre, mais cela ne ferait qu'empirer les choses. Comment pouvait-elle excuser le comportement de sa mère ? De toute façon, leur relation était vouée à l'échec depuis le début.

— Si je peux vous aider en quoi que ce soit…, dit Jack d'une voix calme. Je suis là pour vous aider. Croyez-moi.

Sa proposition était tentante. Emma rêvait de poser la tête sur son torse et de se confier à lui, de lui parler de toutes ces années gâchées et de tout ce temps où elle avait brûlé d'être n'importe où, sauf à Jesmond.

Mais c'était impossible. Elle ne pouvait pas trahir sa mère et ses manigances.

Jack haussa les sourcils, et Emma s'aperçut que le silence s'était étiré entre eux. Elle devait dire quelque chose, n'importe quoi avant de prononcer des paroles malheureuses.

— Le dîner sera bientôt servi, lança-t-elle en plaquant courageusement un sourire sur ses lèvres. Je suppose que vous allez vous joindre à nous ?

— Avec grand plaisir.

Jack ne bougeait toujours pas. Emma se souvint soudain comment il l'avait tenue dans ses bras la veille, et comment il avait pris le temps de lui expliquer ses expériences ce matin. Elle sentit le feu envahir ses joues en espérant que Jack le mettrait sur le compte de sa proximité avec la cheminée.

— Mr Stanton… Je suis impatiente de vous accompagner au théâtre, reprit-elle en souriant. Je suis désolée de m'être montrée si désagréable lorsque vous m'avez invitée.

— Je ne vous ai jamais trouvée désagréable.

— Vous mentez extrêmement bien. Je l'ai certainement été lorsque vous êtes arrivé l'autre jour sur le chantier, répliqua Emma. J'étais préoccupée, sans compter la contrariété d'être surprise vêtue de ma plus vieille robe.

— Elle ne met certainement pas aussi bien en valeur vos charmes que la robe de bal que vous portiez hier soir. Si je vous avais vue d'abord avec celle-là, je ne vous aurais jamais prise pour une vieille fille acariâtre.

— Parce que c'est le cas, maintenant ?

— Je sais qui vous êtes.

Jack soutint son regard. Ses prunelles étaient plus sombres et leur couleur plus envoûtante que jamais. N'importe qui aurait pu s'y perdre. Emma s'efforça de braquer les yeux sur le buvard en se rappelant tout ce qui se jouait, et pourquoi trop de choses les séparaient.

— Pourtant, vous m'avez prise pour une horrible mégère qui voulait faire de l'ingérence.

Jack rit doucement.

— Vous faisiez de votre mieux dans des circonstances difficiles.

— Et… vous avez eu raison de venir nous apporter votre aide. Le chantier grouillait d'activité ce matin précisa-t-elle d'une voix blanche.

Jack comprenait-il à quel point il lui était difficile de lui faire cet aveu ?

— Je suis heureuse que vous réfléchissiez de nouveau au tracé du pont, ajouta-t-elle. Mon père a ce projet tellement à cœur. Depuis la mort de ma mère, c'est la seule chose qui retient son attention.

Les traits de Jack restèrent impassibles, mais Emma crut voir une lueur adoucir son regard.

— Les ouvriers ont réagi à la présence de votre père. Ils savent qui signe leurs chèques. Votre père semble s'être bien rétabli de son rhume. Il a l'air en pleine forme. Un jour ou l'autre, il se peut qu'il songe à se remarier.

— Mon père ? demanda Emma en contemplant Jack d'un air atterré.

Lucy avait abordé le sujet, au bal, et maintenant, Jack. Ils auraient dû savoir que son père n'avait nullement en tête de faire une chose pareille. Mais cela était impossible de le leur dire sans leur parler de sa maladie et sans leur révéler que le Dr Milburn ne lui avait laissé que peu d'espoir sur ses possibilités de rémission.

— Mon père n'envisage nullement de se remarier, absolument pas.

Jack garda le silence un instant et son regard devint encore plus chaleureux.

— Si jamais vous avez besoin d'une oreille amie, Emma…

— Je saurai me souvenir que nous sommes amis, répondit calmement Emma, tout en comprenant les intentions de Jack.

Il la croyait contrariée que son père veuille courtiser une femme, ce qui mettrait en péril sa position dans la maison. L'idée était ridicule mais elle lui évitait d'avoir à lui dire la vérité.

— J'accorde une grande importance à notre amitié, Mr Stanton, ajouta-t-elle.

— Oui, nous sommes amis, renchérit Jack avec un sourire légèrement amer.

— Je suis heureuse de savoir que j'ai un ami, Jack.

Emma avait le sentiment de faire preuve de beaucoup

d'audace en prononçant son prénom, mais cela n'irait pas plus loin. Il ne s'agissait que d'une petite privauté entre amis, et même si elle avait voulu autre chose, leur passif était trop important.

La main sur le chambranle de la porte, Jack fit une courte pause. Son regard était indéchiffrable.

— Emma, ne regardez pas en arrière. Restez tournée vers l'avenir.

— Papa, vous êtes sûr que tout ira bien ? Fackler a reçu l'ordre de me prévenir si quelque chose n'allait pas.

Emma noua sa capeline autour de ses épaules en prévision de sa sortie au théâtre. Elle frétillait d'excitation à l'idée de voir un spectacle… surtout avec Jack.

Son père se tenait dans le hall. Son visage paraissait pâle.

— Arrête de t'inquiéter, Emma. Je me sens en parfaite santé. Ce rhume n'est plus qu'un mauvais souvenir, et tu verras, au nouvel an…

Il toussa et serra un peu plus sa robe de chambre contre lui.

— Vous n'auriez peut-être pas dû retourner sur le chantier avant-hier, dit Emma. J'aurais pu vous rapporter ce qu'il en était.

— Tu devrais plutôt te soucier de tes propres affaires. Je voulais voir de quoi était capable Jack Stanton et satisfaire en même temps ma curiosité. Voir s'il était resté fidèle à mon enseignement.

Son père se tapota le bout du nez.

— En outre, cela n'aurait pas été convenable que tu t'y rendes seule.

— Vous ne disiez pas cela avant.

— Je n'avais pas le choix. La réputation d'une femme rejaillit sur sa famille et, dans notre cas, sur l'entreprise. Je ne désire que ce qu'il y a de mieux pour toi, conclut-il.

Mais qu'entendait-il par là ? Faisait-il allusion à ce qu'elle voulait, elle, ou à ce que lui considérait comme être le mieux pour elle ? L'horloge sonna 8 heures. Elle n'avait plus le temps de discuter.

— Vous approuvez donc les méthodes de Jack Stanton ? demanda-t-elle en changeant de sujet. J'ai trouvé que le chantier avait l'air en ordre et que les ouvriers étaient zélés.

— Il n'y a pas grand-chose à faire avec ce gel, mais Stanton semble avoir trouvé du travail à tous ceux qui le souhaitent.

Son père se dirigea vers le baromètre et le tapota doucement.

— Si le froid s'accentue, tu pourrais aller faire du patin sur le lac. Tu appréciais beaucoup cette activité autrefois. Je vous revois encore, ta sœur et toi, revenir avec les joues roses et le nez rouge.

— C'était il y a très longtemps mais je m'en souviens, dit-elle en lui souriant gentiment.

— Voilà Stanton.

Emma tourna la tête et aperçut Jack qui descendait l'escalier. Aucun homme n'avait le droit d'être aussi séduisant. Ce n'était pas le vêtement qui faisait l'homme mais bien le contraire. Le tissu sombre de son habit de soirée s'harmonisait à la perfection avec son teint.

— Alors, Miss Emma, êtes-vous prête pour cette soirée pédagogique ?

— Aussi prête qu'on peut l'être.

— Vous allez beaucoup vous divertir, je vous le promets.

La pantomime avait vraiment été très divertissante et Emma devait reconnaître qu'elle s'était beaucoup amusée en compagnie des personnes présentes. Elle ignorait que Henry Charlton possédait autant de connaissances en matière d'ingénierie et de finance. Son projet de nouvelle machine était cohérent. Jack et lui avaient passé une grande partie de la soirée à parler de ce projet.

— Vous avez l'air pensive, constata Jack tandis qu'ils attendaient leur voiture sous le portique du Théâtre Royal.

Des vendeurs à la criée chantaient des chants de Noël dans l'espoir que les personnes qui sortaient du théâtre achètent leurs journaux. *Le Premier Noël* rivalisait avec *God Rest Ye Merry Gentlemen*, et les deux mélodies emplissaient le portique d'ordinaire austère d'une ambiance sonore, lui donnant des airs de fête.

— Ou bien est-ce que vous avez beaucoup trop ri ? J'ai entendu un gloussement assez peu digne d'une lady venir de votre direction lorsque Punch a fait son apparition.

— C'est fort possible.

Emma se rembrunit en voyant une petite fille en haillons offrir une branche de houx à plusieurs spectateurs. La plupart étaient trop occupés à ajuster leurs manteaux et leurs bonnets pour lui prêter attention.

— Quelque chose vous ennuie, dit Jack.

— Comment le savez-vous ?

— Votre front s'est plissé et vous avez un air grave.

— Je me disais que c'était une honte que certains aient autant et d'autres si peu, avoua Emma en désignant la petite fille.

— Vous ne pouvez pas sauver la terre entière.

— Je n'en ai pas l'intention mais cela donne à réfléchir. Tout particulièrement à cette époque de l'année.

Jack donna une pièce à la fillette puis tendit la branche de houx à Emma. La gamine s'empara de la pièce et partit en courant aussi vite que ses petites jambes le lui permettaient.

— Vous vous sentez mieux, à présent ?

— Combien lui avez-vous donné ?

— Assez pour lui permettre de s'acheter un ou deux repas chauds.

Jack effleura sa joue du bout des doigts et Emma sentit une étrange chaleur l'envahir.

— J'aurais aimé pouvoir faire plus.

— C'est ce que vous faites. Ou plutôt, c'est ce que fait la compagnie de votre père. Ce pont ferroviaire est un projet vital pour la prospérité de cette ville. Sans lui, vous risqueriez de voir beaucoup plus d'enfants dans les rues comme cette petite fille. Avec lui et une gare appropriée, la ville ne peut que se développer.

— Vous devez avoir raison, dit Emma en cherchant la petite fille des yeux.

Mais cette dernière s'était évanouie dans la nuit.

— Je sais que j'ai raison. Le progrès amènera la prospérité. C'est la seule façon d'y arriver. Réfléchissez à tout ce que nous avons accompli ces dernières années.

— Mais nous aurions pu faire encore plus.

— Au moins, vous avez pris en considération cette petite fille.

Il effleura son coude.

— Ah, notre voiture est avancée, dit-il.

Emma tint ses jupes soigneusement éloignées de Jack et parla de sujets anodins tandis que la voiture revenait vers Jesmond, mais son corps vibrait d'excitation. Allait-il essayer de la prendre dans ses bras ? Que devait-elle faire si cela arrivait ?

Dans l'obscurité, elle voyait ses mains puissantes nonchalamment posées sur sa canne, mais ses yeux scrutaient son visage et s'attardaient sur sa bouche. Il fallait qu'il l'embrasse. Elle le désirait plus que tout. Elle se pencha légèrement vers lui, les lèvres écartées tandis que la voiture s'engageait dans l'allée. Un cahot la déséquilibra. Jack tendit la main pour l'empêcher de tomber. Emma, troublée par ce contact, se ressaisit bien vite en remarquant la lumière qui inondait la voiture.

— Il s'est passé quelque chose, s'alarma-t-elle tandis qu'un frisson lui parcourait le dos. Quelque chose de grave.

— Comment le savez-vous ?

— Mon père n'aurait jamais laissé les lumières briller aussi fort la nuit.

— Je suis sûr que ce n'est rien.

Emma bondit de la voiture. Fackler était déjà là. Il la regarda en secouant la tête et en se tordant les mains.

— Que s'est-il passé ? demanda-t-elle aussitôt. Vous auriez dû envoyer quelqu'un me chercher.

— Nous avons appelé le Dr Milburn, répondit Fackler. Votre père s'est senti mal peu de temps après votre départ.

Il a demandé qu'on lui amène son remède. Il l'a bu puis il s'est effondré.

— Emma, vous vous sentez bien ? entendit-elle à travers la détresse qui l'avait submergée. Éloignez-vous un peu d'elle, Fackler. Elle a besoin d'air. Vos nouvelles lui ont causé un grand choc.

Emma sentit que Jack lui passait le bras autour des épaules, puis la conduisait dans le salon. Ce geste simple l'apaisa un peu et lui fit comprendre qu'elle devait reprendre le contrôle de la situation. Elle ne pouvait pas se laisser aller à pleurer.

— Mon père est tombé malade. Les domestiques ont appelé le Dr Milburn, énonça-t-elle.

Elle fut elle-même surprise par le calme de sa voix. Mais celle-ci lui sembla lointaine, comme étouffée. Elle se dégagea du bras de Jack et s'éloigna du cercle chaud de son étreinte.

— Je dois aller le voir, conclut-elle.

Elle fit quelques pas et chancela. Elle avait le tournis. Elle aurait dû manger un peu plus au cours du dîner, mais sa nervosité était trop grande.

Elle arriva enfin devant la porte de la chambre de son père. Elle le vit allongé sur le lit. Comme elle l'avait entendue approcher, Annie se leva et vint très vite la rejoindre.

— Comment va-t-il, Annie ?

— Il dort, miss. Grâce à Dieu, le pire est derrière nous.

Son père dormait. La crise était passée. Elle en avait vu si souvent ces dernières semaines. Toutes se déroulaient de la même façon. D'abord, il y avait la crise, suivie d'un long sommeil, comme si la vie elle-même épuisait son père.

Ensuite, après avoir pris les médicaments prescrits par le Dr Milburn, son père ne se souvenait plus de rien et prétendait qu'il était en parfaite santé.

— Merci, Annie.

La bonne fit la grimace.

— Miss, il ne doit pas vous voir comme cela. Vous êtes aussi pâle qu'un fantôme. Vous savez à quel point cela le contrarie de penser que vous êtes perturbée après une de ses attaques.

Emma posa une main sur le chambranle de la porte.

— Je vais bien, je vous assure.

— Elle ne va pas bien du tout. Elle a reçu un choc et elle a besoin de s'asseoir, dit Jack en passant un bras puissant autour de ses épaules.

Il la conduisit à l'extérieur de la chambre.

— Vous feriez mieux de descendre dans le salon. Dès que vous serez certaine qu'il va mieux, Annie, vous viendrez tout raconter à Emma.

Emma voulut protester mais ses genoux menaçaient de ne plus la porter. Elle laissa Jack l'aider à descendre l'escalier. Une fois dans le salon, elle essaya de retrouver son calme.

— J'étais sous le choc, expliqua-t-elle. Inutile d'en faire un drame.

— Vous ne ferez aucun bien à votre père si vous vous effondrez, vous aussi. Dès que vous aurez retrouvé vos esprits, vous vous rendrez à son chevet et vous y resterez aussi longtemps que vous voudrez, déclara Jack en l'obligeant à s'asseoir dans un fauteuil. Fackler, apportez un brandy à Miss Emma.

— Je ne bois jamais d'alcools forts, se défendit Emma.

— Vous avez besoin de quelque chose qui vous rende vos couleurs, répliqua Jack en glissant un verre en cristal dans sa main.

Puis il hocha gravement la tête. Elle but une petite gorgée, sentit le liquide puissant lui brûler la gorge et fronça le nez.

— Expliquez-moi exactement ce qui ne va pas chez votre père, demanda Jack en posant sur elle un regard brûlant et pénétrant. Et n'essayez pas de me dire qu'il s'agit d'un simple rhume. C'est bien plus que cela. Confiez-moi vos secrets, Emma.

Chapitre 11

Emma s'effondra dans le fauteuil. La pièce se mit à tourner devant ses yeux. Pendant tout ce temps, elle ne cessa de se répéter l'horrible vérité.

Il savait !

Jack Stanton savait que son père était malade, et ce depuis quelque temps. Elle se croyait maligne mais il avait lu en elle et avait joué avec elle comme un chat avec une souris. Il avait attendu de voir si elle acceptait de se confier à lui.

Emma inspira fortement en s'efforçant de remplir ses poumons. Elle devait garder les idées claires et ne pas céder à la panique. Elle avait toujours su qu'un jour ou l'autre elle devrait affronter cette discussion, et ce jour était arrivé. Il n'y avait que la vérité pleine et entière qui comptait.

— Oui, c'est vrai, avoua-t-elle d'une toute petite voix. C'est bien plus qu'un rhume.

Elle voulait lui expliquer mais elle se sentait incapable de parler. Les picotements derrière ses paupières, annonciateurs de larmes, s'amplifièrent.

— J'ai besoin de savoir, dit Jack en brisant le silence. Je veux savoir, Emma, afin de déterminer ce que je peux faire pour vous aider.

Emma détourna les yeux pour échapper à son regard pénétrant et se concentra sur l'un des clous qui retenaient la tapisserie du fauteuil. L'aider ? Le voudrait-il toujours lorsqu'il connaîtrait toute la vérité ? Son cœur lui dictait pourtant de faire confiance à Jack. Elle avait vu ce qu'il avait fait pour Davy et pour la petite fille devant le théâtre. N'était-il pas plein de compassion ? Mais son esprit résistait encore. Elle se souvenait de sa discussion avec le Dr Milburn, qui lui avait expliqué comment Jack avait fait fortune.

— J'ai peur, commença-t-elle d'une voix fluette et tremblante. J'ai perdu ma mère alors que je n'avais que vingt-deux ans et, maintenant, il semblerait que je doive m'attendre à enterrer mon père.

Elle leva les yeux vers Jack et vit dans son regard la compassion se mêler au chagrin.

— C'était affreux de vivre avec cette idée… et de vous la cacher. Je me suis sentie terriblement seule.

— J'ai attendu que vous vous tourniez vers moi spontanément, mais vous allez devoir me faire confiance à présent, répliqua Jack en restant fermement planté devant elle. De quoi souffre votre père, exactement ?

— Il a des crises, répondit Emma. Parfois, il se raidit et ses muscles se mettent à trembler. Ensuite, il prétend qu'il ne se souvient de rien et me réprimande sous prétexte que je m'inquiète beaucoup trop pour lui.

— Quand ces crises ont-elles commencé ? Avez-vous remarqué si elles survenaient après un événement particulier ?

— Non, je n'en sais rien.

Emma agrippa les accoudoirs du fauteuil, le corps soudain pris de tremblements.

— C'est important, Emma.

— Les crises ont commencé juste après la mort de ma mère, expliqua Emma en fermant les yeux tandis qu'elle se rappelait avec horreur comment elle avait découvert son père effondré sur son bureau cet après-midi-là.

Les documents et une bouteille de potion vide étaient éparpillés devant lui. Il gisait là, lui, cet homme qui avait toujours été fort et qui se vantait de ne jamais avoir été malade de sa vie.

— La première crise est arrivée sans prévenir. Elle était assez grave et j'ai aussitôt appelé le Dr Milburn.

— Et ensuite, que s'est-il passé ? demanda Jack d'une voix tendue.

Emma s'efforça de se ressaisir.

— Dès que mon père a su que le projet du pont allait se concrétiser, il est redevenu lui-même.

— Et ces crises sont-elles régulières ? insista Jack en se penchant vers elle. Réfléchissez, Emma. Votre père a-t-il fait quelque chose en particulier avant qu'elles se produisent ?

— Le plus souvent, il va bien mais, parfois il divague et il ne sait plus où il est. Le Dr Milburn augmente alors les doses de son médicament et cela semble lui faire du bien pendant quelque temps.

Emma fit une pause puis avoua d'une voix tremblante :

— Il lui est arrivé de commettre des erreurs.

— Comme avec les calculs concernant le tracé du pont. C'était donc lui qui avait commis ces erreurs, et non vous. Vous avez essayé de le couvrir.

Jack serra les poings l'un contre l'autre.

— Vous saviez ! l'accusa-t-elle.

Depuis le début, il savait et il ne lui en avait pas parlé.

— Comment l'avez-vous su ? À quel moment ?

— Je vous ai fait remarquer que vous aviez une façon particulière d'écrire les « e ». Je peux ajouter qu'il en est de même pour les chiffres. Et je vous ai dit que j'avais pour habitude de tout revérifier. C'est ce que j'ai fait durant la nuit qui a suivi le bal, alors que je n'arrivais pas à dormir.

Le regard de Jack s'assombrit et sa voix devint dure et tranchante.

— Les calculs rédigés de votre main sont justes. Certains que votre père a effectués sont faux, et potentiellement dangereux.

Jack savait et n'en avait jamais rien laissé paraître.

— Pourquoi ne m'avez-vous rien dit ? demanda-t-elle. En avez-vous parlé à mon père ? Cela pourrait le tuer si jamais vous abordiez le sujet. Dès que les choses lui sont présentées d'une certaine façon, il s'agite. C'est ce que le Dr Milburn m'a expliqué après la première attaque.

Jack continua de la fixer avec son regard sombre.

— Épargnez-moi vos éloges sur Milburn.

— C'est un bon médecin, protesta Emma.

— J'ai attendu que vous me donniez des explications, reprit Jack, puis j'ai vu votre soulagement l'autre jour sur le chantier et j'ai compris qu'il y avait autre chose.

— Je n'ai découvert les erreurs de mon père que le jour de votre arrivée. Jamais je n'aurais imaginé que mon père puisse commettre des erreurs pareilles.

Un frisson la parcourut au souvenir de cette découverte.

— Au début, je n'arrivais pas à y croire, continua-t-elle. J'ai essayé de vous en parler, mais vous avez cru que j'avais peur d'aller au bal et d'y croiser Lottie Charlton. Et puis… Ce jour-là, sur le chantier, j'ai fait preuve de lâcheté. Vous étiez en train de vérifier les calculs qui m'inquiétaient et je ne voulais pas m'attirer d'ennuis.

— Vous pensiez que je pouvais vous accuser ?

— Non, pas du tout, répondit Emma en redressant la tête. J'avais peur pour l'entreprise de mon père si la vérité éclatait au grand jour. J'ai cru que je pouvais faire déplacer le tracé du pont… sans avoir à tout expliquer. J'étais prête à en endosser la responsabilité. C'est la pure vérité, conclut-elle.

Il fallait qu'il la croie. Emma attendit en tremblant.

— Êtes-vous sûre que vos calculs pour ce tracé sont justes ?

— Je les ai vérifiés encore et encore. J'ignore sur quelles bases mon père a fait les siens.

— Je suis en train de vérifier toutes les expériences qu'a réalisées votre père, Emma. C'est un de ses enseignements. Vérifier et vérifier encore, déclara Jack. Nous verrons bien ce qui ne va pas dans ses calculs. À ce stade, je ne peux accuser personne.

— Mon père a été un grand ingénieur.

— Vous ne pouvez pas changer le passé, dit Jack. Mais assez parlé. Le fait est que vous étiez prête à risquer la fortune et la vie d'autres personnes pour préserver la vanité d'un homme.

— Ce n'est pas du tout cela ! Les crises de mon père venaient tout juste de devenir plus fréquentes. Et j'avais découvert ses erreurs de calcul. J'essayais de tout arranger !

— Mais si vous n'y étiez pas arrivée…

Un frisson glacial la traversa. Inutile de songer à cette éventualité. Toutes ces vies innocentes… Jack avait raison. Elle n'avait pas bien réfléchi aux conséquences. Une vie était une chose plus importante qu'une réputation. C'était évident. Mais il fallait régler le problème.

— Nous parlons d'hypothèses et de théorie pendant que mon père est allongé dans son lit. Je dois aller le voir, dit-elle en se levant. Il sera dévasté lorsqu'il réalisera ce qu'il a fait. Cela pourrait le tuer.

— Vous auriez dû essayer de me parler.

— Moi ? s'écria Emma, stupéfaite et sentant la colère monter. Mais j'ai essayé ! C'est vous qui avez encouragé mon père à jouer ce jeu ridicule consistant à me forcer à aller à ce bal. Il a fallu que je danse avec vous avant que vous ne daigniez parler avec moi du pont.

— Et alors ? répliqua Jack en serrant les dents.

Mais sa voix était plus douce.

— Vous m'avez traitée comme une écervelée. Vous avez fait des suppositions à mon sujet qui étaient fausses.

Emma lui lança un regard noir et le mit au défi de la contredire.

— Je n'ai jamais cru que vous étiez écervelée, protesta Jack avec l'ébauche d'un sourire. Malavisée, peut-être, mais pas écervelée.

— Et cela est censé me calmer ?

— Je l'espère, conclut-il en tendant les mains vers elle. Ce qui est fait est fait, Emma. Le passé est gravé dans la pierre et ne peut être changé. C'est le futur qui nous intéresse.

— Mais me croyez-vous quand je vous dis que j'ai essayé de vous parler ? demanda Emma en plongeant ses yeux dans l'abîme de son regard.

Il le fallait. Il devait la croire.

— Que Dieu me vienne en aide, mais je vous crois, répondit Jack après un long moment. Il faut que vous sachiez que j'ai effectué une offre d'achat d'Harrison and Lowe avant de connaître l'état de santé de votre père. J'ai bon espoir qu'il l'accepte. Vous devez vous assurer qu'il le fasse.

Emma le regarda fixement, bouleversée. Il avait fait une offre. Elle aurait dû s'en douter. Et maintenant, il allait baisser son prix.

Les hommes d'affaires étaient des vautours, et l'amitié ne signifiait rien dans l'univers de la finance. Emma doutait que Jack laisserait l'amitié interférer dans le rachat d'une compagnie comme Harrison and Lowe.

— Je connais vos pratiques en affaires, déclara-t-elle en le regardant droit dans les yeux.

Jack allait baisser son prix et c'était ce qu'elle redoutait le plus. La ronde des négociations commencerait, jusqu'à ce qu'il ne leur reste rien et que Jack ait tout. La soirée, qui avait si merveilleusement bien commencé, était en train de se transformer en cauchemar.

— Vous ne savez rien de mes pratiques professionnelles ! tempêta Jack. Comment pouvez-vous dire ou penser une chose pareille ?

— J'ai entendu des rumeurs… Je me suis intéressée à votre carrière.

Emma devait en parler maintenant, avant que cette idée ne lui ronge l'esprit. Si elle découvrait la vérité, cela pourrait l'aider à combattre l'attirance qu'elle ressentait pour Jack.

— Personne ne peut amasser une telle fortune sans déroger à certaines règles.

— Ni sans se faire quelques ennemis.

Les prunelles de Jack ressemblaient à présent à des tessons de verre noir.

— Dans ce cas, comment avez-vous fait ? demanda Emma.

Elle détestait devoir lui poser cette question car elle avait envie de le croire.

— J'ai eu de la chance. Je me suis trouvé au bon endroit au bon moment, et j'ai su montrer assez de courage et de détermination.

— À vous entendre, c'est à la portée de n'importe qui, lança Emma avec un rire de dérision. Je le répète, personne ne peut amasser une telle fortune aussi facilement.

— Cela n'a pas été facile. Ma fortune s'est constituée avec mon sang, ma sueur et mes larmes.

Le visage de Jack était grave.

— Croyez-vous que ma carrière aurait été aussi longue si j'avais trompé des personnes ? Des hommes comme Stephenson auraient-ils alors accepté de s'associer avec moi ?

Emma secoua lentement la tête.

— Les ponts et les digues que je construis sont faits pour durer. Il en va de même pour mon entreprise. Ses fondements reposent sur l'intégrité, et non sur la tromperie.

Elle n'avait jamais réfléchi à la question sous cet angle auparavant, mais elle comprenait ce que Jack tentait de lui expliquer. Elle avait envie de le croire.

— Pourtant, votre réputation dans la presse…

— Un homme acquiert une certaine réputation, c'est vrai. Je suis dur en affaires, mais je suis toujours honnête.

Emma leva les yeux vers lui. Son cœur savait quel genre d'homme il était. Elle n'avait pas besoin de preuves.

— Ce que vous dites est assez sensé, mais n'oubliez pas que je suis une vieille fille acariâtre.

L'ébauche d'un sourire fleurit sur les lèvres de Jack.

— Je vous remercie.

— L'offre que vous avez faite à mon père tient-elle toujours maintenant que vous connaissez la vérité ?

— Mon offre est juste. Et plus que généreuse au vu des circonstances.

Jack lui annonça le prix, et Emma haussa les sourcils de surprise.

— Et après ce que vous avez appris ce soir ?

— Je veux que vous sachiez que cette offre tient toujours, indépendamment de ce qui s'est passé ce soir. J'ai rédigé l'offre dès mon arrivée ici. Je ne vais pas me rétracter uniquement pour faire de l'argent à court terme. Je me soucie surtout de la pérennité de mon entreprise.

Emma prit le temps d'absorber les paroles de Jack. Il connaissait la maladie de son père et, malgré tout, il n'avait pas l'intention de baisser son prix.

Un immense soulagement s'empara d'elle. Elle avait l'impression que quelqu'un lui avait retiré un poids des épaules. Elle n'avait pas réalisé à quel point elle était tendue. Le fardeau qu'elle portait depuis si longtemps, depuis la première crise de son père, semblait s'être envolé. Elle contempla Jack sans savoir quoi dire.

— Merci, murmura-t-elle enfin en lui pressant doucement les doigts.

Le regard de Jack s'adoucit. Soudain, Emma comprit qu'elle avait désormais la force de monter voir son père et d'affronter toutes les épreuves à venir.

— Miss Emma, Miss Emma.

Annie entra précipitamment dans la pièce. Sa charlotte était de travers et son tablier était froissé. Emma ne l'avait jamais vue aussi négligée.

— Nous nous sommes fait tellement de souci, continua la bonne. Mais le maître a exigé qu'aucun de nous ne vienne vous déranger. Il voulait que vous vous amusiez et que vous profitiez du spectacle.

— Dites-moi tout, Annie, et ne me cachez rien.

Le visage d'ordinaire placide de la bonne se froissa et des larmes menacèrent de couler. Emma passa un bras autour de ses épaules pour la consoler.

— D'après Fackler, la crise est arrivée juste après que votre père a eu terminé le flacon de la potion que le Dr Milburn lui a prescrite. Il est devenu violet et a commencé à manquer d'air. J'étais certaine qu'il allait mourir.

— Miss Harrison a besoin de savoir quels ont été les symptômes exacts de cette crise, Annie, l'interrompit Jack. Expliquez-les-lui simplement.

— Vous avez raison, sir, acquiesça la bonne en faisant une courte révérence. Comme je vous le disais…

Emma écouta attentivement Annie lui raconter les événements de la soirée. La crise de son père avait suivi son habituelle et terrifiante chronologie.

— Je vais aller m'asseoir près de lui, déclara-t-elle.

— Il dort comme un agneau, souligna la bonne. Mais son haleine sent l'ail alors qu'il n'en a pas mangé. Son estomac le faisait terriblement souffrir et il prétendait avoir un goût métallique dans la bouche. Il a fini sa potion ce soir. La crise a commencé juste après, répéta-t-elle.

— Cela confirme mes doutes, avança Jack d'une voix ferme.

— Cela confirme quoi ? demanda Emma, surprise. De quoi parlez-vous, Jack ?

— Les crises de votre père se déclarent-elles dès qu'il a terminé son flacon de potion ?

Emma prit le temps de réfléchir.

— Oui, je pense que vous avez raison. Mais qu'est-ce que cela peut bien vouloir dire ?

— Je dois d'abord vérifier d'autres informations, répondit Jack en faisant les cent pas. Dites-moi tout ce dont vous vous souvenez sur ses récentes attaques.

Emma les lui raconta en détail et lui décrivit les symptômes à plusieurs reprises. À la fin de son récit, elle regarda attentivement Jack. Ses sourcils étaient froncés. Il avait pris des notes sur un bout de papier et les passait en revue. Se souciait-il vraiment de ce qui arrivait à son père ?

— Que devons-nous faire ? demanda-t-elle enfin. Puis-je monter voir mon père à présent ?

— Oui, vous pouvez monter voir votre père. Allez-y l'esprit tranquille, je recevrai Milburn.

Il croisa les bras sur son torse.

— J'ai quelques questions à lui poser, ajouta-t-il. Lorsqu'il y aura répondu, alors il pourra aller voir son patient.

— Mais… mais…

Debout au pied de l'escalier, Emma hésita.

— Pour une fois dans votre vie, Emma, s'il vous plaît, faites ce que je vous dis.

Jack prit sa main dans la sienne.

— Faites-moi confiance.

Emma croisa son regard intense et déterminé. Elle devait se fier à lui. C'était là ce que son cœur lui dictait.

Emma monta les marches deux par deux. Jack la suivit du regard, puis sonna Fackler. Il ferait ce qui était nécessaire. Il ne laisserait Milburn voir Harrison qu'après avoir vérifié certains points.

— Avez-vous le flacon de potion que Mr Harrison a terminé ce soir ?

— Je peux vous le trouver, sir, répondit le majordome.

— Faites-le le plus rapidement possible, Fackler.

— Oui, sir.

Fackler devait le prendre pour un fou, songea Jack en souriant intérieurement, mais il était important pour lui de suivre ses intuitions. Tous les signes désignaient la potion comme responsable. Rien n'arrivait sans raison. Toutes choses obéissaient aux lois de la nature.

La sonnette retentit soudain avec force et insistance.

— Je veux voir le Dr Milburn en premier, dit-il en se tournant vers le majordome.

— Très bien, sir.

De nouveau, les traits du majordome ne montrèrent pas qu'il trouvait cette requête étrange ou inhabituelle.

— Et si je puis me permettre, sir, je ne crois pas beaucoup aux colporteurs qui vendent des potions. Je pense que c'est un tas de sottises, si vous me permettez de m'exprimer ainsi.

— Merci, Fackler, c'est aussi ce que je pense. Certains remèdes sont bons et d'autres, eh bien… Il vaut mieux ne pas y songer.

Jack serra les dents. Il était bien décidé à écouter Milburn.

— J'arrive d'un dîner important tempêta ce dernier

lorsque Fackler lui barra le chemin. Et cet homme prétend que je ne suis pas attendu.

— S'il vous plaît, pardonnez les domestiques, Milburn, mais ils ont réagi de manière excessive.

Jack se dirigea vers la porte.

— Harrison est en train de se reposer après avoir eu une indigestion suite au dîner.

— Mon patient est malade, Stanton.

Il fit un grand geste de la main.

— Poussez-vous.

Jack ne bougea pas d'un centimètre et soutint le regard glacial de Milburn. Il contrôla sa colère au prix d'un gros effort.

— Votre patient se repose. D'après ce que je sais, le sommeil est souvent le meilleur remède.

— Vous êtes médecin maintenant, en plus d'être ingénieur ?

Le sourire de Milburn devint encore plus méprisant.

— Pour un garçon de l'assistance publique, vous avez un avis sur un grand nombre de sujets, lança-t-il.

— Quand vous êtes dans la jungle, il le faut bien. La vie de vos hommes dépend de vous, répondit Jack en ne relevant pas l'attaque désobligeante de Milburn sur ses origines.

Il avait prouvé sa valeur un millier de fois. Ce n'était pas un docteur prétentieux qui allait le faire douter de lui. Milburn voulait juste le provoquer.

— Je sais exactement ce que je dis, ajouta-t-il. Et vous ?

— Pour l'amour du ciel, laissez-moi passer, tempêta Milburn. J'ai du travail devant moi. La vie d'un homme dépend de moi et de mes compétences.

— Je ne crois pas, répliqua Jack en s'appuyant contre le chambranle de la porte avec une grande nonchalance.

— Qu'avez-vous dit ? Vous me menacez ? Moi ? Un membre du Collège royal des médecins ? Comment osez-vous ?

Milburn souleva son sac, mais Jack saisit son poignet et le serra.

— Je suis dans mon droit, grinça Milburn en repoussant

son bras. Vous vous oubliez, Stanton, et vous oubliez à qui vous avez à faire.

Jack ne bougea pas. Le bruit de sa propre respiration mêlée à celle du médecin résonnait autour de lui. Puis Milburn cligna les yeux et baissa son sac. Ses épaules s'affaissèrent légèrement.

— J'ai été appelé, essaya-t-il de nouveau en rougissant un peu.

Il s'exprimait comme s'il s'adressait à un simple d'esprit.

— Miss Harrison veut que j'examine son père.

— Vous avez été appelé par erreur. Par les domestiques. Miss Harrison était avec moi, ce soir.

— Avec vous ?

Décontenancé, Milburn ouvrit et ferma la bouche plusieurs fois.

— Nous sommes allés voir une pantomime. En compagnie des Charlton.

— Personne ne m'en a informé, marmonna Milburn.

— J'ignorais que les Harrison avaient l'habitude de vous prévenir de leurs sorties, rétorqua Jack.

Milburn battit les paupières puis un sourire froid étira ses lèvres.

— Vous avez raison, Stanton. Je n'ai aucun droit sur Miss Harrison. Cependant... je nourris quelques espoirs à son endroit. Malgré son apparence quelconque, ne ferait-elle pas une merveilleuse assistante pour un médecin ?

Jack regarda fixement Milburn. Emma ? « Quelconque » ? Elle était exaspérante. Obstinée. Mais pas quelconque. Sa beauté était certes peu conventionnelle, mais elle était très agréable à regarder. Et elle était très intelligente. Elle méritait un homme qui sache apprécier ses charmes.

— Si l'état de santé de Harrison ne s'est pas amélioré demain matin, je viendrai personnellement vous chercher. En attendant, je vous propose de rentrer chez vous, dit Jack en retenant difficilement son poing.

— Vous jouez un jeu dangereux, Stanton.

Le rictus du médecin le faisait ressembler à un serpent. Ses yeux brillaient dangereusement.

— La santé de Harrison est un cas complexe. Je n'aimerais pas qu'il lui arrive quelque chose sous prétexte que vous m'avez empêché d'entrer.

— C'est un risque que je suis prêt à prendre.

Jack se plaça fermement devant la porte. L'air menaçant, il mit Milburn au défi de faire un autre geste.

Le rictus de Milburn s'amplifia encore plus.

— Si jamais Harrison meurt pendant que vous jouez au docteur, vous serez tenu pour responsable, Stanton. Je serai ravi d'en référer aux autorités.

— J'en prends la responsabilité, rétorqua Jack en toisant durement le médecin arrogant.

Ainsi, ce dernier voyait Emma en assistante dévouée ! C'était impossible. Ridicule. Il refusait que cela se produise.

— À demain, alors. Je prie Dieu que mon patient vive aussi longtemps, lança Milburn en se dirigeant à grands pas vers sa voiture.

— Vieux corbeau, marmonna Fackler dans sa barbe en claquant la porte derrière lui. Comme vous l'avez dit, sir, il n'était pas utile de l'appeler. Je n'aurais jamais dû écouter Annie.

— Miss Emma semble le tenir en grande estime, lâcha Jack. Il semblerait qu'il soit question d'une union entre eux.

— Miss Emma ? répondit Fackler en secouant la tête. Elle ne l'aime pas. Pas de cette manière. C'est notre ancienne maîtresse, Mrs Harrison, qui l'appréciait beaucoup. Elle disait qu'il était son ange gardien. Elle ne voulait rien entendre de désagréable sur lui.

Jack carra les épaules et fit face au majordome.

— Mrs Harrison est morte. C'est Mr Harrison et sa fille qui m'inquiètent à présent.

Chapitre 12

Son père gisait au milieu du grand lit. Son visage était terreux mais détendu. Sa respiration était calme et régulière, constata Emma, rassurée.

Quel que soit le mal dont son père était atteint, la crise était maintenant passée, comme cela s'était produit toutes les autres fois. Son père vivait une rémission. Mais pour combien de temps ? Quand devrait-elle lui dire qu'il était mourant ? Que le Dr Milburn ne lui donnait pas beaucoup d'espoir ? Qu'elle avait tout avoué à Jack ? Il allait falloir le lui annoncer, sinon ce serait Jack qui s'en chargerait.

Emma prit une courte inspiration. Tout ce pour quoi elle avait œuvré ces derniers mois s'était évanoui. Mais le plus important était que son père survive. Tout le reste pouvait attendre.

— Papa, restez avec moi. N'allez pas rejoindre maman.

Emma s'effondra sur le lit et posa la tête sur le couvre-lit. Elle saisit d'une main forte les doigts mous de son père.

— Je viens de voir notre bon docteur, déclara Jack en entrant dans la pièce.

D'un bond, Emma se leva et s'empressa de border son père pour essuyer ses larmes.

— Où est-il ? demanda-t-elle en cherchant derrière Jack la silhouette du médecin. J'ai entendu sonner à la porte un peu plus tôt.

Jack s'approcha d'elle. À la lueur des flammes, Emma vit une paire de ciseaux briller dans sa main. Ses traits étaient empreints de la même détermination que lorsqu'il avait sauvé Davy.

— Je l'ai renvoyé. Nous n'avons pas besoin de ses services.

— Renvoyé ?

Emma leva les yeux au ciel en ravalant sa colère. Elle devait rester calme. Crier après Jack ne ferait qu'empirer les choses, même si à cet instant elle rêvait de le gifler. Quel homme despotique !

— Pourquoi avez-vous fait cela ? De quel droit ? s'indigna-t-elle.

— Votre père dort paisiblement. Après le choc qu'il a reçu, c'est sans doute ce qu'il a de mieux à faire.

Jack fit une pause et Emma le vit contempler la table de chevet recouverte d'une multitude de flacons.

— Nous pourrons appeler le Dr Milburn demain matin au besoin, continua-t-il. J'irai le chercher en personne. Je pense que c'est ce qu'il espère que je vous dise.

— Vraiment ? dit Emma en observant Jack d'un œil méfiant. Mon père n'est pas un enjeu entre deux hommes qui nourrissent l'un envers l'autre des rancunes qui remontent à l'époque où ils étaient enfants. Nous parlons de la vie d'un homme. Celle de mon père.

— Votre père a traversé le pire. Il vivra.

Jack désigna d'un signe de tête le lit où il gisait.

— Regardez comme il respire bien, ajouta-t-il d'un air confiant. Son front ne porte aucune trace de sueur. Vous m'avez dit que chaque crise était survenue après que votre père avait fini son flacon de médicament ?

— Vous ai-je dit cela ? Je ne m'en souviens plus, répondit Emma. Oui, je pense que c'est exact.

— Réfléchissez bien. Prenez votre temps. Vous rappelez-vous si votre père a eu une crise alors qu'il n'avait pris que la moitié du flacon ?

Emma secoua la tête.

— Il se peut que cela ne soit qu'une coïncidence. Ou alors, peut-être que mon père a essayé de faire durer un peu plus longtemps son remède. Il déteste devoir appeler le médecin.

— Je ne crois pas aux coïncidences. Personne n'échappe aux lois de la nature. Un pont s'effondre à cause des forces qui sont exercées sur lui. Les gens tombent malades pour une raison précise.

Bouleversée, Emma avala sa salive. Son instinct lui dictait de faire confiance à Jack. Les forces de la nature contrôlaient tout. C'était en effet un principe de base du génie civil. Toutes les crises de son père avaient bien eu lieu lorsqu'il avait atteint la fin de son flacon.

Elle en était sûre à présent. Elle n'y avait jamais pensé avant, mais Jack avait raison. Ce n'était pas une coïncidence.

— Que comptez-vous faire ?

— Suivre mon intuition, répondit Jack avec un sourire en coin. Vérifier encore et encore tous les paramètres avant d'arriver à une conclusion définitive. C'est en cela que je suis efficace. Les détails sont très importants.

— Quels genres de détails ? demanda prudemment Emma.

— Lorsque votre père a une attaque, Milburn lui donne-t-il un médicament ? demanda Jack. Que fait-il ? Le saigne-t-il ?

— Non, rien de tout cela. Il a d'autres méthodes. Je désapprouve les saignées. Je pense que c'est ce qui a affaibli ma mère, malgré ce que disent les médecins. C'est l'une des raisons qui m'ont fait m'adresser au Dr Milburn. Ses méthodes sont plus modernes. Il croit aux médicaments et aux potions.

— Quelles méthodes ? insista Jack. Réfléchissez bien, Emma. Comment contrôle-t-il les attaques de votre père ?

— Il lui a donné des pilules, que mon père doit prendre dès qu'il commence à ressentir des vertiges. Elles semblent lui faire de l'effet, ou au moins espacer les crises.

Emma fouilla dans le tiroir de son père et en sortit un

flacon en verre. Elle plissa les yeux pour lire l'étiquette écrite en minuscules caractères.

— « Charbon et soufre. » Il n'en reste plus. Cela est-il important ?

— Oui, je pensais bien qu'il contenait ces deux ingrédients. Tout se tient.

Jack se dirigea vers son père et lui coupa une mèche de cheveux qu'il enveloppa dans un mouchoir avant de ranger le tout dans une enveloppe, qu'il lui tendit.

— Fermez-la vous-même.

— Je vous fais confiance, dit-elle.

— Je préfère que vous utilisiez la cire et le sceau de votre père pour la fermer. Je veux que tout se fasse dans les règles. Il se peut que nous ayons besoin de nous en servir devant une cour de justice.

Emma prit l'enveloppe et se dirigea vers le bureau de son père. Elle scella rapidement l'enveloppe et pressa la chevalière de son père dans la cire rouge encore chaude. Jack la lui prit d'entre ses doigts fébriles.

— Qu'allez-vous en faire ? demanda Emma.

— Je vais faire analyser les cheveux en même temps que le flacon de potion vide pour m'assurer que mes hypothèses sont justes.

Jack passa une main nerveuse dans ses cheveux. Emma lisait la lassitude dans son regard.

— Le soufre et le charbon sont prescrits pour une raison précise. Milburn sait ce qui déclenche les crises de votre père, même s'il ne vous l'a pas dit.

— Le Dr Milburn connaît les causes de ses crises ? répéta Emma.

Les questions se bousculaient dans sa tête.

— Pourtant, il a dit qu'il aimerait beaucoup le savoir. Il a dit que cela ferait sa fortune.

— Je pense que votre père souffre d'un empoisonnement à l'arsenic. Il en manifeste tous les symptômes : confusion, haleine sentant l'ail, goût métallique dans la bouche et crampes d'estomac. Heureusement, Edward Harrison possède une solide constitution.

Jack soupesa le flacon de pilules vide.

— Le remède contre une dose accidentellement trop forte est le mélange de charbon et de soufre. Lorsque votre père sera en état de manger, vous lui proposerez déjà des œufs et des oignons car ces aliments contiennent du soufre.

— Un empoisonnement ?

Emma contempla Jack d'un air incrédule. Elle se sentit défaillir.

— Qui pourrait faire une chose pareille ? Comment mon père pourrait-il absorber de l'arsenic ?

— Le remède de Milburn en contient peut-être, dit Jack. Comme beaucoup de potions. À petites doses, cet ingrédient est censé guérir certaines maladies.

— Vous pensez que le Dr Milburn est en train d'empoisonner mon père ? demanda Emma. Comment est-ce possible ? Pourquoi ferait-il une chose pareille ? S'il est au courant, pourquoi continue-t-il de prescrire ce remède à mon père ?

Elle essaya de réfléchir. Le Dr Milburn était en train d'empoisonner son père…

— Je suis sûr que ce n'est pas un acte délibéré, Emma, répondit Jack. L'arsenic s'est probablement déposé au fond du flacon après y être resté trop longtemps. Il faut faire faire des analyses. Nous devons en être certains avant de décider quoi faire.

— Vous ne paraissez pas convaincu par ce que vous avancez.

— Je préfère attendre et peser toutes les possibilités. Je ne l'aime peut-être pas, mais je doute que Charles Milburn soit quelqu'un capable de tuer un homme de sang-froid. Vous m'avez dit qu'il avait prolongé la vie de votre mère. Je dois me fier à votre jugement.

— Oui, confirma Emma en sanglotant à moitié.

Après avoir retrouvé le contrôle de ses émotions, elle reprit d'une voix plus forte :

— Il a été efficace pour ma mère. Nous l'avons maintenue en vie aussi longtemps que possible.

Jack se tenait tout près d'elle. Elle se tourna légèrement vers lui, et il l'enlaça de ses bras puissants. Emma posa la joue sur son plastron blanc et se laissa bercer par les battements rassurants du cœur de Jack. Cette étreinte n'avait rien de sensuel. Elle ne faisait que lui apporter du réconfort. Emma déglutit avec peine. Ils étaient amis et elle devait s'en contenter.

— Combien de temps faudra-t-il pour que nous ayons les résultats des analyses ? demanda-t-elle.

— J'aurai une réponse avant Noël. Avant de partir de Newcastle, dit-il.

Il desserra son étreinte et s'éloigna d'elle. Emma s'efforça de plaquer un sourire sur ses lèvres.

— Déjà ?

— Vous n'aurez pas à vous torturer l'esprit très longtemps.

Mais Emma ne cessait de réfléchir aux paroles de Jack. Noël. Il partirait à Noël. Malgré ce qu'il venait de découvrir, il prévoyait de s'en aller. Quelques jours plus tôt, elle désirait vivement son départ et, maintenant, cette idée l'emplissait de terreur.

— Que dois-je faire en attendant ? demanda-t-elle.

— Attendre et observer. Espérer.

— Et pour le Dr Milburn ?

— Je pense qu'il vaut mieux pour votre père qu'il se trouve un nouveau médecin.

— Vous avez sans doute raison, acquiesça Emma.

Dire que c'était elle qui avait insisté pour que son père prenne son remède, songea-t-elle, le cœur serré. Elle croyait qu'il lui faisait du bien alors que, pendant tout ce temps, il était en train de l'empoisonner.

— Papa, vous n'êtes pas en train de mourir. Vous allez vous rétablir. Vous allez vivre et vous verrez ce pont passer au-dessus de la Tyne. Je vous le promets.

Emma entendit un cliquetis et s'aperçut que Jack était parti sur la pointe des pieds.

— Merci, murmura-t-elle face au vide qu'il venait de laisser.

— Ah, ces pères !

Le lendemain matin, Emma claqua avec véhémence la porte de la chambre de son père.

— On pourrait croire qu'ils prennent un malin plaisir à bouleverser toute la maisonnée, soupira-t-elle.

— Vous paraissez perturbée ce matin, Miss Emma, déclara Jack. Heureusement, l'état de votre père n'a pas empiré cette nuit.

— Il est d'accord avec vous !

Emma posa les mains sur les hanches en essayant d'oublier qu'elle avait la mine défaite. Elle avait veillé une grande partie de la nuit. Sa seule consolation était de penser que Jack l'avait vue en plus piteux état. Pourtant, elle voulait paraître séduisante à ses yeux.

— D'accord sur quoi ? demanda Jack.

Une légère fossette se creusa au coin de sa bouche.

— « Il n'est pas nécessaire d'appeler ce charlatan », répondit Emma en imitant la voix de son père. « Ni de prendre ces maudits médicaments. » Vous parlez d'une victoire ! « J'ai toujours su qu'ils ne me faisaient aucun bien », a-t-il encore décrété.

— Et alors ? Je croyais que nous avions décidé, tous les deux, de ne pas appeler Milburn, s'étonna Jack en lui prenant le bras. Nous avions convenu que nous attendrions les résultats.

Emma recula d'un pas, et il la lâcha.

— Je pensais appeler un autre médecin, mais papa refuse même cette proposition. Il approuve vos méthodes et est d'accord pour attendre les résultats.

Jack hocha la tête d'un air satisfait.

— Je pense que c'est un signe très positif.

— Positif ? C'est exaspérant !

Emma fit les cent pas dans le couloir.

— C'est la première fois depuis très longtemps que mon père ne se montre pas raisonnable, et vous l'encouragez à le faire.

Jack s'avança vers elle et lui barra le passage. Puis il prit ses mains entre les siennes.

— Emma, dit-il en levant son menton vers lui. Écoutez-moi. Faites-moi confiance. Votre père va se rétablir.

— Je vous fais confiance. Il le faut.

Au prix d'un gros effort, elle s'éloigna de lui, puis elle prit une profonde inspiration. Ses lèvres frémissaient. Un instant de plus, et elle aurait passé les mains autour du cou de Jack pour l'attirer vers elle. Mais ils étaient entourés de trop de domestiques, et Emma ne voulait pas imaginer le scandale si jamais quelqu'un les découvrait. Ni le choc que cela causerait à son père. Elle devait être réaliste. Pour Jack, leur relation n'était qu'un simple badinage. Lors de leur première rencontre sur le chantier, il lui avait dit que le mariage ne l'intéressait pas.

Rien dans son attitude n'indiquait qu'il avait changé d'avis. Les chances qui leur avaient été données avaient été réduites à néant depuis longtemps, depuis que sa mère avait volontairement refusé de lui donner cette lettre. Non. Pour être honnête, elles avaient disparu avant cela, lorsque Jack l'avait quittée sans lui donner la possibilité de s'expliquer. Son départ avait failli lui briser le cœur. Aujourd'hui, son cœur était immunisé se rassura-t-elle.

Jack ne fit aucun geste vers elle.

— Si votre père ne se sentait vraiment pas bien, il demanderait à voir un médecin.

— Il parle de ce qu'il fera dès qu'il reprendra la direction du chantier.

— Je pense que c'est plutôt bon signe.

— Il pourrait très bien changer d'avis à propos de votre demande…

Emma aurait voulu que la terre l'engloutisse lorsqu'elle réalisa son lapsus.

— Ma demande ? s'étonna Jack en haussant les sourcils. Et de quelle demande s'agit-il, au juste ?

Emma sentit ses joues s'empourprer.

— Je parlais de votre offre de rachat pour Harrison and Lowe. C'est la seule proposition que je connaisse. En existe-t-il une autre ?

— Pas que je sache.

Le regard de Jack brillait légèrement et un demi-sourire étira ses lèvres.

— Je n'ai pas le temps de plaisanter avec vous. J'ai du travail qui m'attend, éluda-t-elle.

— Un jour comme celui-ci ? Avez-vous regardé dehors ?

Emma se précipita vers la fenêtre. De gros flocons volaient dans le ciel. Le jardin se couvrait rapidement de neige.

— Vous avez raison. Le chantier n'ouvrira pas aujourd'hui.

— Ce serait impossible, convint Jack. Les hommes devront travailler plus dur lorsque le dégel sera venu et que le sol sera meuble.

— Je prie pour que le dégel ne soit pas trop rapide.

Un frisson la parcourut tandis qu'elle se remémorait de quoi la Tyne était capable. Avant de s'attaquer à ce pont, son père avait travaillé au renfort des digues le long du fleuve, et elle pria pour qu'elles ne soient pas mises à l'épreuve.

— Vous avez le cœur trop tendre, Emma. Il faut que le dégel soit rapide, au contraire. Nous devons voir ce qui se passe lorsque la Tyne est en crue. Lorsque je construis un pont, c'est pour qu'il dure et non pour qu'il s'effondre à la première crue du siècle.

— Mais songez aux dégâts, aux vies et aux biens gâchés.

— Si nous pouvons comprendre les caractéristiques de ces crues et leurs effets, nous serons en mesure de sauver des vies et nous garantirons la solidité du pont. La Tyne a balayé bien des ponts avant ce jour. Cela n'arrivera pas avec le mien.

— C'est un autre défi que vous avez décidé de relever ?

— Je m'efforce de dompter les forces de la nature de façon à ce qu'elles travaillent pour nous et non contre nous.

Jack fit une pause.

— Mais cela m'éloigne des raisons de ma visite.

— Quelles raisons ? demanda Emma.

Jack portait un manteau et un chapeau haut-de-forme. Il ne prévoyait tout de même pas de sortir avec ce temps ? songea-t-elle, soucieuse. Il venait de dire que les travaux étaient suspendus sur le chantier.

— M'assurer de l'état de santé de votre père.

— Je vous ai dit qu'il se rétablissait, un peu trop vite à mon goût, répondit Emma. Dans quelques jours, il se plaindra de devoir se reposer. Vous pouvez aller le voir si vous voulez.

— Cela ne sera pas nécessaire.

Jack fit un geste nonchalant de la main mais son visage était grave.

— Je suis venu vous faire mes adieux, ajouta-t-il.

— Vous partez ?

Consternée et bouleversée, Emma détourna le regard. La journée lui parut soudain plus terne et le temps s'étira de manière lugubre devant elle.

— Je croyais que vous deviez rester jusqu'à Noël.

— Des affaires urgentes m'attendent à Londres. Je dois partir. Je dois également donner à Stephenson des nouvelles de votre père et de ce que nous avons convenu.

— Mais nous n'avons rien convenu, objecta Emma.

— Miss Harrison, répondit Jack d'un air sévère, Stephenson et moi devons décider de la meilleure façon de poursuivre la conception et la construction du pont.

— En attendant que mon père aille mieux, je ne peux pas vous dire ce qu'il fera. Je ne peux pas parler à sa place.

Emma serra les poings. Il fallait que Jack admette cela. Elle devait laisser à son père une raison de vivre.

— Il est vivant et se rétablira très vite, continua-t-elle.

Vous m'avez expliqué vous-même qu'il avait été victime d'empoisonnement.

— J'espère et je prie pour que ce soit effectivement le cas. En attendant, quelqu'un doit s'occuper du pont. Le projet est trop important pour rester sans direction, et d'autres engagements m'appellent, Miss Harrison. Je dois me rendre sur plusieurs chantiers pour le nouvel an. J'ai accepté un contrat en Italie.

Emma regarda Jack sans comprendre. Il avait d'autres engagements. Dire qu'elle croyait qu'il allait rester. Encore une illusion qui s'évanouissait. Un grand vide s'empara d'elle. Un vide qui avait la forme de Jack. Elle ferma les yeux et refusa d'y réfléchir. Elle était bouleversée par l'état de santé de son père. C'était tout.

— S'il s'agit d'un empoisonnement à l'arsenic, mon père va bientôt guérir, s'efforça-t-elle de dire malgré sa gorge serrée.

— Oui, mais cela prendra des mois.

Jack posa brièvement la main sur son épaule.

— Vous devez regarder la réalité en face, Miss Emma. Ce pont doit être supervisé en permanence, que votre père conserve ou non son entreprise. Il a besoin d'un ingénieur compétent et qualifié.

— Le sol est gelé. Cela laissera un peu de temps à mon père.

Tout en parlant, Emma savait qu'elle plaidait pour sa propre paroisse. Elle devait réfléchir et ignorer les tremblements qui la secouaient de l'intérieur. Jack prévoyait de partir pour ne plus revenir.

— Comme vous voudrez, mais je dois parler en personne à Stephenson.

Il haussa les épaules avec indifférence.

— Je ne peux pas me rendre très utile ici. Le sol est gelé mais les trains roulent.

— Et vos expériences ?

— Davy Newcomb sait quoi faire. Je lui ai laissé une liste d'instructions.

Emma s'efforça de sourire.

— Je vois que vous avez pensé à tout.

— J'aime veiller au moindre détail.

Son regard s'assombrit.

— On a besoin de moi à Londres.

Emma eut envie de lui dire qu'elle avait besoin de lui ici, mais les mots refusèrent de sortir. Ce qui existait entre eux était trop nouveau, trop fragile. Peut-être était-ce juste l'expression de son propre désir, et non celui de Jack.

— Que Dieu vous garde pendant votre voyage, alors.

— Je reviendrai… avant le dégel, Emma.

Un demi-sourire étira les lèvres de Jack. Il fit un pas vers elle.

— Souhaitez-moi bonne chance.

— Je croyais l'avoir fait, murmura Emma.

Un pas de plus, et leurs corps se toucheraient.

— Vous êtes si froide, si conventionnelle, murmura Jack.

Il se pencha vers elle et effleura délicatement de ses doigts la ligne de ses sourcils, de son nez, et sa joue. Ses caresses étaient douces, comme s'il cherchait à mémoriser chacun de ses traits.

Ce contact si intime déclencha en elle de petites vagues de chaleur qui se propagèrent dans tout son corps. Sa bouche tremblait, comme si elle désirait sentir de nouveau les lèvres de Jack sur les siennes. Tout ce qui comptait à cet instant était de le sentir contre elle.

Elle leva la main pour attirer son visage vers elle. Mais l'horloge tinta, et Jack fit un pas en arrière.

— La prochaine fois, pensez à me faire correctement vos adieux sans que je doive vous le demander.

Il partit avant qu'Emma puisse songer à une repartie cinglante.

Elle s'élança vers le hall d'entrée et posa la joue contre la vitre pour regarder la voiture noire disparaître derrière un tourbillon de neige blanche.

Le bruit des domestiques qui se déplaçaient dans la maison

la tira de sa torpeur. Elle se ressaisit. Elle avait mieux à faire que de se languir comme une adolescente. Elle avait des responsabilités, une vie. Mais sa bouche tremblait encore au souvenir de ce qui aurait pu être.

Chapitre 13

— Il va revenir, dit Lucy en prenant sa main.

Elles étaient assises dans la petite cabane à côté du lac gelé. Trois jours s'étaient écoulés depuis le départ de Jack. Emma s'était laissé convaincre par son père d'aller faire du patin à glace avec les Charlton tant il était fatigué de la voir se plaindre et s'impatienter.

— Inutile de passer ton temps à rêvasser. Il sera de retour avant même que tu t'en aperçoives, lui répéta son amie.

Emma se figea. Dire qu'elle croyait avoir été prudente. Elle avait à peine fait allusion à Jack Stanton. Elle s'était contentée de dire à son amie qu'il était parti juste avant le début de la tempête de neige.

— De quoi parles-tu, Lucy ? Pourquoi ce soudain penchant pour les devinettes ?

Emma se concentra sur les lacets de son patin à glace.

— De ton Jack Stanton.

Emma tira trop fort sur le lacet en cuir qui se brisa.

— Regarde ce que tu me fais faire ! s'écria-t-elle en tenant devant elle le lacet cassé. Tu ne devrais pas me taquiner ainsi.

— Est-ce pour cela que tu l'as cassé ? demanda Lucy, une lueur amusée dans le regard. Je crois surtout que tu ne cesses de penser à la façon dont Mr Stanton te couvait des yeux le soir de la pantomime. Je peux t'assurer que les autres ladies étaient toutes jalouses. Lottie fulminait. Je suis certaine qu'il va te faire sa demande. Je vois déjà les cloches du mariage sonner pour toi !

— Pourquoi crois-tu encore à ces contes de fées ? demanda Emma, les joues en feu.

Les cloches de son mariage ? L'idée était risible. Jack Stanton n'avait pas l'intention de se marier, et encore moins avec elle.

— Tu le fais exprès d'être aveugle.

— Tu vois une histoire d'amour là où il n'y en a pas, protesta Emma. Jack Stanton est un ami de la famille. Quoi qu'il en soit, on dirait que tout s'est ligué contre moi pour m'empêcher de patiner, aujourd'hui.

— Tu ne t'échapperas pas aussi facilement, Emma Harrison.

— Comment pourrais-je patiner avec un seul patin ? Sois donc raisonnable, Lucy.

Emma pouffa doucement et poussa discrètement un soupir de soulagement. Elle avait détourné la conversation de Jack.

— Laisse-moi régler ton problème.

Lucy fit signe à un homme, qui leur apporta un lacet de rechange.

— Tu vois, tu n'as pas d'excuse.

— Tu sais bien que j'aime patiner, Lucy.

— Je suis heureuse de voir que l'état de ton père s'est suffisamment amélioré pour que tu puisses le laisser seul. Je craignais que tu ne puisses pas répondre à l'invitation de Lottie.

— Mon père voulait absolument que je me joigne à vous. Contrairement à ma mère, il aime la tranquillité. Il dit que je fais des histoires.

Emma se tourna vers Lottie, si jolie, qui patinait avec aisance sur la glace.

— On la croirait sortie d'un conte de fées, commenta-t-elle.

— Oui, mais elle le sait, et c'est bien là le problème. Elle est un peu trop libre avec les hommes. Imagine ce que cette attitude pourra lui attirer comme ennuis lorsqu'elle voudra se marier.

— Jusqu'à présent, elle s'est montrée prudente.

— Mais elle devient de plus en plus audacieuse. Je suis inquiète pour elle. Un dérapage, et sa réputation pourrait être définitivement ruinée. Mais ni Henry ni ma belle-mère ne veulent m'écouter.

— Heureusement, j'ai écouté ma mère et j'ai su éviter les écueils, dit Emma.

Un frisson la parcourut en songeant à quel point elle avait été proche du scandale avec Jack. Mais elle ne regrettait rien.

— Ah, Stanton, vous êtes de retour. Et vous tombez bien.

— Mes réunions m'ont pris moins de temps que prévu. Je suis heureux de vous voir en si bonne forme, Harrison. Où est Miss Emma ? ajouta Jack. Je voulais l'inviter à essayer mon nouveau traîneau.

— Elle est partie faire du patin à glace en compagnie des Charlton. Elle me tapait sur les nerfs, toujours à faire des histoires.

Jack fut étonné de la déception qui venait de l'envahir. Tout au long du chemin du retour, il s'était imaginé le visage d'Emma, son regard qui s'éclairait, et ses lèvres douces et pleines qui s'incurvaient à la vue du traîneau. Et maintenant il découvrait qu'elle était partie. Sa surprise allait devoir attendre.

— Il y aura d'autres occasions, sans aucun doute, reprit Harrison. Mais votre retour arrive fort à propos.

— Comment cela ?

— J'ai bien réfléchi. Je ne peux plus continuer à gérer ce projet. J'ai envie de me consacrer à d'autres activités.

— Mon offre tient toujours. Votre récente maladie ne change rien.

— Oui, mais il faut que je pense à ma fille. Elle aime ce pont et se soucie des employés, répliqua Harrison. Je vais lui donner l'entreprise en guise de dot. Ensuite, cela deviendra son problème. Je tire suffisamment de revenus de mes investissements immobiliers. Les chemins de fer ont fait monter le prix des terrains et, pour un homme avisé, les opportunités sont nombreuses.

Jack sentit un frisson glacial lui parcourir le dos. Harrison allait donner son entreprise à sa fille en guise de dot. Mais qui allait-elle épouser, au juste ? Que s'était-il passé en son absence ?

— Que dites-vous ? demanda-t-il en poussant un petit rire forcé. Quel est l'homme que je dois féliciter ?

— Allons, je ne suis ni aveugle ni sourd, Stanton, répondit Harrison. J'ai un peu d'expérience sur ces choses-là. Je sais dans quel sens souffle le vent. Mon offre est sincère.

Jack regarda fixement Harrison. Il n'en croyait pas ses oreilles. Harrison était-il en train de lui offrir *à lui* son entreprise en la donnant comme dot à Emma ?

— Emma est-elle au courant de cette proposition ?

— Non… Je n'ai pas jugé bon de lui en parler. Je voulais m'entretenir d'abord avec vous.

Jack résista à l'envie de pousser un juron.

— Ce qui est bon pour vous ne l'est pas forcément pour les autres.

— Je croyais pouvoir choisir les prétendants de ma fille. Mais Margaret était obsédée par l'idée que sa fille puisse porter une couronne. Elle était opposée à tout homme n'ayant pas de titre. C'était une erreur et Emma en a payé le prix.

— Ce qu'il y avait entre Emma et moi est terminé depuis très longtemps.

— J'ai des yeux et des oreilles, Stanton. N'essayez pas de me berner.

Harrison se racla la gorge.

— Sachez que j'ai pris la liberté d'obtenir une licence, une licence ordinaire pour économiser de l'argent.

— Une licence ? répéta Jack sans comprendre.

Cette crise l'avait-elle rendu fou ?

— Vous avez demandé une licence pour un mariage ?

— Entre Emma et vous. Cela m'a donné un peu de mal, mais j'ai encore quelques amis bien placés.

— Pourquoi cela ?

— Comme je l'ai dit, je sais dans quelle direction le vent souffle. Après avoir frôlé la mort, j'ai eu une révélation. L'entreprise Harrison and Lowe doit être protégée, et quoi de mieux que de la conserver dans la famille ? De plus, inutile de dépenser de l'argent pour une licence spéciale si cela n'est pas nécessaire.

— Harrison, je suis capable de faire ma propre cour, répondit Jack en serrant les dents. Le jour où je me marierai, et je n'ai nullement l'intention de le faire en ce moment, ce sera pour des raisons meilleures que celles d'acquérir une entreprise.

Harrison se décomposa.

— Que dites-vous ?

— Je pense que vous avez gaspillé votre argent. Je n'ai nullement l'intention d'épouser votre fille, répéta Jack en regardant Harrison droit dans les yeux.

— Mais, je croyais que…

— Vous vous êtes mépris sur mes intentions. Miss Harrison et moi sommes amis, grinça Jack.

Pendant qu'il était absent, il avait passé une grande partie de son temps à essayer de sortir Emma de son esprit, et maintenant on lui faisait cette proposition ! Non, cela n'arriverait pas. Pas de la manière dont Harrison l'avait décidé.

— Je me suis peut-être un peu trop précipité, convint Harrison d'un air pensif. Je croyais que… Oubliez tout ce que je viens de vous dire. Emma n'est au courant de rien.

— Appelez cela comme vous le voulez, mais je ne mélange jamais les affaires et le plaisir, répondit froidement Jack.

— Ah, mais où s'arrêtent les affaires et où commence le plaisir ? demanda Harrison.

— Et si vous êtes assez sage, vous n'en direz rien à Emma.

Jack s'efforça de se contrôler tandis qu'une vague de colère l'envahissait. Harrison était prêt à vendre sa fille de cette façon. Emma méritait mieux que cela. Un mariage était bien plus qu'un arrangement commercial.

— Je vous souhaite une bonne journée, conclut-il.

— J'espère qu'Emma s'amuse bien au lac, lança Harrison.

Jack s'immobilisa sur le seuil de la porte.

— J'ai cru comprendre que le Dr Milburn était de la partie, ajouta Harrison. La chère mère d'Emma nourrissait de grands espoirs pour eux autrefois. À la fin de sa vie, elle me confiait souvent qu'elle les trouvait bien assortis.

Jack enfila ses gants tout en réprimant son envie de le frapper. Les tentatives de Harrison pour marier sa fille étaient pitoyables.

Emma ne s'intéressait pas du tout à Milburn.

Mais… Il fit une pause. Un frisson glacial s'empara de lui. Quel était l'intérêt de Charles Milburn ? Jack songea au regard cupide du médecin lorsqu'il avait soutenu qu'il épouserait bientôt Emma. L'avait-il fait par simple vantardise ?

Et si autre chose de beaucoup plus sinistre était en jeu ? Lorsqu'il était enfant, Milburn n'avait aucun scrupule. Jack se souvenait très bien du temps où Milburn avait réussi à mettre la main sur des questions d'examen avant d'accuser son infortuné acolyte. Puis il y avait eu l'époque où Milburn avait perdu l'argent du tronc réservé aux orphelins avant d'arriver avec un gilet flambant neuf. Rien n'avait été prouvé mais Jack était tracassé. Milburn avait-il vraiment changé ?

L'idée était absurde mais si, d'aventure, Emma décidait de l'interroger à propos du remède de son père, elle risquait de se mettre en danger. Jack se figea. Connaissant Emma, elle en était capable. Il se maudit d'avoir été aussi stupide. Qui savait de quoi était capable Milburn s'il se voyait acculé ?

Jack sentit son cœur manquer un battement. Il fallait qu'il s'assure qu'Emma était en sécurité.

— Si vous voulez bien m'excuser, Harrison.

— Où allez-vous ?

— Je vais essayer mon nouveau traîneau, répondit Jack. Bonne journée, Harrison.

— Saluez ma fille de ma part. Vous la trouverez à Gosforth Common. Quel que soit l'homme qu'elle choisira, sa dot sera la même.

Jack claqua la porte sur le rire tonitruant de Harrison.

*
* *

Tout autour d'elle s'élevaient les rires des invités à cette belle journée. La fête battait son plein. L'étang gelé accueillait les Charlton, plusieurs soldats admirateurs de Lottie ainsi que des amis de la famille.

Mrs Charlton avait aménagé dans la cabane un endroit pour se réchauffer avec un poêle portable et son célèbre punch fumant de Noël. Emma finit de nouer ses patins et se leva. Après des années sans patiner, elle ne se sentait pas très assurée sur ses jambes.

— Vas-tu venir enfin, Emma ? demanda son amie. Je promets de ne plus te taquiner.

— Laisse-moi quelques instants, répondit Emma en faisant quelques pas.

Elle se sentit partir, battit des bras mais ne tomba pas. Elle avança prudemment d'un pas, puis d'un autre. Ses pieds glissaient bien sur la glace.

— Je pense que mes pieds se souviennent mieux que moi comment faire du patin.

— Tu as besoin d'aide ? Je ne suis peut-être pas Jack Stanton, mais je suis capable de te soutenir.

— Très drôle, Lucy.

Lucy entreprit de revenir vers Emma. Elle s'arrêta puis lui montra le milieu du lac où se tenait Lottie, entourée de ses admirateurs. La jeune fille arborait un air particulièrement espiègle.

— Oh ! Seigneur, Lottie n'a pas renoncé à son idée, malgré les avertissements de Henry. Elle insiste pour jouer à ce jeu consistant à former des couples.

— Venez nous rejoindre, Emma, dit Lottie en s'avançant vers elles. Je cherche une autre lady célibataire et je suis sûre que l'un de ces officiers ne verrait pas d'un mauvais œil d'être votre cavalier. Le lieutenant Ludlow m'a assuré qu'il voulait bien être votre galant.

— Non, merci. Je ne me sens pas assez sûre sur mes pieds.

— Ah, je vois. Je vais devoir prendre deux cavaliers, alors.

Lottie fit un brusque mouvement de la tête et s'éloigna rapidement.

— Elle est beaucoup trop effrontée, ma petite belle-sœur, déclara Lucy d'un air chagriné en voyant Lottie s'emparer en riant du bras du lieutenant. Elle risque de provoquer un scandale qui éclaboussera toute la famille si elle continue ainsi. Qu'adviendra-t-il ensuite de ses perspectives de mariage ?

— Il y a pire que de rester célibataire.

— Parfois, Emma Harrison, répliqua Lucy en secouant la tête, j'ai l'impression que vous aimez jouer à la vieille fille. Et…

— Et quoi ?

— Et d'autres fois, j'en suis sûre, lança Lucy en glissant à grands pas sur la glace tout en s'éloignant d'elle.

Elle la défia du regard.

— Attrape-moi si tu peux !

Emma partit à rire. Ici, sur la glace, elle avait l'impression que les années s'évanouissaient.

Elles étaient redevenues des jeunes filles, sans grandes responsabilités, et non des femmes de vingt-cinq ans.

— Tu vas regretter ce que tu viens de dire, Lucy Charlton !

— Tu n'as pas le cran de venir ! s'écria Lucy. Tu n'as plus la même endurance qu'avant, ma vieille.

— Ni tes taquineries ni les tentatives de Lottie pour organiser des jeux ne gâcheront ma journée, déclara Emma en désignant les environs recouverts de neige étincelante. J'ai prévu de patiner jusqu'à ce que le soleil disparaisse derrière les nuages ou que j'aie trop froid. Selon mon bon plaisir. C'est ainsi que je vis ma vie.

— Je retrouve la Emma que je connais et que j'aime, approuva Lucy.

Elle venait d'entendre des cris.

— Je vois que l'un de mes garçons a des problèmes avec sa nurse. Je lui ai pourtant dit que je ne voulais pas qu'il lance de boules de neige.

— Pars. Je t'attends ici, proposa Emma.

Elle suivit du regard Lucy qui glissait avec aisance vers son petit garçon rebelle. Puis, trouvant son rythme, elle commença à patiner plus vite. Le froid mordait ses joues tandis qu'elle se souvenait de cette sensation grisante. Cela faisait trop longtemps qu'elle n'avait pas patiné. Elle décrivit des cercles avant de décider de patiner en marche arrière.

— Faites attention, Miss Harrison.

Des bras de fer l'enlacèrent et une voix impérieuse résonna dans ses oreilles.

— Je ne voudrais pas que vous vous blessiez à cause de moi.

Emma se figea et se dégagea fermement de ces griffes qui la retenaient pour faire face au Dr Milburn. L'arrogance de ses traits lui arracha un frisson de dégoût.

Pourtant, rien n'avait été prouvé. L'ami de Jack n'avait pas encore envoyé son rapport. Il était possible que Jack se soit trompé et que son père soit réellement malade, songea Emma.

— Docteur Milburn, quel plaisir de vous voir, lança-t-elle d'une voix polie tout en regardant furtivement par-dessus son épaule pour voir si Lucy revenait bientôt.

— Vous avez l'air très joyeux, si je puis me permettre, Miss Harrison. Votre père… est-il ici ?

— Mon père supporte mal le froid, répondit Emma. Je suis navrée que les domestiques aient dramatisé, l'autre soir. Mon père va bien à présent.

— Je suis heureux de l'entendre. Je craignais le pire lorsque Stanton m'a empêché d'entrer chez vous.

Le Dr Milburn prit un air supérieur.

— Cela me fait plaisir de savoir que la santé de votre père s'améliore. Dans ce genre de cas, on ne peut pas dire combien de temps les patients peuvent vivre.

— Il va bien, répéta Emma.

Elle ne devait pas se monter trop cynique. Rien n'avait encore été prouvé. Elle rit avec légèreté.

— Mais je suis surprise de vous voir ici, poursuivit-elle.

— Vous me croyez donc trop vieux et trop guindé pour ce genre de distractions ?

Son sourire n'atteignit pas ses yeux vides de toute expression.

— Je n'ai que quelques années de plus que Jack Stanton, ajouta-t-il. Nous nous connaissons depuis notre plus tendre enfance. Vous l'a-t-il dit ?

Emma s'efforça de rester aimable.

— Ce n'est pas une question d'âge. Je m'interrogeais sur vos patients. Je croyais qu'ils étaient une priorité dans votre emploi du temps.

— Heureusement, tout comme votre père, ils sont actuellement tous en bonne santé. Je dois penser à me divertir quand je le peux, Miss Harrison. Ma sacoche est dans ma voiture au cas où l'on aurait besoin de moi.

Il effleura le bord de son chapeau.

— J'aime regarder de l'avant, continua-t-il. Lorsque j'étais enfant, je patinais sur le fleuve du matin au soir. La journée est parfaite pour ce plaisir innocent.

— Oui, en effet, répondit Emma en se mordant les lèvres.

Elle ne désirait pas passer plus de temps que nécessaire en compagnie de cet homme.

— Peut-être me ferez-vous l'honneur de patiner avec moi quelques instants ?

Emma vit avec soulagement que Lucy en avait terminé avec son fils.

— Je suis navrée mais j'ai promis à Mrs Charlton de…

— Plus tard, alors ?

— S'il ne fait pas trop froid.

Le Dr Milburn plissa les yeux, et Emma eut l'impression d'étouffer. Elle voulait qu'il s'en aille.

— J'ai entendu dire que votre… superviseur avait quitté Newcastle, Miss Harrison.

Il se racla la gorge.

— Savez-vous quand il prévoit de revenir ? demanda-t-il.

— Mr Stanton ne m'a rien dit. Pourquoi ces questions ? s'enquit Emma.

— Je voulais parler avec lui d'une opportunité commerciale, c'est tout. Henry Charlton m'a dit qu'il pouvait être intéressé.

— Je lui dirai que vous avez demandé de ses nouvelles.

— Très bien. Sinon, Miss Harrison, faites attention à vous. Je n'aimerais pas qu'il vous arrive quoi que ce soit de fâcheux.

— Je fais toujours attention.

Emma s'éloigna en faisant de grandes glissades et s'efforça de chasser le désagréable frisson qui courait dans son dos.

— Un dernier tour de lac, et j'arrête, décida Emma. Je ne sens plus mes jambes.

— Tu as tenu plus longtemps que je ne l'aurais pensé, la complimenta Lucy. C'est agréable d'être accompagnée d'une personne de plus de cinq ans pour patiner. Henry venait patiner avec moi lorsqu'il me faisait la cour mais, ces derniers temps, il est beaucoup trop occupé.

— J'ai le bout du nez tout froid et je ne sens plus mes orteils depuis des lustres, dit Emma en riant.

— Viens boire un verre du fameux punch de ma belle-mère. De son propre aveu, il est un peu plus fort que la boisson insipide qu'ils servent au bal de la Saint-Nicolas.

Emma commença à avancer vers l'endroit où les Charlton tenaient le breuvage au chaud.

— Attention ! Derrière toi ! cria Lucy.

Emma se sentit percutée par l'arrière et tomba en avant sur la glace. Allongée sur le ventre avec un poids sur le dos, elle lutta pour respirer, pour bouger.

— Je suis terriblement navré. Je n'ai pas vu ce bon Milburn, et j'ai bifurqué dans la mauvaise direction. Je patinais avec beaucoup trop d'entrain, s'excusa le lieutenant Ludlow en lui tendant la main. Je vous ai fait mal ?

— J'aurai tout au plus un bleu, répondit Emma en se redressant et en s'asseyant sur la glace. Je me suis légèrement tordu la cheville. Ce nouveau lacet n'a pas tenu aussi bien qu'il aurait dû.

— Vous êtes pâle comme un fantôme, dit Ludlow. Je vais

appeler le médecin afin qu'il vous remette sur pied. Je ne veux pas qu'une jolie femme comme vous puisse m'accuser de lui avoir fait une entorse.

— Non, non, je vais bien, répliqua Emma avec un rictus plus proche de la grimace que du sourire. Je suis surtout blessée dans ma fierté, rien de plus.

— J'insiste, Miss Harrison, s'écria le lieutenant en l'aidant à se lever. Docteur Milburn ! J'ai besoin de votre aide et d'un peu de votre merveilleux remède. En vous évitant, je suis entré en collision avec cette gentille dame.

— Pas de remède, protesta Emma en se redressant à la hâte. Je n'ai pas besoin de médicament.

— Ne pouvons-nous pas laisser le soin au médecin d'en juger ? rétorqua le lieutenant.

— Oui, Emma, tu dois être prudente, intervint Lucy. Voici le Dr Milburn.

Emma se mordit les lèvres et leva la tête. Elle refuserait de boire de ce remède. Mais si Jack s'était trompé ? Elle ne voulait pas ruiner à tort la réputation du Dr Milburn.

— Que s'est-il passé ? demanda ce dernier.

— Miss Harrison et moi sommes entrés en collision. Je pense qu'elle a besoin d'un peu de votre excellent remède. Elle semble bouleversée.

— Pas de remède, dit Emma à la hâte.

Puis elle se tut, et regarda tour à tour le Dr Milburn et le lieutenant.

— Je n'en veux pas, ajouta-t-elle. Je ne suis pas malade.

— Elle a l'air pâle, remarqua le médecin en posant sur elle des yeux brillants comme ceux d'un serpent.

Emma se demanda s'il avait vu sa méfiance.

— Mais je ne pense pas qu'elle ait besoin de mon remède… Pas encore.

— Que lui faut-il, alors ? s'inquiéta Ludlow. Je ne voulais pas lui faire de mal. J'ai l'impression d'avoir été poussé par-derrière juste après vous avoir dépassé, docteur. Que puis-je faire pour me racheter ?

— Outre patiner en faisant plus attention ? demanda Milburn. Vous avez bien failli me faire tomber également.

— Mais de quoi a-t-elle besoin ? insista Ludlow.

— D'un verre de l'excellent punch de Mrs Charlton. Cette boisson lui rendra à coup sûr des couleurs.

Emma poussa un soupir de soulagement et sentit l'air froid remplir ses poumons.

— J'aimerais beaucoup un verre de punch.

— Je vais vous en chercher un sur-le-champ, Miss Harrison.

Le Dr Milburn hocha la tête et s'éloigna rapidement.

Emma laissa Lucy et le lieutenant Ludlow l'aider à atteindre le bord de l'étang. Elle s'assit sur un long banc et frissonna légèrement.

— Vous êtes certaine que vous n'êtes pas blessée, Miss Harrison ? demanda de nouveau le lieutenant Ludlow en se penchant vers elle. Je ne sais pas ce qui m'a pris, ajouta-t-il. Je crois bien que je me suis laissé emporter par mon enthousiasme.

— Après le verre de punch, je me sentirai certainement mieux.

— Me voici, déclara le Dr Milburn en posant un verre fumant entre ses mains. Avec le remède que vous avez demandé, Miss Harrison. J'imagine qu'il sera comme le docteur vous l'a prescrit, ajouta-t-il en riant.

Ce rire sembla faux à ses oreilles et ne fit rien pour dissiper son malaise, mais le lieutenant parut amusé par cette plaisanterie. Allons, elle voyait le mal là où il n'y en avait pas. Elle connaissait le Dr Milburn depuis des années, et il s'était montré extrêmement attentionné à l'égard de sa mère pendant les derniers jours de sa vie.

Elle leva le verre et en but timidement une gorgée. Elle s'étrangla et résista à l'envie de cracher ce qu'elle venait de boire.

— Merci, docteur, vous êtes très aimable, dit Lucy. Maintenant, bois tout, Emma.

— Cela vous fera du bien, Miss Harrison.

— Je le ferai dans quelques instants.

Emma contempla le verre. Elle envisageait de le renverser dès qu'elle serait seule. Cette boisson avait un goût horrible. Elle ignorait ce que Mrs Charlton mettait dans son si célèbre punch, mais il y avait de quoi s'interroger sérieusement sur le goût des gens.

— J'insiste, Miss Harrison. Vous avez besoin de vous réchauffer. Buvez. Je resterai ici jusqu'à ce que vous l'ayez fait.

Il partit à rire mais Emma remarqua son regard acéré.

— J'ai peur de me brûler la langue, avança-t-elle. Je vais attendre qu'il refroidisse.

— Sois un peu raisonnable, Emma, et fais ce que te dit le Dr Milburn, la supplia Lucy.

Emma voulait se débarrasser du médecin et de son regard pénétrant. Elle fit la grimace et se força à avaler la boisson. Ce faisant, elle eut un haut-le-cœur.

— Voilà, vous êtes satisfaits, tous les deux ?

— Extrêmement satisfait, répondit le Dr Milburn d'un air suffisant.

— Je vais faire un dernier tour sur la glace, déclara Emma.

Elle aspirait à s'éloigner du docteur et du sentiment déplaisant qui faisait se hérisser les poils de sa nuque. Quelque chose n'était pas en ordre.

Mais c'était sans doute le fruit de son imagination débordante.

Elle glissa rapidement sur la glace et sentit le vent contre ses joues. Les patineurs se faisaient plus rares. Emma gagna en vitesse. Des vertiges la saisirent soudain comme elle prenait un virage.

Elle distingua au loin une silhouette à la carrure imposante, quelqu'un qui parcourait des yeux les patineurs. Son visage était plongé dans l'ombre, mais Emma sentit son cœur bondir dans sa poitrine. C'était Jack !

Elle s'avança vers lui, et il lui fit un léger signe de la main. Elle rassembla ses forces et garda la tête droite. Chaque glissade lui paraissait plus laborieuse.

Emma redoubla d'efforts mais, une fois qu'elle fut arrivée à l'endroit voulu, Jack avait disparu.

— Miss Harrison.

La voix du Dr Milburn résonna dans sa tête. Emma plissa les yeux. Sa vision était trouble. L'étrange sensation la quitta aussi vite qu'elle avait commencé. Son esprit était de nouveau clair, même si elle avait un peu la tête qui lui tournait.

— Vous êtes sûre que vous allez bien ?

— Je croyais que… C'est-à-dire…

Emma essaya de trouver les mots pour expliquer l'étrange sensation qui l'avait envahie avant de disparaître.

— Ce n'est rien, conclut-elle.

— Peut-être que votre chute était plus grave que vous l'imaginez, dit le Dr Milburn. Laissez-moi vous raccompagner chez vous.

Emma se raidit. Chaque cellule de son corps l'appelait à la prudence. Les traits du Dr Milburn dansèrent devant ses yeux, se brouillèrent avant de s'éclaircir à nouveau.

— Je ne pense pas en avoir envie. Vraiment pas.

— Balivernes, répondit le Dr Milburn. Vous devez rentrer chez vous avant qu'il ne vous arrive autre chose. Regardez-vous. Vous savez à peine ce que vous dites. J'insiste pour vous raccompagner.

Emma secoua la tête et résista à l'envie pressante de s'asseoir sur la glace.

— Je rentrerai chez moi par mes propres moyens. Je suis venue avec les Charlton. Il y a de la place dans leur voiture.

— Vous ne savez pas ce que vous dites. Cette chute vous a brouillé l'esprit.

— Je ne crois pas, rétorqua Emma en commençant à patiner d'un pas déterminé droit devant elle.

— Vous allez venir avec moi, insista le Dr Milburn.

Ses doigts se fermèrent comme un étau autour de son poignet. Emma essaya de se dégager en tirant d'un côté puis de l'autre, mais le médecin la tenait fermement.

— Lâchez-moi tout de suite, siffla-t-elle. Lâchez-moi et nous oublierons votre comportement si grossier.

— Je crains que cela ne soit impossible, Miss Harrison. Je dois penser à votre santé.

Chapitre 14

— Je pense que la lady a été claire, Milburn, résonna la voix de Jack à travers l'étang gelé.

Elle était posée, sèche et ferme.

Emma tourna la tête pour vérifier qu'elle n'était pas le jouet d'une illusion et ressentit un immense soulagement en apercevant l'homme de grande taille au bord de l'étang. Jack était revenu. Revenu !

Le Dr Milburn tourna lui aussi la tête. Profitant de cette distraction, Emma tira vivement sur son bras et le médecin la lâcha.

— Je vous remercie pour votre offre, docteur Milburn, mais Mr Stanton va me raccompagner chez moi, dit-elle en désignant Jack qui s'avançait vers eux. Aucun doute que c'est mon père qui l'envoie.

— Aucun doute.

Le médecin plissa les yeux, et Emma eut le temps d'y apercevoir une intense lueur de haine.

— Je vais raccompagner cette dame chez elle, déclara Jack en lui prenant le coude.

Cette étreinte était très différente de celle du Dr Milburn. Emma leva les yeux vers Jack et essaya de voir s'il avait changé pendant sa courte absence. Ses traits lui semblèrent encore plus beaux. Avant de le voir devant elle, si solide, si réel, elle n'avait pas réalisé à quel point il lui avait manqué.

— J'insiste vivement là-dessus, ajouta-t-il.

— Je préfère laisser le soin à la lady d'en décider, dit le Dr Milburn d'un air calme.

Emma ignorait si ses vertiges étaient dus au froid, à la fatigue ou à la proximité de Jack.

— Puisque Mr Stanton est ici et qu'il loge chez nous, il n'aura pas à faire de détour. Je n'aimerais pas priver l'un de vos patients de votre attention.

— C'est votre choix, Miss Harrison, et je dois m'y plier, admit le Dr Milburn en s'inclinant sèchement vers elle avant de s'éloigner.

Emma fut soulagée de voir Lucy qui venait vers eux.

— Avec Mr Stanton, je sais que je te laisse entre de bonnes mains, s'écria Lucy avec un sourire ravi. Mes enfants ont envie de rentrer à la maison. Veillez bien sur elle, sir.

— J'en ai bien l'intention.

Avant qu'Emma puisse protester face à cette façon qu'avait son amie de jouer les entremetteuses, Lucy s'éloigna en glissant, la laissant seule face à Jack. Celui-ci haussa les sourcils d'un air étonné, et Emma sentit son cœur chavirer. Il avait compris les intentions de Lucy.

— Elle s'inquiète... pour ses enfants, lança Emma pour expliquer le comportement de son amie.

Il fallait qu'il la croie.

— Ai-je fait une remarque ? demanda Jack à Emma.

Il la contempla. Le bout de son nez était aussi rose que ses joues. Son capuchon en laine mettait en valeur son visage ovale. Ses yeux brillaient. La douleur sourde qu'il avait ressentie pendant sa courte absence s'était évanouie, nota-t-il.

Emma lui avait beaucoup manqué. Cela ne lui était pas venu à l'esprit jusqu'à ce qu'il la voie. Qu'allait-il faire de cette découverte ? Harrison avait rendu sa vie plus compliquée, et non le contraire.

— Non, c'est juste que... Eh bien, vous deviez peut-être vous poser des questions.

— Mrs Charlton est une mère remarquable, commente-t-il.

— Elle vit pour ses enfants. Avant de se marier, je ne pense pas qu'elle songeait à devenir mère. Je ne suis même pas certaine qu'elle savait en quoi cela consistait… Mais maintenant, elle le sait, et elle est une très bonne mère.

— Est-ce une chose à laquelle vous aspirez ? demanda Jack en observant sa réaction.

Que savait-elle des projets de son père ? Y avait-elle participé ? Il se demanda s'il devait aborder le sujet et lui expliquer qu'il ne mélangeait jamais les affaires avec sa vie privée, et que jamais il ne se marierait pour une dot.

— Vous savez bien que j'ai choisi de rester vieille fille, répondit Emma avec un rire gêné.

— J'avais oublié, remarqua Jack d'un air satisfait.

Emma ignorait tout des projets de son père et il valait mieux qu'elle n'en sache rien.

— Je vous prie de ne plus l'oublier, ajouta-t-elle en levant le menton pour planter son regard dans le sien. Je tiens beaucoup à mon indépendance. Elle m'a permis de développer mon esprit, et de comprendre qu'il existe bien d'autres choses en dehors des bals et des danses.

— Mais ils ont pourtant leur place.

Jack contempla ses lèvres et se souvint de leur douceur et des soupirs d'Emma quand il l'avait embrassée.

— Valser peut pourtant être un passe-temps agréable, vous ne trouvez pas ? reprit-il.

Valser avec lui ? Emma en oublia de respirer. Ses vertiges s'étaient accrus. Elle ne se souvenait que trop bien de ce qui s'était passé quand ils avaient valsé, de la pression de la main de Jack dans son dos. Elle prit une courte inspiration et essaya de se concentrer sur autre chose que sur Jack.

— Comment avez-vous su où j'étais ? demanda-t-elle.

— Je suis revenu de Londres et votre père m'a envoyé vous chercher.

Le regard de Jack s'assombrit.

— Vraiment ?

Emma sentit son ventre se serrer.

Jack n'était pas venu pour elle. Il était là à la demande de son père. Il était certainement rentré de Londres dans l'intention d'acheter la compagnie, et faire plaisir à son père était le meilleur moyen d'y parvenir. Pour couronner le tout, son père avait décidé de jouer les entremetteurs. Tout le monde d'ailleurs semblait avoir endossé ce rôle. Emma demanda sur un ton naturel :

— Comment va-t-il ? Il était de bonne humeur quand je suis partie avec Lucy un peu plus tôt. A-t-il eu une crise soudaine ?

— Il va bien mais il craignait que vous ne vous fatiguiez trop. Nous avons décidé qu'il valait mieux que je vienne vous proposer de vous ramener dans mon traîneau.

Emma sentit son cœur chavirer.

— Mon père s'inquiète beaucoup trop. J'allais très bien avant que l'un des admirateurs de Lottie me percute.

— Vous êtes blessée ? s'inquiéta Jack en tendant la main vers elle.

Puis il sembla se raviser.

— Comment êtes-vous tombée ? demanda-t-il. Vous vous êtes cogné la tête ?

— Il n'y a que ma fierté qui a souffert, répondit Emma. Il était inutile de lui confier ses craintes. Le comportement sinistre du Dr Milburn s'était évanoui comme neige au soleil depuis le retour de Jack.

— C'est ce que j'ai dit au Dr Milburn. Il paraissait me croire.

— Ce que pense Milburn m'importe peu.

— J'ai bu un verre du punch de Mrs Charlton pour me remettre de mes émotions.

— Son punch est-il bon ?

— C'est une recette secrète qu'elle perfectionne au fil des années.

Emma ne vit pas l'intérêt de parler à Jack de son goût détestable. Il était peu probable que cette boisson lui fasse du mal. D'autres personnes, dont Lucy, en avaient bu et ne s'en étaient pas plaintes.

— Le jeune lieutenant responsable de ma chute semblait croire que le célèbre remède du Dr Milburn me ferait du bien, mais ce dernier a décrété que je n'en avais pas besoin.

— Intéressant. Lui avez-vous dit quelque chose à propos de sa potion ?

— Je ne suis pas stupide, Mr Stanton.

— Je n'ai jamais dit cela, Miss Harrison. D'ailleurs, je ne me permettrai pas d'émettre un avis sur ce remède tant que nous n'aurons pas reçu les résultats.

— Mais vous ne faites pas confiance au Dr Milburn.

— Milburn et moi n'avons jamais été amis. Je ne vois aucune raison de commencer maintenant.

Les choses ne se passaient pas comme elle l'avait imaginé ces derniers jours. Elle avait réfléchi à tout ce dont elle voulait s'entretenir avec Jack, et à la manière dont elle s'y prendrait. Mais maintenant qu'il se tenait de nouveau devant elle, elle se sentait complètement désemparée.

— Que préférez-vous ? Rentrer directement ou bien faire un tour plus long en traîneau ?

Emma s'aperçut avec surprise que Jack l'observait d'un air perplexe. Il lui avait demandé quelque chose, mais elle s'était surtout concentrée sur la forme de sa bouche et non sur ce qu'il disait.

— Je vous laisse le choix, répondit-elle.

— Dans ce cas, nous allons essayer mon nouveau traîneau. Le parc de Town Moor devrait nous offrir l'espace nécessaire.

Emma se sentit envahie par un étrange bonheur. Jack voulait son avis. Il ne se contentait pas d'accomplir son devoir à l'égard de son père. Jack était revenu à Newcastle pour réaliser un travail, et non pour la voir, se morigéna-t-elle aussitôt. Elle devait garder cela en tête.

— Y a-t-il quelque chose de spécial avec ce traîneau ? demanda-t-elle.

— J'ai modifié les patins en m'inspirant d'une troïka que j'ai vue en Russie l'hiver dernier. Mon traîneau est tiré par deux chevaux au lieu de trois. C'est la première fois que j'ai l'occasion de le tester.

Le sourire et le visage de Jack s'étaient métamorphosés.

— À la façon dont votre regard pétille, j'imagine que vous êtes impatient de l'essayer.

Soudain, le passé n'avait plus d'importance. Jack avait raison. Il n'y avait que l'instant présent qui comptait.

— Oui, cela me plairait beaucoup, dit-il.

Emma constata à quel point la troïka modifiée glissait bien sur la neige. Elle était noire avec des sièges en cuir rouge assortis au plaid. Les chevaux gris portaient autour du cou une double rangée de cloches de traîneau.

L'air frais était rempli de bruits distincts : celui de la neige qui tombait des arbres nus, le sifflement des patineurs et le tintement des cloches.

Jack fouilla dans sa poche et en sortit une flasque en argent.

— Tenez, cela vous aidera à vous réchauffer. C'est du brandy.

— Merci, répondit Emma après avoir bu une petite gorgée.

Elle sentit le liquide brûler sa gorge. Il lui semblait très osé d'avoir bu directement dans la flasque de Jack. Elle essuya le goulot, remit le bouchon en place et tendit la petite bouteille à Jack.

— C'est le sentiment que l'on doit avoir quand on vole, soupira-t-elle.

— Un jour, les hommes voleront. Ils ne se contenteront pas de flotter dans les airs à bord d'un ballon géant, mais ils pourront monter en flèche dans le ciel comme les oiseaux.

— Vous paraissez sûr de vous, dit Emma.

— Comme je vous l'ai dit, nous vivons à une époque où les personnes pensent « je veux faire quelque chose » et elles le font.

— Je n'ai pas envie de vous tenir tête aujourd'hui. Je préfère vous donner raison. Un jour, les hommes voleront mais comment ou pourquoi, je l'ignore.

— Moi non plus, je n'ai pas envie d'argumenter. La journée est beaucoup trop belle.

Emma se concentra sur la façon dont les mains de Jack tenaient les rênes. Des mains fortes dans des gants en cuir, qui serraient les liens avec assurance.

— Vous voulez conduire ? demanda-t-il.

— Moi ? demanda Emma, surprise.

— Il me semble me rappeler que vous étiez très habile avec un fouet et des rênes. Et vous les fixez avec un tel intérêt.

Emma hocha la tête.

— C'est encore une chose que j'ai laissée derrière moi. Je n'ai plus le temps de me promener en voiture. Et une lady ne conduit jamais en ville.

— Y a-t-il quelque chose que vous n'ayez pas laissé derrière vous ?

Oui. Le dévouement envers mes parents et l'accomplissement de mon devoir. Mon attachement à un jeune ingénieur qui un jour est parti sans un mot. Emma sentit sa gorge se serrer. Elle aurait dû dire quelque chose à propos de la lettre qu'elle avait trouvée. Mais pas maintenant, alors que tout allait si bien entre eux. Peut-être Jack avait-il raison. Le passé ne comptait plus. Seul l'avenir était important.

Elle rit doucement.

— Beaucoup de choses. Mais je n'ai pas l'intention de vous dévoiler tous mes vices.

— Vos vices ? J'ignorais que les vieilles filles avaient le droit d'avoir des vices.

— Bien plus que les jeunes ladies à la recherche d'un mari. Les vieilles filles sont encouragées à être excentriques.

— À condition d'avoir de l'argent, dit Jack en se rembrunissant. J'en ai vu beaucoup devenir de pâles compagnes insignifiantes de ladies encore plus vieilles qu'elles, vivant à moitié leur vie et dépendant de la générosité de leurs proches.

— Cela ne m'arrivera jamais, déclara Emma.

Par une journée comme celle-ci, elle refusait d'imaginer un avenir sombre pour elle. Elle ne voulait pas réfléchir du tout.

— Ces chevaux peuvent-ils aller plus vite ?

— Ils le peuvent, à condition d'être tenus d'une main ferme.

Jack claqua la langue. Le cheval le plus grand tendit l'oreille et hennit doucement. Puis les deux chevaux bondirent de concert. Emma tint plus fermement son capuchon sur sa tête tandis que le traîneau glissait à vive allure sur la neige fraîche.

— Ces animaux sont magnifiques…

Emma fit une pause et examina attentivement les rênes et le traîneau. Elle n'en avait jamais conduit auparavant. La dernière fois qu'elle avait conduit un attelage, c'était celui de la carriole de la gouvernante l'été précédent, mais elle savait que ses mains se rappelleraient comment faire. Oserait-elle prendre ce risque ?

— Oui, j'aimerais beaucoup essayer de conduire.

— Je reconnais bien là mon Emma.

Son Emma. Elle sentit une étrange chaleur envahir tout son corps. Plus violente que la gorgée de brandy ou le punch brûlant. Elle refusait d'analyser ces paroles et d'y voir plus de choses. Jack les avait prononcées sans réfléchir. Emma était sûre que, plus tard, elle les retournerait dans tous les sens. Mais, pour l'heure, elle était heureuse de ressentir ce délicieux frisson.

Jack tira sur les rênes et les chevaux ralentirent instantanément leur course. Ils passèrent au trot puis au pas. Les cloches se calmèrent avant de se taire complètement. Le monde entier semblait enveloppé dans le silence, comme s'il attendait que quelque chose se produise, quelque chose de merveilleux.

Emma prit une profonde inspiration. Les vertiges dont elle avait été prise plus tôt n'étaient plus qu'un mauvais souvenir et le monde devenait formidablement clair. Elle prit les liens en cuir entre ses mains, les secoua, et les chevaux bondirent.

— J'ai comme l'impression que ces rênes sont vivants. Sont-ils assez résistants ? Il serait terrifiant de rester bloqués ici.

— Ils tiendront. Rien ne peut nous arriver.

— Ces chevaux sont-ils fiables ? demanda Emma.

— Ils viennent de chez Tattersall's. Ils sont vifs mais bien entraînés. J'aime conduire des chevaux énergiques.

Et comment aimait-il les femmes ? songea Emma en se mordant la langue. Mais d'où lui venaient des idées pareilles ? Quelque chose en elle la poussait à être téméraire et à prendre sa vie à deux mains.

— Si je comprends bien, vous aimez vivre dangereusement ? le questionna-t-elle.

— Dangereusement ? Non, j'aime prendre des risques calculés.

Emma observa Jack du coin de l'œil. Un risque calculé ? Était-ce ce qu'elle faisait ? Elle reporta vivement son attention sur les chevaux et contempla la puissance de leurs pas sur la neige immaculée de Town Moor.

Elle tira un peu sur les rênes et les chevaux réagirent plus vivement que ce qu'elle avait espéré. Le traîneau fit une embardée et se pencha légèrement sur un patin. Emma glissa contre Jack et sa cuisse toucha la sienne à travers leurs vêtements. Ce contact lui coupa le souffle.

— Tout va bien. Gardez votre calme, résonna la voix de Jack dans ses oreilles.

Il posa la main sur la sienne.

— Comme ceci. Tenez-les d'une main douce mais ferme.

Emma hocha la tête.

— Ils répondent très vite.

— Comme je l'ai dit, ils sont très vifs. Et un peu dangereux.

Comme leur maître, songea Emma. Elle plissa les yeux tout en sentant une excitation enivrante monter en elle. Elle ne savait pas ce qui la décontenançait le plus : l'embardée des chevaux, la pression de la cuisse de Jack contre la sienne ou la chaleur de ses mains. Elle devait se contrôler. Se concentrer sur la conduite de l'attelage.

— Je pense que je peux les maîtriser, dit-elle d'un air assuré.

— Comme vous voudrez.

Jack s'écarta et se cala contre le dossier du siège. Il étendit son bras derrière elle. Il ne la tenait pas dans ses bras mais la tentation était grande de se laisser aller contre lui. Emma s'efforça de garder le dos droit puis elle secoua doucement les rênes. Cette fois, elle réussit à faire tourner les chevaux sans déstabiliser le traîneau.

— C'est étonnant de voir comment les sensations reviennent. Des sensations que l'on croyait oubliées.

— Vous retrouvez votre assurance.

— Quelque chose comme cela.

Jack l'observa furtivement et vit qu'Emma avait repris des couleurs. Ses joues étaient plus roses que d'habitude, comme si elle avait trop bu. Quelque chose en elle était étrange, sans qu'il sache dire quoi. Un détail lui échappait.

— Vos chevaux sont merveilleux, lança-t-elle avant de rire aux éclats.

— Je suis heureux que mon traîneau vous plaise.

— Non seulement il me plaît, mais je suis aussi très admirative. Ce traîneau est impressionnant. On le dirait tout droit sorti d'un livre de contes.

Le rire chaud de Jack flotta dans l'air glacé et la réchauffa de l'intérieur aussi sûrement que le brandy qu'elle avait bu, mais beaucoup plus violemment. Soudain, le monde se mit à danser légèrement devant ses yeux, comme cela était arrivé un peu plus tôt, quand elle patinait sur le lac.

— Êtes-vous sûr que je ne suis pas en train de rêver ? C'est pourtant l'impression que j'ai, s'écria-t-elle en le ragardant par en dessous.

— Alors, c'est que nous faisons le même rêve et cela est impossible.

Emma tira sur les rênes de manière un peu plus brusque cette fois, et le traîneau se pencha une fois de plus. Elle heurta le corps de Jack et ses seins vinrent s'écraser contre son torse. Ses mains molles lâchèrent les rênes qui tombèrent entre eux. Le traîneau tangua violemment.

Jack s'empara des rênes et s'efforça de reprendre le contrôle des chevaux.

— Attention, vous avez failli nous renverser.

— Je fais de mon mieux, murmura Emma.

Comment pouvait-elle lui parler de ses vertiges croissants ? Jack insisterait pour la raccompagner chez son père, et elle voulait que cette promenade à traîneau ne se termine jamais. Elle voulait rester ici, avec Jack. Cette occasion ne se représenterait jamais plus. Dès le lendemain, elle retournerait à la réalité de sa vie et lui s'en irait de nouveau. Cette idée la rendit triste.

— J'ai été distraite quelques instants, expliqua-t-elle.

— C'est dans ces moments-là que les accidents se produisent.

— Je le sais, convint Emma, les yeux baissés. Cela ne se reproduira plus.

Jack tira sur les rênes et amena les chevaux à l'abri des arbres, à la lisière du parc.

— Voulez-vous m'expliquer ce qui s'est passé ? demanda-t-il. C'était bien plus qu'un petit moment d'égarement. Dans mes souvenirs, vous étiez une conductrice expérimentée. Vous vous êtes cogné sévèrement la tête en tombant ?

— Cela fait longtemps que je n'ai pas conduit un attelage, se défendit-elle. Rien de plus. Ma tête va parfaitement bien.

Jack remarqua ses lèvres aux couleurs de fruits rouges. Des lèvres qui ne demandaient qu'à être goûtées. Sa bouche n'était qu'à quelques centimètres de celle d'Emma. Il n'y avait aucun bruit à l'exception de petits tas de neige qui tombaient de temps à autre des arbres. C'était comme s'ils étaient chaudement à l'abri dans leur propre univers.

Il leva la main et caressa sa joue.

— Je me sens un peu responsable, Emma. Ces chevaux sont très vifs et le traîneau répond très vite.

— C'est très aimable de votre part de me trouver des excuses.

Elle s'était exprimée d'une toute petite voix et ses yeux étaient écarquillés. Jack résista à l'envie de la prendre dans ses bras. S'il commençait à l'embrasser, il savait qu'il serait incapable de s'arrêter. Les choses étaient trop compliquées. Les affaires passaient avant le plaisir. Dès que le rachat de la compagnie de son père serait effectif, il pourrait alors faire la cour à Emma. Il fallait qu'elle sache qu'elle n'était pas pour lui un moyen d'arriver à ses fins. Cette promenade en traîneau était une erreur. Il voulait qu'Emma fasse partie de sa vie, mais selon ses propres termes, et non ceux de Harrison.

— Nous allons rentrer.

Rentrer ? Emma sentit son sang bouillonner dans ses veines. Elle se laissa tomber contre le dossier du siège et cala fermement ses pieds. Elle était pourtant certaine que Jack était sur le point de l'embrasser. Elle se languissait tellement de sentir sa bouche sur elle. Il n'y avait personne autour d'eux. Ils étaient en sécurité. Personne ne le saurait jamais.

Soudain, elle éprouva l'envie irrépressible de savoir ce qu'il ressentait pour elle.

Une fois de plus, cet élan audacieux s'empara d'elle. Suivant son instinct, elle se pencha vers lui et lui tendit ses lèvres.

— Embrassez-moi, dit-elle en prenant le visage de Jack entre ses mains. Embrassez-moi comme vous étiez censé le faire, Jack.

Il jura avant de la prendre dans ses bras. Leurs corps se heurtèrent une fois de plus.

Puis la bouche de Jack s'abattit sur la sienne et il la dévora, se reput de ses lèvres, et Emma comprit qu'aucun homme ne l'avait jamais embrassée avant ce jour. Tout ce qu'elle avait vécu avant lui paraissait fade et insipide. Ce baiser était l'essence même du danger.

Jack suivit du bout de la langue le contour de ses lèvres, demandant l'autorisation de s'y frayer un passage. Emma les écarta et plongea dans un tout nouvel univers. Sombre. Dangereux. Charnel.

Elle toucha timidement sa langue, retira la sienne, puis l'avança de nouveau. Un soupir monta de sa gorge. Elle se cambra vers Jack qui l'enlaça plus étroitement, la maintenant serrée contre son torse. Emma sentit ses seins devenir douloureux. De nouvelles sensations parcouraient son corps. C'était comme si le monde s'était arrêté de tourner et ne se résumait plus qu'à une seule chose : à Jack, à ses caresses, à son odeur. À tout ce qu'il était.

Les lèvres de Jack glissèrent de sa bouche vers ses paupières et tout son visage. Leur chaleur contrastait avec l'air froid et alimentait le brasier qui brûlait en elle. Une petite voix dans un coin de son esprit la prévint qu'il était temps de s'arrêter, de protester. Mais son corps semblait animé d'une volonté propre. Un désir ardent courait dans ses veines.

Elle leva les bras et enfonça les doigts dans les cheveux de Jack pour l'attirer plus près et capturer de nouveau sa bouche. Cette fois, leurs langues s'enlacèrent, jouèrent et s'emmêlèrent. Emma sentit son corps parcouru par un frisson primitif et sombre qui, loin d'atténuer son désir, ne fit que l'accroître.

Elle en voulait plus. Une sensation profonde et brûlante grandissait en elle. Le corps de Jack paraissait incroyablement dur contre le sien, et pourtant elle voulait sentir cette force, sentir sa peau sur la sienne. Elle voulait… Elle posa les mains sur ses épaules.

— Nous devons rentrer, grogna-t-il contre son oreille en en léchant doucement le lobe.

Le contact fut bref mais la fit frémir de bonheur.

— Rentrer ? Mais pourquoi ?

Jack écarta une mèche de cheveux de son visage puis effleura son front du bout des lèvres.

— Parce que.

Les prunelles de Jack ressemblaient à deux lacs sombres bordés de cils encore plus noirs. Emma voulait rester ici, dans ce petit univers qu'ils s'étaient créé. Elle voulait sentir ce désir violent continuer de grandir. Elle pressa les lèvres contre l'oreille de Jack. Son souffle souleva ses cheveux.

— Ce n'est pas une réponse. Vous avez apprécié ce baiser tout autant que moi.

Jack poussa un grognement et l'enlaça avec fougue. Ses bras durs comme du fer la serraient très fort. Ses mains la parcoururent tout entière pour se refermer sur ses fesses et l'attirer sur lui. Emma se laissa aller contre lui et sentit toute la dureté de son corps. Elle lui rendit son baiser puis ses lèvres glissèrent le long de la gorge de Jack. Elle tira sur sa lavallière et atteignit un petit morceau de peau qui ne demandait qu'à être caressée, goûtée et savourée.

— Que se passe-t-il ? Pourquoi ce traîneau est-il là ?

La voix féminine haut perchée, horriblement familière, pénétra son esprit.

Emma se figea. Quelqu'un s'approchait. Mon Dieu ! Ses cheveux tombaient en cascade sur ses épaules. La lavallière de Jack était défaite. Jack posa un doigt sur ses lèvres et secoua doucement la tête de gauche à droite. Elle lui répondit par un hochement de tête complice. Cette intruse allait partir. S'ils restaient silencieux, ils avaient peut-être une minuscule chance de ne pas être surpris.

— Y a-t-il eu un accident ? demanda une autre femme. Pourquoi ce traîneau s'est-il arrêté sous les arbres ?

— Les chevaux ne semblent pas souffrir et le traîneau est droit.

— Nous devrions les laisser, intervint une voix d'homme.

— Balivernes. Ils sont peut-être blessés. Je vais voir. Ce sera drôle. Nous aurons résolu un mystère.

— Si j'étais vous, je ne ferais pas cela…

Emma écarquilla les yeux. Ils étaient sur le point d'être découverts. Jack la lâcha avant de la repousser. Emma se redressa à la hâte et tenta de remettre de l'ordre dans ses vêtements. Elle pria en silence pour que tout cela ne soit pas réel, pour qu'ils n'aient pas entendu ces voix si près d'eux. Elles pouvaient venir de n'importe où, non ? Le parc était fréquenté par toutes sortes de personnes. Il pouvait s'agir de n'importe qui. De parfaits étrangers.

La lueur dorée d'une lanterne l'aveugla. Elle leva une main puis distingua plusieurs silhouettes noires.

— Oh ! mon Dieu… Miss Emma Harrison. Qui l'eût cru ?

Emma grimaça en reconnaissant le ton sec et suffisant de Lottie Charlton.

— Je vous croyais beaucoup trop correcte pour vous livrer à de tels jeux mais, manifestement, je m'étais trompée.

— Baissez votre lanterne, Miss Charlton, lança Jack d'une voix glaciale.

— Mr Stanton, quelle agréable surprise, ronronna Lottie.

— Nous avons eu quelques difficultés avec les chevaux mais, à présent, tout est réglé.

Emma savait ce qui était en train de se passer. Elle fut prise de vertiges tandis qu'elle comprenait l'énormité de ce qu'elle avait fait. Elle aurait dû protester ou, au moins, faire semblant d'être bouleversée. Faire quelque chose pour sauver sa réputation. Elle aurait dû se sentir honteuse de sa conduite. Mais soudain de grandes vagues de fatigue s'abattirent sur elle. L'enivrement de l'excitation laissa place à la torpeur et à la lassitude. Sa réputation était perdue. Non seulement elle était perdue, mais elle n'en avait cure, songea-t-elle.

Elle aurait dû être sous le choc, dégoûtée, mais elle n'éprouvait que des regrets et de la déception que leur baiser ait été interrompu.

Ses paupières étaient lourdes. Sa vision devint trouble et se voila. L'impression d'avoir l'esprit dans du coton, de ne plus pouvoir réfléchir, revint en force et s'abattit sur elle. Emma ferma les yeux afin de se reposer quelques instants avant de s'expliquer. Il devait y avoir une explication rationnelle à ce qu'elle avait fait et à ce qu'elle désirait faire encore.

Mais peut-être que tout cela n'était qu'une illusion ? Peut-être s'était-elle cogné la tête lorsqu'elle était entrée en collision avec le lieutenant Ludlow et que tout ce qu'elle avait vécu depuis qu'elle avait bu ce punch n'était qu'un rêve ? Si elle dormait quelques instants, elle découvrirait, en se réveillant, ce qui était réel et ce qui relevait de l'univers des songes.

— Jack, souffla-t-elle avant que l'obscurité s'abatte sur elle.

Jack jura dans sa barbe. Il aurait dû se douter qu'une chose pareille arriverait. Tout avait été trop simple. Cette femme beaucoup trop hardie. Et elle avait choisi ce moment-là pour s'évanouir. Un léger ronflement monta soudain de ses lèvres.

Non, elle n'avait pas perdu connaissance. Elle dormait. Presque comme si elle était ivre.

Jack leva les yeux au ciel et s'efforça de contrôler sa colère. Que contenait donc le punch qu'elle avait bu ? Comment avait-il fait pour ne pas comprendre que son comportement était étrange ? En réalité, il n'avait pas voulu le voir.

— Vous vous êtes mépris, dit-il en contemplant l'habit rouge du major. Nous nous sommes arrêtés quelques instants parce que nos rênes s'étaient emmêlés. Nous étions en train d'y remédier.

— Ce n'est pas du tout ce que j'ai vu ! protesta Lottie Charlton d'une voix à la fois amusée et offensée. Miss Harrison et vous étiez tendrement enlacés.

— Il serait plus sage de garder vos opinions pour vous-même, Miss Charlton, siffla Jack en la fusillant du regard. Vous êtes ici sans chaperon.

— Je sais ce que j'ai vu, insista Lottie en faisant la moue. C'est assez choquant. Et vous, Miss Harrison, qui prétendez être une célibataire endurcie.

Elle ponctua sa phrase par un sifflement désapprobateur.

Jack serra les dents. Il aurait dû se montrer plus prudent. La tête d'Emma roula sur son épaule.

Il essaya une autre approche.

— Miss Harrison ne se sent pas bien. Elle a besoin de rentrer chez elle et d'aller se coucher.

— Elle paraissait aller très bien lorsqu'elle est partie, répliqua Lottie. Sinon, ma belle-sœur ne l'aurait pas laissée s'en aller, et le Dr Milburn aurait insisté pour veiller sur elle. Il est allé lui chercher du punch. Je l'ai entendu le commander en personne. Il n'a même pas laissé ma mère le lui apporter.

— Vous en êtes sûre ? demanda Jack en observant la jeune femme blonde.

Était-ce possible ? Jack fronça les sourcils et chassa cette idée de son esprit. Il devait cesser d'imaginer le pire sur Milburn. Cet homme était peut-être exécrable, mais ce serait prendre un risque énorme que d'avoir l'air de l'accuser. Le médecin ne savait même pas qu'il avait demandé des tests de recherche d'arsenic dans sa potion. Pourtant, Milburn avait paru extrêmement contrarié de le voir alors qu'il avait Emma à portée de main. Que s'apprêtait-il à faire ? Jack sentit monter en lui une profonde colère.

— Je pense qu'elle fait semblant.

Lottie Charlton monta sur le traîneau.

— Emma… Emma, dites quelque chose, s'écria la jeune fille.

Emma soupira doucement et se pelotonna contre lui. Elle entrouvrit les lèvres comme si elle s'était endormie. Endormie, ou pire encore ? songea Jack en fronçant les sourcils. Ou alors, elle faisant semblant dans l'espoir que tout le monde s'en irait et que tout rentrerait dans l'ordre ?

— J'espère que vous ferez ce qu'il faut, sir, lança l'autre femme. Il n'y a qu'une seule façon honorable de remédier à cette situation.

— Oui. Vous avez ruiné la réputation de Miss Harrison, dit Lottie Charlton en claquant la langue. Pensez au scandale. Pauvre, pauvre Emma. Mon cœur saigne pour elle. Que dira ma mère lorsqu'elle apprendra cette histoire ? Et Lucy ne pourra plus me regarder de haut maintenant qu'Emma s'est comportée ainsi.

Jack préféra ignorer les deux harpies. Il regarda durement le major, qui tapait ses pieds l'un contre l'autre.

— Que veniez-vous faire ici et qui vous a envoyé ? demanda-t-il.

— J'ai vu le traîneau qui zigzaguait dans le parc, répondit le major. Lottie a pensé qu'il serait amusant de pouvoir le rattraper. Nous l'avons perdu de vue mais, grâce au regard aiguisé de Lottie, nous l'avons aperçu entre les arbres et nous avons décidé d'aller voir.

— Vous n'avez rien vu d'inconvenant, reprit Jack sans quitter le major du regard.

Celui-ci hocha brièvement la tête.

— Allez-vous refuser de prendre vos responsabilités ? demanda Lottie en poussant un petit cri d'horreur. J'ai toujours entendu dire que vous n'étiez pas un vrai gentleman…

Jack contempla le groupe d'un air stupéfait. Puis il esquissa un sourire narquois.

— Je vais ramener Miss Harrison chez elle. Le plus vite sera le mieux. Les commérages n'ont jamais donné une bonne image de personne.

— Mais… mais…, protesta Lottie Charlton.

Jack comprit que les rumeurs allaient se propager à la vitesse de l'éclair. Cette stupide jeune femme était incapable de tenir sa langue.

— Je pense qu'un peu de tact serait préférable, ajouta-t-il en fixant le major droit dans les yeux. Il me déplairait fort que les commérages sur Miss Harrison se répandent. Vous me rendriez un immense service si cela ne se produisait pas.

— Je ne vois aucune raison que l'un de nous dise quoi que ce soit si le nécessaire est fait, déclara le major. Miss Harrison jouit d'une réputation sans tache.

— J'ai toujours agi comme il se doit.

Jack grinça des dents. Il était piégé. Emma était piégée.

Cette promenade en traîneau aurait dû se passer différemment. Il avait invité Emma pour renforcer leur amitié. Mais il avait été incapable de lui résister. Il contempla son visage ovale, si paisible dans son sommeil. Que dirait-elle en se réveillant ? Qui accuserait-elle ? Aucun d'eux n'avait plus le choix à présent.

— Mais il va faire ce qu'il faut, n'est-ce pas ? demanda la stupide blonde. Pauvre, pauvre Emma. Sa réputation est ruinée. Ce serait pourtant ce qu'un gentleman ferait.

— Vous ne me connaissez pas bien, Miss Charlton, si vous pensez que je suis un gentleman. C'est un titre que je n'ai jamais revendiqué.

— Quel culot !

Jack sourit d'un air satisfait à ces cris de protestation tandis qu'Emma blottissait délicieusement contre lui son corps chaud. La Emma qu'il connaissait ne se serait jamais comportée de cette manière. Mais savait-il vraiment qui elle était ? Elle l'avait embrassé avec la passion d'une experte.

Il claqua la langue, et le traîneau se mit en branle.

— Où allons-nous, Jack ? marmonna Emma d'une voix lourde de sommeil. J'ai fait un rêve très étrange. Vous m'embrassiez à pleine bouche et c'était merveilleux.

Jack secoua violemment les rênes et lança les chevaux à toute vitesse en calant fermement ses pieds.

— À la maison. Nous rentrons à la maison, Emma, dit-il en détachant ses mots. Ensuite, nous verrons comment faire pour rétablir les choses.

Chapitre 15

— Allez-vous vous réveiller ou bien préférez-vous que je vous porte jusqu'à la maison ?

Emma sentit des mains dures sur son épaule. Tout son corps s'insurgea en sentant soudain le froid. Elle chercha la chaleur mais ne trouva rien.

Elle se redressa en se demandant où elle était. La maison se dressait devant elle. Elle fronça les sourcils. Comment était-elle arrivée là ? Elle ne se souvenait que de la promenade à traîneau et des rênes qui lui avaient échappé des mains.

— J'ai dû m'endormir. J'ai fait un rêve très étrange.

— Vous êtes chez vous. Êtes-vous capable de marcher ?

La voix de Jack était glaciale, inflexible.

Emma avait l'impression d'avoir du coton dans la bouche. Ses lèvres étaient gonflées. Elle les humecta tout en essayant de se débarrasser du sentiment qu'un désastre imminent allait se produire.

— Que se passe-t-il ? demanda-t-elle.

— Je vais aller voir votre père.

— Pour quoi faire ?

Emma descendit péniblement du traîneau et posa un pied devant l'autre. Elle glissa un peu et, aussitôt, Jack la rattrapa. Il n'y avait rien de tendre dans son étreinte.

— Nous avons été découverts. Votre réputation est en lambeaux. Cette petite peste de Lottie Charlton a la langue aussi pendue qu'un perroquet.

Il affichait un air impitoyable et déterminé. Il n'avait

rien d'un homme amoureux, mais plutôt tout d'un homme d'affaires irrité.

— Mais il ne s'est rien passé !

Emma se redressa avec dignité tout en essayant de se rappeler le joli rêve qu'elle avait fait, dans lequel Jack l'embrassait. Ses lèvres étaient douces et sa voix caressante, très éloignée de celle qu'elle entendait maintenant.

— Ce n'était qu'un rêve, et les rêves ne comptent pas, protesta-t-elle.

— Cessez de dire des sottises, rétorqua Jack d'une voix basse et furieuse.

Emma se frotta les yeux et sa vision se dédoubla. Si elle fermait de nouveau les paupières, tout ce cauchemar s'envolerait. Il le fallait.

Emma s'étira et leva les bras au-dessus de sa tête. Les draps en coton étaient frais contre sa joue. Elle contempla la lumière vive qui filtrait à travers une fente dans les tentures qui entouraient son lit.

Elle essaya de s'asseoir, mais reposa rapidement la tête sur les oreillers de plume. Une forte douleur irradiait son front. Tous ses membres étaient mous, et le plafond semblait danser devant ses yeux.

— Annie ! appela-t-elle. Quelle heure est-il ? J'ai fait des rêves très étranges. Des rêves si précis que je pourrais jurer que ce qui s'y passait est arrivé, même s'ils n'avaient aucun sens.

— Vous vous réveillez enfin, miss, dit Annie en tirant les rideaux.

La lumière du jour inonda le lit.

Emma lorgna en direction de l'horloge sur la cheminée. Elle se frotta les yeux, regarda encore et poussa un petit cri. Son premier regard ne l'avait pas trompée. Jamais elle ne s'était réveillée aussi tard de sa vie, pas même lorsqu'elle était malade.

— Vous paraissez inquiète, Annie.

— Votre père désire vous voir immédiatement. Il est venu prendre plusieurs fois de vos nouvelles ces dernières heures.

— Pourquoi ne m'avez-vous pas réveillée ? demanda Emma en descendant du lit. Je me sens aussi faible qu'un nouveau-né aujourd'hui. Le punch de Mrs Charlton est peut-être célèbre, mais il doit être fort. Mon père se porte-t-il bien ?

— Votre père s'est levé à l'aube, miss. Il ne cesse de s'affairer, d'envoyer des lettres ici et là et d'aboyer des ordres.

Annie froissa son tablier dans ses mains.

— Je vous aurais bien réveillée, ajouta-t-elle, mais Mr Jack a insisté pour que je vous laisse dormir.

Emma agrippa la colonne du lit et se laissa de nouveau tomber sur le matelas. Ainsi, Jack était bien revenu. Elle fronça le nez. Non, tout ce dont elle se rappelait était certainement en grande partie un rêve. Elle avait dû se cogner la tête et rentrer chez elle avec Lucy. Elle avait seulement entendu en rêve la voix de Jack. Elle ferma les yeux, soulagée. Oui, c'était ce qui avait dû se passer. L'autre version était trop terrible à imaginer.

— Depuis quand obéissez-vous à Mr Stanton ? s'enquit Emma en s'efforçant de garder son calme.

— Depuis qu'il est devenu votre fiancé, miss, répondit la bonne avec une courte révérence. Il semble se faire du souci pour vous.

Emma étouffa un cri. Toutes ses impressions de beaux rêves s'évanouirent, remplacées par un sentiment glacial de terreur. Elle posa la main sur sa tête pour réfléchir. Quelle était la part de rêve dans ce qu'elle avait vécu ?

Le traîneau, avec ses cloches et les patins qui glissaient sur la neige ? La cuisse de Jack contre la sienne ? Ses lèvres chaudes qui cherchaient les siennes tandis qu'il la serrait tout contre lui ? Tout ou rien de tout cela ?

Ses lèvres frémirent doucement à ce souvenir. S'était-elle comportée comme une dévergondée en pressant son corps contre celui de Jack ? Elle ne s'imaginait pas faisant une telle chose. Elle était comme hébétée, sous le choc. Elle cligna plusieurs fois les paupières en se repassant les événements de la journée. C'était un rêve, il le fallait. Était-elle toujours endormie ?

Elle se pinça le poignet et comprit qu'elle était bel et bien réveillée. Annie la regardait d'un air de plus en plus perplexe.

— Je ne crois pas être la fiancée de personne, et encore moins de Mr Stanton.

— Mr Stanton nous a dit que vous vous étiez cogné la tête, miss. Êtes-vous sûre que vous allez bien ?

— J'ai mal à la tête, répondit Emma en se touchant le crâne avant de découvrir une bosse de la taille d'un œuf. Je pense que le punch de Mrs Charlton est plus fort que je le croyais.

— C'est certain, répliqua Annie en s'affairant dans la pièce. C'est une vieille recette de bière épicée que Jeannine, la bonne particulière de Mrs Charlton, m'a donnée. En revanche, vous êtes bel et bien la fiancée de Mr Stanton. Cela ne fait aucun doute.

Une vieille recette de bière épicée ? Cette remarque suscitait autant de questions que de réponses, car personne d'autre ne semblait avoir présenté les mêmes troubles qu'elle, se dit Emma.

— Quand dois-je me marier exactement ? Je n'arrive pas bien à me rappeler des détails.

— Aussi vite que possible. C'est du moins ce que prétendent les domestiques, affirma Annie. Je ne suis pas surprise que votre mémoire vous fasse défaut. Vous étiez à peine rentrée que vous avez été mise au lit. Sur ordre de Mr Jack. Il était très contrarié par toute cette histoire, lui aussi.

— Nous sommes à seulement trois jours de Noël et il reste encore des préparatifs à prévoir pour la Fête de l'oie. Il faudra que ce soit au nouvel an, avança Emma d'un air pensif.

— Je ne peux pas vous renseigner, répondit Annie en baissant les yeux. Mais j'ai entendu parler d'une licence spéciale. Ce ne sont que des bruits de couloir. Rose, la sous-gouvernante, le tient de Fackler, qui l'a entendu dans la bouche du valet de Mr Stanton.

— Des bruits de couloir ? reprit Emma en lançant un

regard sévère à Annie. Vous avez mieux à faire que de répéter des ragots.

— Très bien, miss, mais je sais ce que j'ai entendu.

Emma pressa la racine de son nez entre ses doigts. Elle n'avait jamais accepté de se marier ! Si elle l'avait fait, elle le saurait. Ce n'était pas quelque chose que l'on pouvait oublier facilement.

— Ce ne sont certainement que des rumeurs, Annie. Je m'en souviendrais si Jack Stanton m'avait demandée en mariage. C'est certain.

— J'ai cru bon de vous le dire, miss, au cas où.

Annie fit la révérence.

— Je dois avouer que l'idée d'une licence spéciale m'a fait frémir, ajouta-t-elle.

Emma prit une courte inspiration. Son hébétude s'évanouit, vite remplacée par un sentiment de soulagement. Elle savait qu'elle n'avait rien accepté. Elle n'aurait pas oublié un détail comme celui-là.

Une licence spéciale…

Malgré tout, un frisson lui parcourut le dos. À l'époque où elle portait encore des tresses et où elle avait rêvé de danser toute la nuit avec de grands-ducs aux larges épaules qui se prosterneraient à ses pieds, elle avait également désiré se marier avec une licence spéciale. Il y avait là un certain prestige, et cela avait beaucoup plus de charme que de s'enfuir à Gretna Green. Si ses souvenirs étaient bons, sa mère avait été furieuse que sa fille Claire se marie avec une licence ordinaire.

Emma s'efforça de chasser ses rêves de jeune fille. Le type de la licence importait peu. Le plus grave, c'était que tout le monde semblait croire qu'elle allait épouser Jack Stanton alors que ce dernier ne lui avait jamais fait sa demande !

— Je suis certaine que vous avez mal entendu, déclara Emma en commençant à s'habiller.

Elle noua les liens de son jupon d'une main experte.

— Une fois que je serai en bas, je vous prouverai que cette conversation n'a aucun sens.

— Comme vous voudrez, miss, mais que dois-je faire à propos de votre trousseau ?

— Mon trousseau ?

— Je ne veux pas que ma lady se marie sans un trousseau correct. Je sais que vos dessous sont simples et confortables, mais une lady a besoin d'autres choses. Et nous n'avons pas le temps de passer commande auprès du magasin de tissus Bainbridges. Même avec la meilleure volonté du monde, il leur faudrait plusieurs semaines pour tout confectionner. Noël est presque là.

— Je pourrais toujours les acheter plus tard, si nécessaire.

Emma lui sourit en espérant que son mal de tête se dissipe. Elle allait résoudre ce mystère, et la vie reprendrait son cours. Cette discussion autour de son trousseau était prématurée. Elle avait l'impression que les choses échappaient rapidement à son contrôle, comme un filet d'eau qui se transforme en ruisseau, puis en un torrent entraînant tout sur son passage. Elle prit une inspiration et refusa de céder à la panique.

— Je suis certaine que nous aurons du temps. Ils sont très efficaces chez Bainbridges.

— Mais, miss, pour votre robe de mariée… Vous devez aller à Londres pour cela. Je ne ferais confiance à personne à Newcastle pour une chose pareille.

— Nous parlerons de ma robe quand le moment sera venu, répondit Emma d'une voix ferme.

Elle contempla le contenu de son armoire. S'il y avait bien une chose à laquelle elle refusait de réfléchir, c'était à sa robe de mariée. Mais Annie avait raison. Aucune des robes qu'elle avait sous les yeux ne ferait l'affaire. Elle caressa sa robe en soie rose. Les yeux de Jack avaient brillé lorsqu'il l'avait vue la porter. Et lorsqu'ils avaient dansé dans le salon… Elle ôta vivement la main, comme si la robe l'avait mordue.

Cette folie avait assez duré.

Elle refusait de construire des châteaux en Espagne. Sa vie devait être réelle et solide. Elle n'était pas destinée à épouser Jack Stanton à la hâte, malgré ce que désirait son cœur. Elle devait être raisonnable. Elle avait passé sept ans à se montrer mûre et responsable. Ce n'était plus le moment de se souvenir de ses rêves de jeune fille.

— Je pense que je vais mettre ma robe en popeline grise aujourd'hui. Elle est très pratique et j'ai beaucoup à faire pour préparer la Fête de l'oie. Dès que j'aurai parlé à mon père et que j'aurai remédié à ces commérages, je devrai m'occuper de la galette des Rois. Vous imaginez la réaction de Mrs Mudge si le glaçage n'était pas parfait ?

Annie n'accueillit pas sa remarque par un rire. Ses prunelles sombres devinrent graves.

— C'est votre choix, miss, mais je pense que la robe bleue vous sied davantage. Le gris vous retire toujours des couleurs et, si vous me permettez, le visage de Mr Stanton s'éclaire quand il vous voit dans cette robe bleue.

Emma serra les dents en sentant une vive chaleur la parcourir.

— Je vous trouve bien audacieuse, Annie.

— Il faut bien que quelqu'un vous prenne par la main, miss. Ne voulez-vous pas que le regard de Mr Stanton s'éclaire ?

Elle voulait cela, et bien plus encore. Son corps, ce traître, rêvait de sentir de nouveau les mains et les lèvres de Jack sur lui. Elle voulait goûter sa bouche. Emma posa la main sur son front pour effacer de son esprit l'expression de Jack juste avant que ses lèvres se posent sur les siennes, que ses mains s'emmêlent dans ses cheveux, ainsi que l'image de son pouls qui battait au creux de sa gorge.

— Vous êtes ridicule, Annie ! S'il vous plaît, allez me chercher une tisane pour mon mal de tête et épargnez-moi vos commentaires sur Jack Stanton.

— Parfois, je pense que certaines personnes ne savent pas ce qui est bon pour elles.

— Je le sais, moi. Et j'ai surtout besoin de me concentrer sur la Fête de l'oie qui arrive.

— Très bien, miss.

Mais force était de constater avec effroi qu'une grande partie d'elle-même espérait que ces commérages de bas étage soient tous vrais.

Elle désirait épouser Jack Stanton. Elle voulait voir son regard s'éclairer chaque fois qu'il la voyait. Elle voulait de nouveau sentir sa bouche sur la sienne. Mais, plus que tout, elle voulait être avec lui. Passer des heures à parler des ponts et d'autres projets de construction. Voyager dans des endroits inconnus et voir les paysages qu'il lui avait décrits. Juste être avec lui. Mais elle voulait qu'il l'épouse parce qu'il le souhaitait, et non par obligation, non parce que la société lui dictait de le faire.

Peu lui importait que la totalité de son rêve fût vraie – y compris le malheureux incident avec Lottie. Emma se mordit les lèvres et réfléchit aux conséquences si le pire devait arriver.

Lottie y contribuerait grandement. Elle serait incapable de s'empêcher de glousser et de bavarder. L'histoire se propagerait comme une traînée de poudre, et serait amplifiée, songea Emma. Certaines femmes ne manqueraient pas de lui tourner le dos lorsqu'elle se promènerait à Grainger Town près du Théâtre Royal, ou refuseraient de lui rendre ses invitations. De tels scandales étaient lourdement pénalisés par la société, et les sanctions strictement respectées. Mais elle se remettrait de ce scandale… avec le temps. Les bavardages finiraient par se tarir et disparaîtraient après Noël.

Elle était vieille fille. Ce n'était pas comme si elle espérait faire un brillant mariage, comme celui dont sa mère avait rêvé pour elle. Elle surmonterait cela en gardant la tête haute. Elle afficherait devant tous son indifférence. Que pouvaient-ils lui faire d'autre ?

Et Jack Stanton n'était pas du genre à se marier. Il le lui avait fait clairement comprendre le premier jour, sur le chantier. Après ce qui s'était passé entre eux, prendrait-il encore le risque de se faire humilier en la demandant une nouvelle fois en mariage ?

Non, elle ne pouvait pas être fiancée à Jack.

Emma se força à boire la tisane. L'infusion de plantes et d'orge l'aida à retrouver une partie de son assurance. Elle n'était pas stupide. Elle le saurait si c'était le cas. Pourtant, une grande partie de son cœur lui murmurait qu'elle voulait que tout cela soit bien réel.

Emma trouva Jack en compagnie de son père dans le bureau. Les deux hommes étaient assis devant une belle flambée en buvant du café. Ils parlaient de ponts. Jack avait étendu devant lui ses jambes moulées dans un pantalon couleur crème.

À moitié cachée derrière la porte, elle les écouta. La voix de Jack lui parvint et fit battre son cœur plus fort. La veille, tout avait été un rêve. Il le fallait. Elle prit une grande inspiration et entra dans la pièce d'un air naturel.

Jack tenait sa tasse entre ses longs doigts, et Emma ne put s'empêcher de se rappeler comment ils s'étaient emmêlés dans ses cheveux. Comment ils avaient caressé sa joue. Une sensation de chaleur envahit son ventre à ce souvenir. Ce qu'elle avait vécu était bien plus qu'un rêve. Sinon, elle ne s'en souviendrait pas de manière aussi vive. Pourtant, elle ignorait encore ce qui avait bien pu lui faire oublier toute décence.

Finalement, elle était heureuse d'avoir écouté les conseils d'Annie et d'avoir choisi de mettre la robe bleue plutôt que la grise.

À sa vue, les deux hommes interrompirent leur conversation. Seul Jack se leva et, comme Annie l'avait prédit, son regard s'éclaira quelques instants avant de se voiler.

Son père leva paresseusement la main mais resta assis.

— Tu as pris ton temps, ma fille.

— Je viens tout juste de me réveiller, expliqua-t-elle. Je suis descendue avec un mal de tête et quelques bribes de souvenirs de ce qui s'est passé hier après-midi.

Emma leur sourit mais ne trouva pas d'écho à son sourire sur le visage des deux hommes.

— Les événements sont un peu confus, continua-t-elle. La seule chose dont je sois certaine, c'est que j'ai quitté la maison pour aller patiner et que Mr Stanton est venu me chercher pour me raccompagner à la maison. J'ai dû fermer les yeux dès l'instant où je me suis assise dans son traîneau.

Ces explications devraient suffire, songea Emma, et montrer qu'il était inimaginable que son rêve soit réel.

— *Confus ?*

Le visage de son père prit la couleur du tapis oriental.

— Combien de punchs as-tu bus hier, ma fille ?

— J'ai pris un verre du punch que le Dr Milburn m'a apporté, et j'ai bu une gorgée de brandy dans la flasque de Mr Stanton.

Emma garda la tête haute mais sentit ses joues s'empourprer.

— Je croyais avoir les idées claires, mais il semblerait que ce ne soit pas le cas, conclut-elle.

— Inutile de faire comme si rien ne s'était passé, déclara son père d'une voix faussement calme.

Emma aurait pu s'opposer à lui s'il avait crié mais lorsqu'il était calme, comme à cet instant, elle savait que le pire restait à venir.

— C'est un scandale de très grande ampleur, ajouta-t-il.

Emma regarda tour à tour les deux hommes et ne trouva de réconfort chez aucun d'eux.

— Je suis partie faire une simple promenade à traîneau, protesta Emma en enroulant les bras autour de sa taille. Il ne s'est rien passé. Tous ceux qui prétendront le contraire le feront uniquement pour semer le trouble.

— Tout dépend de ce que tu appelles « rien », s'étrangla son père. Je ne t'aurais jamais imaginée en séductrice, ma fille. Je croyais que ta mère et moi t'avions élevée mieux que cela.

— J'ai la tête dans du coton ce matin, père, répondit Emma en se mordant les lèvres. S'il vous plaît, essayez de comprendre.

Son dernier et maigre espoir venait de s'évanouir. Tout ce qu'elle avait pris pour un rêve était vraiment arrivé. Elle avait réellement insisté pour réclamer à Jack un baiser, et tout ce qui s'en était suivi. Elle rougit violemment. Elle s'était comportée de manière si éhontée, au point de presser son corps contre celui de Jack et de lui en demander plus. Son père avait raison. Sa réputation était ruinée. Son avenir brisé en mille morceaux gisait à ses pieds.

— Je pensais que nous en avions déjà parlé, Harrison, intervint Jack en se plaçant entre son père et elle. Nous avons déjà établi que j'étais le seul responsable. Tout est ma faute.

— Vous vous êtes comporté sans l'ombre d'un doute admirablement bien, Stanton, s'offusqua son père.

— En y mettant de la bonne volonté des deux côtés, nous avons conclu un arrangement acceptable, déclara Jack en se tournant de nouveau vers elle.

— Votre faute ? Un arrangement ? murmura Emma.

Jack s'était exprimé d'une voix formelle, comme s'il négociait une affaire commerciale.

— À l'aune des événements, je me suis proposé d'accomplir mon devoir.

Ses yeux devinrent durs comme du granite. Le pli de sa bouche était inflexible.

— Nous nous marierons aussi vite que possible, trancha-t-il.

— Et je n'ai pas voix au chapitre ? s'écria Emma d'une voix horriblement aiguë.

— Aucun de nous n'a le choix.

Le ton de Jack était froid et son regard dur.

— On a toujours le choix, riposta Emma en redressant fièrement la tête avant de le toiser à son tour d'un air hostile. Personne ne m'a demandée en mariage.

— Une demande ne sera pas nécessaire, fulmina son père. Tout est arrangé. Tu te marieras, et vite, ma fille.

— Est-il nécessaire de le faire aussi vite ? s'enquit Emma en regardant fixement Jack.

Les paroles qu'il avait prononcées le premier jour de sa venue résonnaient clairement dans son esprit. Il n'avait pas envie de l'épouser. Il n'agissait que poussé par les circonstances. Comment pouvait-elle se marier à lui dans ces conditions ?

— Je pense que cela est plus que nécessaire, répondit son père.

— N'est-il pas préférable d'attendre que le scandale se tarisse, et voir ce qui se passe ensuite ? Tout ce malheureux incident sera oublié pour le nouvel an.

— Non, intervint Jack en la transperçant du regard.

Ses lèvres ne formaient plus qu'une ligne.

— Nous nous marierons demain, conclut-il.

Emma sentit ses oreilles bourdonner. Elle contempla Jack d'un air incrédule, à la recherche du moindre signe de fléchissement.

Elle n'en vit aucun.

— Demain ? Mais cela ne fera qu'amplifier le scandale !

Demain, c'était tout de suite !. Et même pour Jack Stanton et avec tout son argent, cet acte était irréalisable. Il y avait des conventions à suivre. Des règles à respecter. Emma essaya de se concentrer. Il devait bien exister une autre solution. Elle refusait de se marier de cette manière.

— Je ne pense pas.

Les lèvres de Jack prirent un pli cynique.

— Nous expliquerons que vous et moi étions déjà proches sept ans plus tôt, mais que nous avons été séparés. Maintenant que nous nous sommes retrouvés, nous avons découvert que nos sentiments étaient toujours sincères. Étant donné l'état de santé de votre père, nous désirons nous unir dans l'intimité mais rapidement, afin que Mr Harrison puisse voir sa fille mariée.

Emma se dirigea vers la cheminée et contempla les braises. *Leurs sentiments étaient toujours sincères.* Elle repoussa cette idée. Cela n'était pas vrai. Ni d'un côté ni de l'autre. C'était une histoire cynique à servir en public. Elle pivota sur ses talons.

— Mais les bans doivent être publiés pendant trois semaines…, avança-t-elle.

Les lèvres de Jack s'incurvèrent.

— Pas avec une licence spéciale. Vous le savez aussi bien que moi.

— Une licence spéciale… ?

— Cela ne sera pas nécessaire, intervint son père. J'ai déjà demandé une licence ordinaire.

Tout allait beaucoup trop vite. Emma posa les mains sur sa tête.

— Arrêtez… Arrêtez.

— Quelque chose ne va pas, Emma ? s'inquiéta Jack d'une voix aussi exaspérante que calme.

Emma s'efforça de contenir sa colère.

— Je n'ai pas encore dit oui. Je n'ai pas accepté d'épouser Jack Stanton, ni personne.

Elle entendit Jack prendre son souffle. Ses prunelles brillèrent dangereusement, et Emma recula d'un pas.

Son père abattit son poing sur la table.

— Trêve de balivernes ! Tu vas faire ce que je te dis.

— Je suis adulte, père. Je devrais avoir le droit de décider de ma vie.

— Cette discussion n'a aucun sens, les interrompit Jack. Votre père et moi avons conclu un arrangement.

— Je vous laisse expliquer la situation à ma fille, Jack. Peut-être arriverez-vous à la ramener à la raison. Je vous crois capable d'accomplir de grandes choses, ici, comme sur le chantier.

Sur ce, son père tourna les talons et quitta la pièce à grands pas.

« Accomplir de grandes choses. Ici et sur le chantier. » Emma sentit un frisson remonter le long de son dos. Jack et son père s'étaient ligués pour en arriver là. Personne ne pouvait obtenir une licence ordinaire aussi rapidement. C'était matériellement impossible.

Ce mariage avait déjà été décidé. Signé et scellé. Elle était tombée dans un piège. La proposition de Jack d'acheter la compagnie à bon prix n'était qu'une ruse. Pendant tout ce temps, il avait prévu de l'acquérir d'une autre façon.

La pièce se mit à tourner lentement, l'obligeant à s'effondrer dans le fauteuil que son père venait de quitter. Elle posa ensuite la tête dans les mains pour faire cesser ses vertiges.

L'accord avait dû être conclu le soir du bal de la Saint-Nicolas. Emma comprenait mieux pourquoi son père lui avait accordé autant de liberté. Quelle naïveté ! Elle était bel et bien la victime d'une machination : la fusion entre deux entreprises. Ils l'avaient utilisée comme un pion. Quel accord avaient bien pu passer son père et Jack ? Aucun doute que Jack s'en était servi à son avantage. Son père avait dû acheter la respectabilité de sa fille avec son entreprise. Car Harrison and Lowe faisait certainement partie de sa dot. Il ne pouvait pas en être autrement.

Jack l'avait embrassée avec cynisme. Il avait fait semblant d'être son ami. Les pensées accablantes s'accumulaient dans son esprit et, pendant tout ce temps, son cœur s'insurgeait. Non, elle devait se tromper et réagir de manière excessive. Jack s'intéressait à elle. Il n'avait pas fait que jouer la comédie.

— Vous paraissez moins que ravie, Emma, dit Jack, rompant le silence. Je croyais qu'éviter le scandale était ce que vous souhaiteriez. Vous avez toujours accordé tellement d'importance à ce que les gens pensent.

Emma releva la tête et le regarda droit dans les yeux. Elle refusait de le laisser déformer les choses. Ce mariage allait avoir lieu parce qu'il servait les intérêts professionnels de Jack, et rien d'autre.

— Vous allez m'épouser pour la compagnie de mon père, n'est-ce pas ? C'est le prix que vous lui avez extorqué pour vous marier avec moi ? Avez-vous fait promettre à mon père qu'elle ferait partie de ma dot ?

Emma vit les muscles de la mâchoire de Jack tressauter. Néanmoins, il garda obstinément le silence.

— Je dois savoir, implora-t-elle.

Elle voulait qu'il lui dise que cela n'avait aucune importance, qu'il désirait l'épouser parce qu'il n'imaginait pas son avenir sans elle.

Il la regarda de la tête aux pieds. Emma sentait son cœur

battre si fort qu'elle craignit que Jack ne l'entende. Il devait dire quelque chose.

— Je suis un homme d'affaires, répondit Jack en brisant le silence. Je n'ai jamais caché que je désirais acquérir la compagnie de votre père.

— Je vois.

Emma garda la tête haute en ignorant le picotement des larmes derrière ses paupières. Quoi qu'il arrive, elle refusait de se mettre à pleurer. Elle leva les yeux vers le plafond, les cligna rapidement et se ressaisit. Puis elle fixa Jack droit dans les yeux et lui sourit.

— Tout devient clair, à présent, continua-t-elle. Je vous remercie pour votre honnêteté.

— Vous désirez peut-être entendre autre chose ?

Les lèvres de Jack s'incurvèrent avec dureté.

— Devrais-je vous dire que je nourris une passion toujours aussi forte pour vous ? Que j'ai continué à vous aimer ces sept dernières années ? Qu'il ne s'est pas passé un seul jour sans que je pense à vous et que je me demande comment vous alliez ? Que voulez-vous entendre de ma part ? Dites-le-moi, et je le ferai.

— Arrêtez, s'il vous plaît. Ces propos cyniques ne vous siéent pas. Ne croyez pas que, parce que je suis une femme, je passe mes journées à lire des romans d'amour dans lesquels les héros déclarent leur flamme à d'innocentes jeunes filles. Ces choses-là n'arrivent pas dans la vraie vie.

Même si les femmes aimeraient qu'ils le fassent, songea Emma.

— Très bien, répondit Jack en haussant légèrement les épaules. Je ne les dirai pas.

— Il n'est pas bon de prétendre des sentiments que l'on n'a pas, ajouta Emma.

Sa voix, qu'elle voulait aussi normale que possible, lui parut trop aiguë et tendue. Son ventre serré lui faisait mal et ses pieds semblaient ancrés dans le sol. Elle brûlait que Jack la prenne dans ses bras et qu'il lui murmure à l'oreille qu'il voulait l'épouser elle, et personne d'autre. Elle désirait croire que ses baisers étaient réels, qu'il ne l'avait pas embrassée dans le simple but d'acquérir une nouvelle entreprise.

— L'honnêteté est toujours préférable.

Jack jeta un coup d'œil sur sa montre à gousset et le métal doré brilla au soleil. Puis il ferma sèchement le couvercle.

Emma avait envie de crier pour mettre un terme à cette décision terriblement formelle. Il fallait que Jack comprenne que ce mariage ne pouvait qu'être désastreux.

— C'est vous qui êtes responsable de cette situation, conclut-elle.

Jack haussa les sourcils et esquissa un demi-sourire.

— Moi ? Miss Harrison, vos souvenirs des événements sont peut-être confus, mais les miens sont clairs comme de l'eau de roche.

— Que voulez-vous dire ? s'enquit Emma en s'efforçant de détourner le regard des lèvres de Jack.

Mais, chaque fois, quelque chose l'attirait de nouveau vers sa bouche sensuelle.

— C'est vous qui m'avez demandé de vous embrasser. Vous m'avez imploré de le faire, affirma Jack sans ciller. Comment pouvais-je refuser une si charmante requête et si gentiment formulée ?

— Vous auriez dû savoir que ce n'était pas convenable, répondit Emma en s'étranglant.

Elle était injuste et elle le savait. Mais elle ne se sentait pas responsable de la situation.

Le regard de Jack se durcit.

— Peut-être est-ce moi qui devrais me sentir manipulé…

— Comment cela ? s'insurgea Emma.

Elle ne l'avait pas piégé. Pas du tout… Soudain, le souvenir de sa propre voix résonna dans sa tête. Elle lui avait demandé, l'avait supplié de l'embrasser.

Elle aurait aimé mourir.

— De quoi m'accusez-vous ? insista-t-elle, submergée par une immense bouffée de chaleur.

— Je ne vous accuse pas, je ne fais que souligner les

faits, déclara Jack. Il est très important que les détails soient correctement mis à plat. Les bases sont plus sûres.

— De quelle façon ? demanda Emma en croisant les bras sur la poitrine.

La suffisance de Jack était exaspérante.

— De quoi m'accusez-vous ? répéta-t-elle. C'est moi qui suis lésée dans cette histoire.

— Ce sont vos amis qui nous ont découverts, dit Jack. Et c'est vous qui êtes à l'initiative de ce baiser. Vous l'avez réclamé. Que les choses soient bien claires.

Son regard sombre brillait sans qu'Emma sache définir pourquoi, et elle recula d'un pas. Il ne pouvait pas la croire sournoise au point d'essayer de trouver un mari de cette façon ?

— Nous avons été victimes d'une série de coïncidences malheureuses, déclara-t-elle entre ses dents.

Lottie n'était pas son amie. Elle ne l'avait jamais été et ne le serait jamais. Cette petite peste devait être en train de se délecter de cette histoire et de s'en vanter devant tous ceux qui avaient envie de l'écouter.

— C'est tout, conclut-elle.

— Dites-moi, Miss Harrison, vous arrive-t-il souvent de vous comporter de la sorte avec les hommes ? demanda Jack d'une voix douce. N'ayant pas été élevé comme un gentleman, il m'arrive de passer à côté de petits détails.

— Vous devriez savoir que ce comportement ne me ressemble pas, protesta Emma en se tournant vers la cheminée. Je n'ai jamais rien sollicité de tel de la part d'un homme de ma vie. Je n'ai jamais embrassé un homme ainsi de ma vie.

— Je suis soulagé de l'entendre. Cela me déplairait beaucoup de savoir que ma femme s'est comportée de cette manière avec un autre.

Jack fit une pause et sa voix baissa d'une octave. Ses yeux brillèrent soudain d'une lueur plus vive.

— Mais je serais ravi qu'elle décide d'agir ainsi avec moi.

Emma rougit violemment, en espérant que Jack le mette sur le compte du feu et non sur le souvenir de leur baiser passionné. Elle chassa de son esprit l'image de leurs corps enlacés.

— Ah, je vois que vous vous souvenez de bien d'autres choses que ce que vous prétendiez un peu plus tôt.

Il y avait une pointe de dérision et d'amusement dans sa voix à présent.

— Lorsqu'une personne boit trop d'alcool, il vaut mieux pour elle ne pas feindre l'ignorance. Vous étiez plus que consentante, hier.

— Je n'ai jamais cherché à le nier. Mais mes souvenirs des événements restent confus.

— Comment pourrais-je vous faire retrouver la mémoire ? demanda Jack en posant un doigt sur ses lèvres. Avez-vous des suggestions ? Voulez-vous que nous recommencions ?

— Vous me taquinez, maintenant, dit Emma en souriant.

Elle était rassurée. L'angoisse qu'elle avait ressentie avait disparu. Jack n'était pas sérieux. Il n'allait pas l'embrasser dans le bureau de son père. Emma croisa de nouveau son regard déterminé. Non, il n'en était pas capable, songea-t-elle. Malgré tout, son pouls s'accéléra.

— Que pourrais-je faire d'autre ?

Jack haussa les épaules et se dirigea vers la table où se trouvait la cafetière en argent.

— En revanche, mon offre et mon avertissement tiennent toujours, ajouta-t-il. J'attends de ma femme qu'elle ne soit attachée qu'à moi.

Emma enroula les bras autour de la taille. Cette conversation ne menait à rien. Elle avait envie de Jack, elle désirait ses baisers, mais pas comme cela, pas avec cette expression dure et moqueuse sur son visage.

— Vous avez dit avoir une licence pour vous marier. Vous vous attendiez à cela.

— Si je m'attendais à ce que vous me demandiez de vous embrasser ? Non, ça, c'était la cerise sur le gâteau.

Les prunelles de Jack étincelèrent avant de devenir froides.

— J'aime être prêt à toutes les éventualités, Miss Harrison. J'ai parlé à votre père. Mon temps ici est compté. D'autres projets réclament mon attention. Nous devons tirer le meilleur parti de la situation.

— Et quand avez-vous appris le contenu de ma dot ? s'enquit Emma en s'efforçant de paraître calme. Quand avez-vous acquis la certitude que, pour mettre la main sur la compagnie de mon père, il fallait m'épouser ?

— Votre père a veillé à votre bien-être, répondit Jack.

Emma serra les dents. Dans cette histoire, le pire était qu'un homme comme Jack Stanton n'avait pas besoin d'une dot. Il pouvait se permettre d'épouser qui il voulait. Pourquoi avait-il accepté ? Emma l'observa plus attentivement, mais son visage ne lui apporta aucune réponse.

— Vous n'allez pas me le dire.

— C'est une affaire entre votre père et moi. C'est à lui de vous en parler, pas à moi.

Les prunelles de Jack brillèrent soudain avec plus d'intensité.

— Vous ne manquerez de rien, conclut-il.

Emma serra très fort les dents. Elle rêvait d'aller vers Jack et de le gifler pour l'obliger à se défaire de sa suffisance.

— J'aurais préféré que vous m'en parliez avant de demander cette licence.

— Je préfère aussi que les choses soient faites correctement.

Son regard était voilé, impénétrable.

— Dans ce cas, j'aurais préféré que vous me demandiez en mariage au lieu de vous contenter de l'annoncer.

Emma tapa le sol du pied.

— C'est insupportable, souffla-t-elle. J'ai l'impression d'être un chiot, une poupée sans cervelle.

— Après ce qui s'est passé sur le traîneau, aucun de nous n'a le choix, Miss Harrison, que cela nous plaise ou non.

— Nous avons le choix. Il doit bien exister une autre solution, lança-t-elle d'une voix désespérée.

Ne comprenait-il donc pas ? Elle voulait bien de lui, mais pas dans ces conditions.

— Je ne peux pas mettre en péril mes affaires et tous les employés qui dépendent de moi en vivant à l'écart de la société. Seriez-vous prête à risquer le sort de la compagnie de votre père ?

Emma sentit une boule grossir dans sa gorge. Elle rêvait d'aller vers Jack et de poser la joue sur son torse. Elle voulait sentir ses mains dans son dos. Elle désirait qu'il la rassure et qu'il lui dise qu'elle signifiait plus pour lui que la compagnie. Une compagnie qui ne serait plus rien sans sa propre intervention un peu plus tôt dans l'année. Elle avait travaillé sans relâche pour la sauver… Et pour quoi en définitive ? Pour en être dépossédée. Son cœur saignait lorsqu'elle pensait aux employés et à leurs familles. Quel serait leur sort avec un nouveau patron ?

Mais si elle n'épousait pas Jack, perdraient-ils leurs emplois à mesure que le travail se tarirait ? Elle connaissait le pouvoir des commérages et comment ils pouvaient ruiner un homme.

— Mais…

— Il n'y a pas de mais, Emma. Un simple oui fera l'affaire.

Emma essaya de se raccrocher à la raison. Il devait bien exister une autre porte de sortie.

— Comme aucun de nous ne désire ce mariage, j'espère qu'il n'en aura que le nom.

Elle leva le menton et regarda Jack droit dans les yeux. Elle n'était pas préparée à la flamme qui incendia soudain ses prunelles.

— Vous n'êtes pas en position de dicter vos conditions, siffla-t-il entre ses dents en s'approchant d'elle. Dois-je vous le prouver ?

Il la prit par les épaules et l'attira vers lui. Son corps s'écrasa contre le sien. Jack abattit ses lèvres sur les siennes et il l'embrassa jusqu'à ce que ses jambes ne puissent plus la porter. Elle s'agrippa à ses épaules et poussa un soupir de contentement.

Jack la lâcha et elle recula en vacillant.

— La démonstration vient d'être faite. La prochaine fois, essayez de dire la vérité.

Emma porta la main à ses lèvres gonflées, et qui en voulaient plus.

— Cela ne prouve rien. Vous ne m'avez pas demandé de vous épouser.

Jack la contempla avec un demi-sourire et s'inclina de manière extrêmement courtoise devant elle.

— Très bien. Miss Harrison, me feriez-vous l'honneur de devenir ma femme ?

— Je n'ai pas pleinement réfléchi à la question, répondit Emma, les yeux baissés.

Il devait exister une autre solution. Elle ne pouvait pas épouser Jack comme cela.

— Vous avez une heure pour vous décider. Je ne renouvellerai pas mon offre.

Le sourire de Jack se fit plus cruel, plus moqueur.

— N'oubliez pas qu'il n'y a pas que votre bonheur personnel qui entre en jeu.

Chapitre 16

Emma garda les yeux rivés sur l'horloge posée sur la cheminée pendant cinq minutes. Jack lui avait accordé cinquante-cinq autres minutes. Bientôt, elle lui dirait quelle était sa décision. Il méritait de transpirer un peu pour son attitude hautaine, mais il avait raison. Elle ne voyait pas d'autre issue à la situation. Ils allaient devoir se marier, sous peine d'être bannis de la société.

Emma pourrait certainement continuer à vivre dans ces conditions, mais qu'adviendrait-il de l'entreprise de son père ? Elle avait si souvent entendu sa mère dire que la réputation d'un homme dépendait étroitement de celle de sa femme. Sa sœur et elle devaient se comporter décemment, sinon leur père risquait de perdre des contrats. Et si les contrats venaient à se tarir, les employés de l'entreprise en pâtiraient. Devaient-ils souffrir sous prétexte qu'elle avait été assez stupide pour se compromettre ? Jack et elle pouvaient-ils se marier pour de simples raisons professionnelles ? Comment pouvait-elle épouser Jack sur ces bases… alors qu'elle désirait bien plus ?

Emma rêvait d'arrêter le temps, mais l'aiguille des minutes se dirigeait inexorablement vers l'heure fatidique.

— Ma chère Miss Harrison, s'écria le Dr Milburn en entrant précipitamment dans la pièce. Votre majordome m'a dit que vous souhaitiez rester seule, mais j'ai insisté pour vous voir. J'ai peut-être une solution.

— Une solution ? répéta Emma en regardant le médecin sans comprendre.

Qu'allait-il lui proposer ? Un peu plus de potion ?

— À l'horrible situation à laquelle vous êtes confrontée.

Son sourire était un peu trop large, un peu trop éclatant.

— En quoi pouvez-vous m'aider, docteur Milburn ? s'enquit Emma en s'efforçant de garder son calme.

— Ma chère enfant, je ne peux m'empêcher de me sentir responsable de la situation délicate dans laquelle vous vous trouvez.

— Je ne pense pas que vous ayez quoi que ce soit à voir avec cette affaire.

Le médecin se leva et arpenta la pièce de long en large. Emma lança un regard furtif vers l'horloge et pria pour que cet homme odieux se dépêche.

— J'ai longuement réfléchi et je suis presque certain que vous avez bu un verre de punch venant d'une préparation spéciale de Mrs Charlton.

— Que contenait-elle ? demanda Emma en sentant ses mains trembler.

Toute cette affaire était-elle une horrible méprise ? Si elle s'était moins inquiétée à propos du remède du Dr Milburn, aurait-elle bu le punch ? Elle aurait dû faire une remarque sur son goût désagréable.

— Je n'aime pas trahir des confidences, Miss Harrison, dit le médecin en lui lançant un regard penaud. Je dois songer à ne pas dévoiler de secrets professionnels.

— Je ne vois pas pourquoi vous devriez garder le silence dans ce cas, docteur Milburn. Vous devez tout m'expliquer, le pria-t-elle. Que contenait cette préparation spéciale ? Pourquoi le fait d'en avoir bu a-t-il un lien avec ma situation ?

— Mr Charlton est un fervent consommateur de laudanum, avoua le Dr Milburn.

Il évita soigneusement son regard.

— Je crains que Mrs Charlton en ait versé dans son verre et que je l'aie pris par erreur. Je n'ai cessé d'y penser depuis et, maintenant, j'en suis sûr.

Emma regarda fixement le médecin et sentit son estomac se serrer. Elle avait essayé de faire comprendre à Jack et à son père que quelque chose n'était pas en ordre, mais ils n'avaient pas voulu la croire. Maintenant, le Dr Milburn venait de lui avouer qu'il lui avait donné un verre de punch qui ne lui était pas destiné. Cela n'avait aucun sens. Était-ce le miracle qu'elle avait tant attendu ? Dans ce cas, pourquoi se sentait-elle si déprimée ?

— Que dites-vous ?

— J'ai eu vent du terrible scandale ce matin et je veux que vous sachiez que je ne vous tiens pas pour responsable.

Le Dr Milburn gonfla le torse.

— Vous ne saviez pas ce que vous faisiez, ajouta-t-il.

— C'est très aimable à vous, sir, dit Emma en croisant les doigts. Mais je ne crois pas qu'il y ait un grand scandale, ni que celui-ci durera très longtemps.

— Vous vous trompez beaucoup, je le crains.

Le Dr Milburn secoua la tête et son regard se teinta d'inquiétude. Emma tenta de contrôler la bouffée de colère qui venait de l'envahir. Si ce qu'il avançait était vrai… c'était effectivement lui le responsable.

— Ce n'est qu'un scandale mineur, déclara Emma en se forçant à rire. Il ne s'est rien passé.

— Ce n'est pas un petit scandale qui sera oublié d'ici le nouvel an.

— Pourquoi cela ?

— Il se dit des choses terribles sur Mr Stanton et sur vous. Je l'ai entendu dans la bouche de trois de mes vieilles patientes. À la fin de la journée, tout Newcastle sera au courant et, ensuite, la nouvelle se répandra dans toute l'Angleterre.

Emma s'efforça de ne pas paraître déstabilisée.

— Et que se dit-il, exactement ?

— Que vous avez été surprise dans les bras de ce Stanton, et que vous vous comportiez comme si vous étiez la plus abjecte des séductrices.

Le Dr Milburn prit un air attristé.

— Je sais que vous n'êtes pas ce genre de femme, Miss Harrison. Je vous ai toujours vue vous comporter avec la plus grande bienséance. Je veux faire ce que je peux pour vous aider.

Le Dr Milburn se redressa, paraissant certain que ses paroles devaient lui apporter beaucoup de réconfort.

— Je vous remercie pour votre soutien, dit Emma en ravalant ses larmes.

Il lui semblait inimaginable que l'odieux Dr Milburn soit la seule personne à penser du bien d'elle. Tout le monde, y compris son père, paraissait si prompt à la condamner.

— Je suis heureuse de voir que vous avez une si bonne opinion de moi.

— Et pour faire taire les rumeurs, je voulais vous proposer ma main.

— Votre main ?

Emma contempla ses doigts blafards, puis leva les yeux vers ceux, globuleux, du Dr Milburn.

— Je ne suis pas en capacité de bien réfléchir, ce matin. Pourquoi voudriez-vous m'épouser ?

— Je veux vous épouser pour vous épargner, à vous et à votre père, ce terrible scandale qui ne cesserait de vous poursuivre.

Le Dr Milburn posa la main sur son cœur.

— Je sais que Mr Stanton n'est pas un gentleman et je n'ose imaginer le tort que cette petite escapade peut causer à votre réputation.

Emma faillit lui dire que Mr Stanton s'était déjà proposé de rétablir les choses, puis se ravisa. Manifestement, le Dr Milburn n'avait pas eu vent des dernières rumeurs. Et Emma ne croyait pas non plus à son histoire sur Mrs Charlton et le laudanum. C'était beaucoup trop simple. Le médecin était animé d'autres intentions qu'elle ne comprenait pas.

— Dites-moi une chose, lança-t-elle en se penchant vers lui. Pourquoi vous êtes-vous trompé de verre ?

Le Dr Milburn cligna les yeux.

— Je l'ai fait dans la précipitation. Mrs Charlton l'avait posé à côté d'elle. Je l'ai pris et je vous ai forcée à le boire.

J'aurais dû voir à votre visage que vous trouviez son goût très désagréable.

Emma se figea en se remémorant la scène. Le médecin savait ce que contenait le verre et l'avait forcée à le boire.

Un frisson glacial remonta dans son dos. Non, c'était impossible. Elle se tenait face au Dr Milburn, celui qui avait si attentivement soigné sa mère à la fin de sa vie. Elle lui devait le bénéfice du doute… En souvenir de sa mère.

— Docteur Milburn, aucun de nous ne peut changer le passé.

— J'ai bien réfléchi et c'est la seule chose à faire. Vous devez me permettre de vous aider à réparer votre réputation. Vous devez m'épouser.

Le Dr Milburn fit la moue, comme si cette idée le dégoûtait. Puis il prit sa main et la tint entre ses doigts griffus.

— Vous me feriez le plus grand honneur, conclut-il.

Emma mobilisa ses ressources pour lui opposer un visage neutre.

— N'ayez crainte, docteur Milburn. J'ai déjà pris les devants et je regrette de devoir décliner votre offre.

— Décliner mon offre ?

Le Dr Milburn ouvrit puis ferma la bouche plusieurs fois d'un air dépité.

— Êtes-vous folle ? demanda-t-il.

— Je sais ce que je fais, répondit Emma en retirant sa main. J'ai déjà accepté une demande en mariage.

— De qui ?

— De Mr Stanton.

— Je suis heureux d'apprendre que vous êtes enfin revenue à la raison, Miss Harrison, résonna la voix froide de Jack depuis le seuil de la porte.

Emma fit volte-face et le vit nonchalamment appuyé contre le chambranle de la porte.

— Vous êtes ici depuis longtemps ? l'apostropha-t-elle.

— Suffisamment longtemps.

— Ce n'est pas correct d'écouter aux portes, s'insurgea Emma en se maudissant de ne pas avoir su tenir sa langue.

— C'est la raison pour laquelle je suis heureux de ne pas être un homme bien élevé, Miss Harrison, répliqua Jack en hochant la tête. Et maintenant, je dois vous demander de vous en aller, Milburn.

Le visage du médecin devint rouge, puis livide.

— Je n'ai fait que ce que j'ai cru être mon devoir, protesta-t-il.

— Comme vous pouvez le constater, cela ne sera pas nécessaire.

— Ah, oui… Eh bien…

Le Dr Milburn posa son chapeau sur sa tête.

— Si jamais vous changez d'avis, Miss Harrison…

— Elle ne changera pas d'avis.

Emma entendit le médecin fermer la porte avec fracas, mais garda les yeux rivés sur la cheminée.

— Je croyais que vous m'aviez laissé une heure, dit-elle.

— Dois-je rappeler le Dr Milburn ?

La voix doucereuse de Jack glissa sur elle.

— Mais j'oubliais : vous avez déjà donné votre réponse. Nous voilà fiancés.

— Je voulais le faire partir le plus élégamment possible, répondit Emma en fermant les yeux.

Elle était piégée, et elle ne pouvait que s'en prendre à elle-même. Elle ouvrit lentement les paupières et découvrit Jack qui la regardait d'un air amusé.

— Vous n'étiez pas censé m'entendre, poursuivit-elle.

— On peut apprendre des choses très intéressantes en écoutant aux portes.

— C'est une très mauvaise habitude.

— Pardonnez-moi, Miss Harrison, mais les circonstances m'ont poussé à agir de la sorte.

Il lui tendit un document.

— Un messager vient de m'apporter ce pli. J'ai cru bon de venir vous en parler sans tarder.

— De quoi s'agit-il ?

— Des résultats du laboratoire. Mon ami s'est montré très zélé.

— Que dit-il ? Ne me faites plus attendre.

Emma contempla les lignes de chiffres, ainsi que les annotations en pattes de mouche. Elle en distinguait la plupart, mais elles n'avaient aucun sens pour elle.

— Mes soupçons sont avérés. Votre père a ingéré de l'arsenic. Vous avez de la chance qu'il ait une solide constitution. La quantité d'arsenic qui se trouve dans son corps en aurait tué plus d'un.

— Cela explique pourquoi il était malade. Mais est-ce à cause de la potion du Dr Milburn ? demanda Emma en se dirigeant vers la porte. Pourquoi n'avez-vous pas profité de sa présence pour lui demander des explications ?

— J'ai demandé l'analyse d'autres flacons de sa potion, répondit Jack, les pouces dans son gilet. Je dois avoir des certitudes si je veux en référer aux autorités.

— Alors mon père possède de hautes doses d'arsenic dans le corps ?

— Oui.

L'expression de Jack ne fit rien pour la rassurer.

— Cela veut-il dire que quelqu'un essaie de l'empoisonner ? Qui pourrait vouloir une chose pareille ? s'interrogea Emma. Je n'imagine personne dans cette maison faire cela. Nous avons des domestiques fidèles.

Emma ferma brièvement les yeux. Quelqu'un essayait d'empoisonner son père. Ses crises avaient été provoquées par une personne, et non par une quelconque maladie. Il n'était pas en train de mourir.

— Vous ne soupçonnez pas le Dr Milburn, tout de même ?

— Je n'aime peut-être pas le personnage, mais il est respecté dans la communauté. Il jouit d'une bonne réputation, dit Jack. Je n'imagine pas pour quelle raison il aurait voulu empoisonner votre père.

— Ni pourquoi il m'a fait boire le mauvais verre de punch, ajouta Emma.

— Pardon ? Je ne suis pas votre raisonnement.

— C'est la raison pour laquelle le Dr Milburn m'a offert sa main, répondit Emma. Il croit qu'il a pris le verre destiné à Mr Charlton par erreur, et soutient que celui-ci consomme en secret du laudanum. Son sens de l'honneur l'a donc poussé à venir me proposer sa main, maintenant que je suis devenue une femme perdue.

— Aviez-vous déjà entendu cette histoire auparavant ?

Emma fit une pause et fronça les sourcils.

— J'ai entendu beaucoup de choses sur Mrs Charlton. Ma mère et elle étaient de grandes rivales autrefois. Mais jamais rien à ce sujet. Elle est très respectable, c'est un pilier de l'Église. Pourtant, ce punch avait un goût horrible…

— Et… ?

Emma se remémora sa rencontre avec le Dr Milburn. Le froid, et la peur inexplicable qui s'était emparée d'elle.

— Et si le Dr Milburn avait prévu de m'enlever ? avança-t-elle.

— Dans quel but ?

Jack croisa les bras et esquissa une moue sévère.

— Pourquoi Milburn voudrait-il vous kidnapper ? Lui avez-vous parlé de vos soupçons à propos de son remède ?

— Non, je ne l'ai jamais fait. Je ne comprends plus rien… Pourquoi le Dr Milburn aurait-il voulu m'épouser ?

— Les gens ont besoin d'une raison pour agir. Ils ne cèdent jamais au mélodrame.

Jack lui décocha soudain un sourire éclatant.

— Mais si son objectif était de vous épouser, je pense que nous avons remédié à la situation.

— Comment cela ?

— Nous avons accepté de nous marier… demain. Et Milburn n'y peut rien.

— Mais qu'allons-nous faire à propos du remède ? Quelqu'un a essayé d'empoisonner mon père.

— Nous ne pouvons pas faire grand-chose sans preuves. J'en trouverai une, puis j'agirai. Ne craignez rien.

Jack la prit par le coude.

— Milburn ne pourra pas s'échapper s'il est coupable.

L'expression de son visage la fit frémir. Jack ne l'épousait pas par amour, mais par devoir. Et maintenant, c'était ce même devoir qui l'obligeait à la protéger. Mais qui voulait-il protéger ? Elle ou la compagnie ? Emma aurait tellement aimé le savoir.

Une lumière grise filtrait à travers les vitraux de l'église. Les domestiques de la maison occupaient quelques bancs, mais les autres étaient vides. Même sa sœur n'avait pas pu venir, nota Emma. Le voyage depuis Carlisle était trop long pour elle et ses enfants à cette époque de l'année.

Emma observa Jack à la dérobée, avec sa mise parfaite d'où aucun cheveu ne dépassait. Encore une fois il était l'image même de l'homme d'affaires qui avait réussi. Mais son visage était fermé, sombre et contracté, ce qui laissait clairement entendre qu'il n'était pas ravi par la situation. En revanche tous les doutes qu'Emma avait pu nourrir quant au rôle de son père dans cette affaire furent dissipés par l'éclat de son sourire lorsqu'il l'avait conduite jusqu'à l'autel, à côté de son futur époux.

Emma concentra son attention sur le pasteur. Elle prononça les vœux d'une voix mécanique et entendit à peine les réponses données par Jack. Elle avait toujours le sentiment que ce mariage n'était pas sensé. Ils ne se mariaient pas pour les bonnes raisons. Mais, malgré tout, elle n'était pas mécontente d'être mariée à Jack.

— Et maintenant, je vous déclare mari et femme.

Les paroles du pasteur résonnèrent dans l'église aux trois quarts déserte. Emma eut l'impression qu'une porte venait de se fermer sur elle. Elle était mariée. Il n'y avait pas de retour en arrière possible. Elle ne pouvait que contempler l'avenir et espérer.

— Vous pouvez embrasser la mariée, conclut le pasteur.

Emma fut incapable de contrôler la légère fièvre qui s'était emparée d'elle. Jack allait-il l'embrasser comme il l'avait fait la veille ? Ou l'avant-veille ? Comme pour lui prouver l'emprise qu'il avait sur elle ?

Elle sentit ses lèvres froides effleurer les siennes. Son baiser était fugace et impersonnel.

— Êtes-vous prête, Mrs Stanton ? demanda-t-il en lui donnant le bras.

— Inutile de nous attarder, répondit-elle sèchement. Nous sommes mariés. La cérémonie est terminée.

Ce n'était pas ainsi qu'Emma avait imaginé son mariage. Elle avait toujours rêvé de soie blanche et de roses, mais ils n'avaient pas eu de temps pour les préparatifs. À la place, elle avait revêtu sa plus belle robe bleue et tenait un bouquet de narcisses blancs et de lierre. Elle s'efforça de garder la tête droite en sortant de l'église sombre et froide. Elle cligna les yeux en découvrant le soleil, et fut accueillie par de fortes acclamations.

Emma chancela en contemplant la foule avec étonnement. Le parterre de l'église était rempli. Elle reconnut plusieurs employés de la compagnie. Elle leva les yeux vers Jack, qui ne paraissait pas mécontent. Était-il au courant ?

— Tâchez de faire de votre mieux, Emma, dit-il à voix basse. Ils sont venus voir la jeune mariée.

— Que se passe-t-il ? demanda-t-elle. Qui les a prévenus ?

— Je l'ignore.

— Nous voulions vous offrir nos vœux de bonheur à vous et au patron, déclara Davy Newcomb en tirant sur sa manche.

— Tu ne dois pas encore féliciter la mariée, intervint la mère de Davy en le ramenant près d'elle. Je vous demande pardon, miss, je veux dire, Mrs Stanton. Il faut d'abord attendre que le ramoneur le fasse.

Comme le voulait la tradition, un homme habillé tout en noir et couvert de suie s'approcha d'eux, prit sa main et la secoua de bon cœur.

— Je vous souhaite beaucoup de bonheur, à vous et à votre mariage, lady.

Des acclamations montèrent de la foule.

— Trois bans pour le patron et sa dame, lança l'homme.

— Mais que font-ils là ? demanda de nouveau Emma.

— Harrison and Lowe m'appartient maintenant, expliqua

Jack. Les employés et leurs familles sont venus nous présenter leurs vœux.

Il effleura son chapeau.

— Et comme je n'ai prévu de me marier qu'une seule fois, je voulais faire les choses bien. Je ne voulais pas que l'on dise que nous nous étions mariés à la sauvette. Les apparences ont leur importance.

— C'est ma mère qui lui a donné l'idée lorsqu'elle a appris que vous alliez vous marier, madame, souligna Davy.

Jack partit à rire.

— Oui, je crains que le jeune Davy ne soit mon complice dans ce crime. Êtes-vous contrariée par cette attention ?

— Contrariée ? Non, plutôt surprise.

— Et nous fêterons dignement notre mariage demain à la Fête de l'oie. N'est-ce pas, Davy ?

Jack ébouriffa les cheveux du jeune homme.

— Oui, sir. Le sapin a été livré à la salle communale, comme vous l'avez demandé. Et il est immense !

— Bon garçon.

— La fête aura lieu comme prévu ? s'enquit Emma.

— Je vous l'ai déjà dit, je fête Noël comme n'importe qui. Le changement de propriétaire n'aura aucune incidence.

Jack leva les yeux vers le ciel chargé de nuages.

— J'espère que le dégel aura bientôt lieu.

Emma hocha la tête. Elle savait ce que cela signifiait. Jack garderait les employés aussi longtemps que possible mais, si le mauvais temps se prolongeait, il n'aurait d'autre choix que de commencer à les renvoyer. Il attendrait au moins que Noël soit passé pour le faire, songea-t-elle.

— Emma… Emma, quelle mauvaise amie tu fais.

Lucy s'avança vers elle à la hâte.

— Tu aurais dû te confier à moi. Ce mariage est apparemment prévu depuis des lustres.

— Comme mon père n'était pas en très bonne santé, nous voulions nous marier dans l'intimité, expliqua Emma.

— Comme tu as dû rire de moi lorsque j'ai demandé à

Mr Stanton de prendre soin de toi pendant votre promenade en traîneau.

Lucy lui prit la main avec enthousiasme.

— J'ai failli mourir de honte lorsque j'ai entendu Lottie me faire son épouvantable récit.

— Je suis certaine que Lottie ne t'a épargné aucun détail, grimaça Emma en se rappelant le ton supérieur de cette peste.

— Henry était furieux contre elle lorsqu'il l'a entendue. Il lui a demandé d'arrêter de colporter des rumeurs. Ma belle-mère était également déconcertée.

Lucy baissa le ton.

— Ils ont envoyé Lottie vivre avec la sœur de ma belle-mère à Haydon Bridge avec interdiction de sortir jusqu'à ce que Henry décide quoi faire de sa sœur. Elle ne pourra plus répandre de commérages. Ses manigances ont fini par la perdre.

Emma serra la main de Lucy.

— Henry n'avait pas besoin de faire tout cela.

— Henry t'apprécie beaucoup, et se soucie de ce qui peut t'arriver. Il était très désemparé, lui rapporta son amie en lui souriant. Parfois, il est un peu distrait. À l'en croire, c'est avec le Dr Milburn que tu devais te marier.

— Le Dr Milburn ?

Emma sentit les poils de sa nuque se hérisser. Ainsi, Henry l'avait imaginée en couple avec le Dr Milburn ? C'était d'autant plus étrange qu'elle n'avait jamais rien confié à Lucy à son sujet.

— Je n'ai jamais eu l'intention d'épouser le Dr Milburn.

— Et je sais que tu fais un vrai mariage d'amour, malgré ce que les gens disent.

Lucy posa sa main gantée sur elle.

— Tu peux essayer de le cacher, Emma, mais j'ai bien vu comment vous vous regardiez l'autre jour, sur le lac.

Emma s'agita, mal à l'aise. Elle se tourna vers Jack, qui s'entretenait avec quelques employés. Ses larges épaules tendaient le tissu noir de sa veste. Ses cheveux bouclaient légèrement à la base de sa nuque. Emma sentit sa gorge se serrer. « Un mariage d'amour. » Lucy avait raison. C'était bien un mariage d'amour. Mais un amour à sens unique. Emma serra plus fort son bouquet en comprenant l'horreur de la situation. Elle avait commis l'irréparable.

Elle était tombée amoureuse de Jack Stanton.

Elle regarda Jack fendre la foule, bavardant et riant avec les gens. Jack ne devait jamais l'apprendre. Elle refusait de lui donner ce pouvoir sur elle. Il ne s'intéressait qu'à la compagnie, à ses affaires. Il ne l'avait épousée qu'à des fins professionnelles et pour conserver une respectabilité sociale.

Emma ne comprenait pas comment, mais c'était arrivé et, désormais, elle ne pouvait plus le nier. L'évidence de cette émotion s'imposa brutalement à elle. Malgré tout ce que Jack avait fait, elle était tombée désespérément amoureuse de lui.

— Tu vas bien, ma fille ? demanda son père. Tu parais soucieuse. Tout est bien qui finit bien, non ?

— Parfaitement bien, père, répondit Emma en se penchant vers lui pour déposer un baiser sur sa joue.

— J'avais l'impression que tu étais contrariée. J'ai fait ce que je considérais comme étant le mieux pour toi. C'était la solution la plus sensée au problème.

Il pressa doucement sa main.

— Après ma maladie, j'ai compris que je ne vivrais pas éternellement. La compagnie doit être entre des mains sûres. J'avais aussi besoin de savoir que quelqu'un veillerait sur toi. Tu as trouvé le compagnon idéal, si je puis dire. Tu partages le même intérêt que Jack pour le génie civil. J'aurais aimé que ta mère fasse de même.

Emma hocha la tête. Le moment venu, elle allait devoir laisser Jack s'en aller. Elle se souvenait encore de ses propos le premier jour où il était revenu : il avait trop de projets en cours. Une femme et des enfants ne pouvaient que représenter une entrave.

— Je suis certaine que tout va bien se passer, papa.

— Emma, il y a plusieurs personnes qui aimeraient vous rencontrer, lança Jack.

Emma se dépêcha d'aller le rejoindre et fut prise dans le tourbillon des félicitations.

Jack et son père avaient raison, songea-t-elle. Personne ne les interrogeait sur la soudaineté de leur mariage. S'il y avait eu l'ébauche d'un scandale, il serait très vite oublié.

— Vous avez épousé Stanton, l'apostropha soudain le Dr Milburn en venant se placer à côté d'elle alors que Jack saluait d'autres gens. Mais saviez-vous quelle était votre dot ? Ce que votre père a dû payer ?

— Je ne pense pas que cela vous regarde, docteur Milburn.

L'heure des accusations n'était pas encore venue, se dit Emma en s'efforçant de sourire.

— Que faites-vous ici, docteur Milburn ? demanda Jack qui s'était rapproché d'eux.

— Je suis venu vous présenter mes vœux de bonheur, Stanton. Vous ne pouvez pas m'en vouloir.

Et Emma vit avec horreur le médecin lui prendre la main et la porter à sa bouche. Elle sentit sa peau se hérisser et fit tout ce qu'elle pouvait pour endurer ce contact.

Pourquoi le Dr Milburn avait-il voulu l'épouser ? Et pourquoi Henry Charlton avait-il considéré cette union comme un fait acquis ?

— Vous paraissez pensive, constata Jack.

Il posa sa main chaude sur elle et la guida à travers la foule. Puis il l'aida à s'installer dans l'attelage. Mais Emma savait qu'il le faisait pour faire bonne figure, pour dissiper les rumeurs.

— Êtes-vous prête ? demanda-t-il.

— Prête pour quoi ? répondit-elle en détournant ses pensées du Dr Milburn.

Elle était en sécurité. Elle devait se concentrer sur l'homme qui était à côté d'elle, son tout nouveau mari.

— Pour le repas de mariage que votre père a aimablement organisé.

— Et ensuite ? s'enquit Emma, la gorge serrée.

— Nous resterons ici quelques jours. J'ai plusieurs choses à faire à Newcastle.

Emma savait qu'elle n'aurait pas dû être déçue et, pourtant, elle ne pouvait s'empêcher de l'être. Autrefois, lorsqu'elle pensait à son mariage, elle imaginait une robe en dentelle blanche et des voyages en Europe, et non une cérémonie rapide dans l'église de la ville avant de reprendre le cours de sa vie comme si de rien n'était.

— Bien sûr. Je veux rester ici au cas où mon père ferait une rechute.

— Nous allons passer la nuit dans un hôtel, déclara-t-il. Je ne veux pas être interrompu pour une raison ou une autre pendant ma nuit de noces.

Emma sentit ses joues s'enflammer.

— Oh !

Un frisson d'excitation parcourut son échine.

Jack enveloppa sa main dans la sienne.

— Tout va bien, Emma Stanton. Vous êtes en sécurité avec moi.

En sécurité ? Emma ne se sentait pas du tout en sécurité tandis qu'elle attendait dans la suite très joliment décorée de l'hôtel, face à un feu qui crépitait joyeusement dans la cheminée.

Tout en faisant les cent pas, elle réfléchissait. Elle aurait mieux fait de trouver une bonne raison de rester chez son père. Elle n'aurait pas eu à se demander ce qui allait se passer maintenant. Elle aurait eu une excuse pour repousser sa nuit de noces.

Elle ne ressentait aucune excitation. Elle était plutôt engourdie. Tout s'était passé si vite. Elle éprouvait surtout une très grosse peur. Elle aurait aimé avoir plus de temps pour poser des questions à Lucy. Et si ses souvenirs de ce que son amie lui avait dit étaient erronés ? Et si jamais elle faisait quelque chose de mal ? Les doutes hantaient son esprit comme des corbeaux.

Emma effleura sa longue chemise blanche de batiste tout en contemplant le grand lit double recouvert de couettes et d'oreillers blancs. Devait-elle se mettre au lit ? Ou bien était-ce trop audacieux ? Il y avait tellement de choses qu'elle aurait dû savoir et dont elle ignorait tout.

Elle regrettait tellement de ne pas avoir interrogé sa mère à ce sujet.

— Pouvons-nous reprendre là où nous nous étions arrêtés ?

Emma sursauta en entendant la voix chaude et grave de Jack, une voix qui l'enveloppa tout entière et excita tous ses sens, une voix lourde de promesses tout en étant peu révélatrice.

Elle se tourna et sentit le souffle lui manquer. Jack avait ôté son manteau, son gilet et sa lavallière. Sa chemise blanche en coton fin était ouverte au cou. Il respirait la virilité.

Un frisson la parcourut tout entière. Elle prit une profonde inspiration et s'efforça de garder son calme, affichant une froideur feinte alors qu'elle se sentait fondre de l'intérieur.

— Comme vous voudrez.

Jack vint vers elle, prit ses mains entre les siennes et les serra légèrement.

— Que savez-vous exactement sur ce qui va se passer ici… cette nuit ?

— Suffisamment de choses.

Emma haussa les épaules avec indifférence. Comment pouvait-elle lui avouer qu'elle ne savait presque rien, que ses connaissances se résumaient à de rapides commérages et au souvenir des lèvres de Jack sur les siennes ? Il s'attendait certainement à la trouver dans le lit. Avait-elle commis une erreur ? Elle ôta sa main, et Jack s'écarta.

— Les femmes parlent entre elles, dit-elle avec véhémence.

Le lit double paraissait grandir sous ses yeux chaque fois qu'elle essayait de reprendre son souffle.

— Voulez-vous d'abord que j'aille me coucher ? proposa-t-elle.

— Si vous voulez…

Emma fit un pas vers le lit. Si elle restait couchée là sans bouger un seul muscle, peut-être que tout se passerait très rapidement. Elle pourrait alors reprendre le cours de sa vie. Jack l'avait épousée pour la compagnie de son père, et non pour elle.

— Non, attendez, reprit-il. J'ai une meilleure idée.

Emma se figea puis se tourna vers lui. Il lui tendit la main, le regard pétillant de malice.

— Voulez-vous m'offrir le plaisir de cette danse, Mrs Stanton ?

— Une danse ?

Elle ne se souvenait que trop bien de leur valse devant la cheminée. Elle s'était terminée avec un baiser à couper le souffle. Comment cela finirait-il, cette fois ? Mais Emma était prête à tout pour retarder le moment inévitable où Jack découvrirait qu'elle ne savait presque rien. Elle coinça nerveusement une mèche de cheveux derrière son oreille.

— Quel genre de danse désirez-vous ? demanda-t-elle. Une polka est peut-être un peu trop animée pour cette pièce.

— Une valse m'irait très bien.

Jack prit sa main et la porta à ses lèvres. Elle s'attendait à ce qu'il l'effleure, mais il décrivit du bout de la langue de petits cercles langoureux au creux de son poignet. Il répéta ce geste sur son autre main, et Emma sentit une vive chaleur envahir tout son corps.

— Je pense que je peux danser une valse, dit-elle en s'efforçant de sourire pour oublier le brasier qui s'était formé en elle.

Elle devait se concentrer.

— Qui va fredonner ? demanda-t-elle. Il est impossible de danser sans musique.

— Laissez-moi faire.

Jack posa la main sur son épaule et une autre sur sa taille avant de l'attirer vers lui. Leurs corps se touchèrent. Emma réalisa avec stupeur qu'elle n'était plus entravée par sa robe de bal et tous ses jupons, mais que seul le fin tissu de sa chemise de nuit les séparait.

Elle sentit la chaleur qui émanait de Jack l'envelopper,

la puissance des muscles de ses cuisses et la dureté de son torse. Elle leva les yeux vers lui et se laissa submerger par son regard implacable. Elle aurait dû bouger, mais toute volonté l'avait abandonnée.

— J'ai l'impression que mes pieds sont devenus du plomb, murmura-t-elle. Je ne suis pas certaine de pouvoir le faire.

— Faites-moi confiance et suivez-moi, murmura-t-il dans ses cheveux.

Il commença à fredonner une valse, une valse de Strauss, dans le creux de son oreille. Ils se déplacèrent dans la pièce mais, chaque fois qu'ils tournaient, leurs corps se rapprochaient un peu plus.

Emma trébucha à moitié, et Jack la rattrapa aussitôt avant de la plaquer fermement contre lui. Emma leva les yeux et croisa son regard sombre. Elle eut l'impression de tomber dans un gouffre, sans pouvoir s'en détourner.

Soudain, son corps se mit à trembler. Elle se sentait emplie d'une grande nervosité assortie à une autre sensation inconnue.

Jack effleura ses lèvres, puis s'écarta. Son baiser avait été délicat comme les ailes d'un papillon, mais il déclencha en elle une tension sourde.

Elle s'humecta les lèvres et eut l'impression qu'en un instant elles avaient gonflé.

— Il n'y a pas de gui ici, remarqua-t-elle en souriant.

Et de pousser un rire rauque et faible, bien peu naturel à ses oreilles.

— Quel oubli de ma part !

Jack prit son visage en coupe, ce qui l'obligea à le regarder. Elle distinguait chaque cil et s'aperçut que ses prunelles n'étaient pas noires du tout, mais parsemées d'une myriade de couleurs. Des prunelles dans lesquelles elle ne pouvait que se perdre.

Il se pencha vers elle et s'empara de ses lèvres. Cette fois, elles étaient fermes et s'attardèrent sur les siennes. Envahie d'une vive chaleur, Emma oublia sa nervosité, oublia tout à l'exception de cette douce sensation.

Elle enroula les bras autour de la nuque de Jack en soupirant. Elle en voulait plus. Beaucoup plus.

Jack approfondit son baiser et Emma sentit tout son corps lui répondre.

Ils restèrent enlacés un long moment, bouche contre bouche, tandis qu'ils s'exploraient, se goûtaient et se délectaient l'un de l'autre. Tout son univers semblait réduit à cette sensation, songeait Emma.

Une sensation sombre et violente.

Le brasier qu'ils avaient allumé s'intensifia et sembla grandir à chaque souffle, jusqu'à menacer de la consumer tout entière.

— Nous allons aller doucement… Très doucement, murmura Jack contre sa bouche.

Il défit les rubans qui retenaient son bonnet de nuit et le laissa tomber au sol. Puis il passa la main dans ses cheveux.

— J'ai longtemps rêvé d'accomplir ce geste. On dirait de la soie…

Emma frissonna.

Elle leva à son tour les mains pour plonger ses doigts dans les cheveux de Jack et l'attirer plus près d'elle. Puis elle eut l'impression de tomber, comme si ses genoux se dérobaient sous son poids. Jack la souleva alors dans ses bras et se dirigea vers le lit.

Il l'y posa délicatement, et Emma se laissa aller contre les coussins moelleux. À la lueur de la cheminée, elle regarda son époux se débarrasser de sa chemise, et son torse lui parut encore plus large. Elle toucha d'une main tremblante ses muscles chauds et saillants, tandis que Jack s'attelait à défaire les minuscules boutons qui fermaient le col de sa chemise de nuit.

Il déposa ensuite une pluie de baisers sur sa gorge, et Emma songea que ce qu'elle avait ressenti sur le traîneau n'était rien comparé au désir qui brûlait en elle à cet instant.

Elle ouvrit la bouche pour parler, mais Jack posa un doigt sur ses lèvres.

— Chut, nous avons tout le temps devant nous. Il est temps de vous montrer comment l'imagination et la créativité peuvent embellir ce moment.

Il se pencha vers elle, et Emma sut que tout ce qu'elle avait pensé avoir compris avant cela n'était que pure théorie.

Chapitre 17

Jack se redressa sur un coude et contempla sa femme endormie. Ses cheveux sombres étaient étalés comme un éventail sur l'oreiller, et sa peau était encore rose de leur étreinte.

Elle lui appartenait désormais, et il lui incombait de la protéger.

Jack pinça les lèvres. Il ne croyait pas à la version de Milburn, pas plus qu'il ne croyait qu'Emma avait exagéré et cédé au mélodrame. Il lui était arrivé quelque chose sur le lac. Elle n'était plus elle-même, et il en avait profité, songea-t-il en souriant tristement. Et il continuerait à en profiter pour le restant de leur vie.

Il écarta une mèche de cheveux de la joue d'Emma et la laissa glisser entre ses doigts. L'aurait-elle épousé en d'autres circonstances ? Maintenant, il était de son devoir de veiller à sa sécurité. Et jusqu'à ce qu'il ait réuni suffisamment de preuves à l'encontre de Milburn, cela signifiait qu'il devait la tenir à l'écart de certaines choses.

Emma murmura quelques mots qui semblaient contenir son nom et se blottit contre lui.

Jack n'avait nullement envie de l'inquiéter. Après la fête de Noël, il l'emmènerait en voyage de noces prolongé. Edward Harrison s'occuperait quelque temps des travaux du chantier, et le reste de ses investissements fructifierait tranquillement. Cela leur donnerait l'occasion d'apprendre à mieux se connaître et de poser les bases de leur couple. Mais d'abord, il devait songer à la sécurité d'Emma.

— Un jour encore, c'est tout, puis nous pourrons partir, chuchota-t-il avant de se lever.

S'il restait auprès d'elle, il risquait de la prendre de nouveau dans ses bras et, si tentante que lui paraissait cette perspective, elle l'empêcherait d'avancer.

— Dormez bien. Rêvez de moi… S'il vous plaît.

Emma vint se lover dans le creux chaud qu'il venait de laisser.

Jack sentit son cœur se serrer. Tant qu'il n'avait pas acquis de certitudes, il ne voulait pas qu'elle s'inquiète.

Emma se réveilla avec le soleil qui inondait la chambre. Les souvenirs de la veille lui revinrent en bloc.

Son corps la faisait souffrir en des endroits auxquels elle n'aurait jamais pensé, mais elle se sentait délicieusement bien. Elle tendit la main et s'aperçut que le lit était vide.

Elle se redressa et ouvrit les paupières. L'oreiller était creusé mais le lit était froid. Jack était parti. Il l'avait laissée sans dire un mot.

Emma se laissa tomber sur les oreillers, le regard tourné vers le plafond. Sans un mot ! Dire qu'elle signifiait si peu pour lui.

Il était sans doute parti travailler…

Elle s'assit dans le lit. Elle aussi avait des choses à faire. La Fête de l'oie ne se ferait pas toute seule. Elle avait tout planifié, mais il y avait toujours des problèmes de dernière minute à régler. Un millier de choses pouvaient mal se passer, et alors tous ses efforts l'auraient été en pure perte.

Il fallait qu'elle s'y rende.

Elle voulait y être.

Emma s'habilla avec des gestes rapides et précis.

Quelques instants plus tard, elle était prête. Elle s'accorda un dernier regard dans le miroir trumeau. Ses yeux étaient peut-être un peu plus grands et sa bouche plus pleine que d'habitude mais, vu de l'extérieur, rien n'avait changé. De l'intérieur non plus d'ailleurs.

Emma posa une main sur son ventre. Elle n'avait aucune raison de penser qu'un enfant naîtrait de leur récente étreinte, mais elle rêvait d'en tenir un dans ses bras. Un enfant à elle, qu'elle pourrait soigner et chérir. Contrairement à sa mère, elle n'essaierait pas de s'accomplir à travers lui. Si jamais elle avait un enfant, se promit-elle, il grandirait et ferait ce qu'il ou elle voudrait de sa vie.

« Si » était un grand mot. Un mot auquel elle préférait ne pas penser. Plus tard, peut-être qu'elle cesserait de se sentir attirée par Jack. Elle deviendrait alors capable de vivre avec ce sentiment qui la faisait tant souffrir aujourd'hui. En attendant, elle était heureuse de ne pas avoir cédé à la tentation de lui avouer son amour.

Il se serait certainement ri d'elle et aurait ressenti de la pitié, chose qu'elle refusait.

Emma ouvrit la porte et poussa un petit cri. Davy fit un bond en arrière, et sa béquille heurta le mur.

— Vous m'avez fait peur, Davy. Je ne m'attendais pas à vous voir, ni vous ni personne.

— Je vous prie de m'excuser, miss… Mrs Stanton, mais on m'a demandé de rester ici. C'était mon devoir, voyez-vous.

Il ôta sa casquette et la tordit entre ses mains.

— Pourquoi êtes-vous là ? s'enquit Emma.

— Le patron m'a dit que je devais veiller à ce que personne n'entre dans votre chambre. C'est ce que j'ai fait, même si je me suis beaucoup ennuyé.

— Personne n'est venu dans ma chambre, dit Emma en souriant.

Elle fit un pas en avant. Elle allait se rendre à la salle communale pour vérifier l'avancée des préparatifs. Cela l'empêcherait de penser à Jack et de se demander pourquoi il l'avait quittée si tôt.

Davy hocha la tête mais ne bougea pas. Il lui bloquait le passage.

— Voulez-vous me laisser passer ?

— Je vous demande pardon, mais le patron ne veut pas que vous sortiez. Pas tout de suite.

— Où est Mr Stanton ?

— Le patron ? Il est parti apporter son aide. C'est la Fête de l'oie aujourd'hui.

Emma pinça les lèvres. Jack voulait-il se servir de la Fête de l'oie pour consolider son pouvoir et montrer aux employés d'Harrison and Lowe qu'il était le nouveau propriétaire de la compagnie.

— Je pense que vous vous trompez, Davy.

— Vous croyez ? s'étonna le jeune homme. Pourquoi dites-vous cela ?

— A-t-il vraiment dit que je devais rester dans ma chambre comme une prisonnière ?

Le garçon écarquilla les yeux et fronça les sourcils. Puis il secoua la tête. Emma réprima un rire de triomphe. Cela ne faisait aucun doute que Jack voulait qu'elle reste tranquille, mais elle avait d'autres projets.

— Vous dites que Jack Mr Stanton... euh est allé s'occuper des préparatifs ?

Elle prit une courte inspiration. Elle avait vu juste. Jack se servait de cette occasion pour consolider son pouvoir, mais il avait oublié une chose : Harrison and Lowe était sa dot à elle et, ne lui en déplaise, elle garderait quelques bribes de contrôle sur la compagnie. Elle n'allait pas devenir une femme effacée, songea Emma.

— Pouvez-vous m'amener à lui ? Vous pourrez alors lui poser la question.

— Cela ne serait pas sage, lady, répondit Davy. Vous feriez mieux de rester ici jusqu'au retour de Mr Jack. Si vous voulez bien retourner calmement dans votre chambre, ce serait préférable pour nous tous.

Emma se pencha pour se mettre au même niveau que Davy.

— N'avez-vous pas envie de voir l'arbre de Noël ? Si j'ai bien compris, il est immense, au point de toucher le plafond.

Il sera orné de bougies, de cannes à sucre et de cadeaux. Santa Claus va venir et offrir à chaque participant un présent. N'est-ce pas formidable ?

Davy hocha lentement la tête.

— Je n'ai jamais vu de sapin décoré, avoua-t-il. Croyez-vous qu'il y aura aussi un présent pour moi ?

— J'en suis certaine. Mr Stanton et moi-même pensons que vous avez été un très bon garçon… toute l'année.

Il fallait qu'elle aille voir ce qui se passait dans la salle communale.

— Mr Stanton se trouve là-bas, en train de veiller à ce que tout soit prêt, ajouta-t-elle.

— C'est vrai, lady. Il veut que tout soit parfait dans les moindres détails. Je ne sais pas s'il faut y aller. Il est d'une humeur massacrante.

Emma pinça les lèvres. Vraiment ? Et elle, alors ? Il était parti sans un au revoir. Il fallait qu'il apprenne qu'il n'allait pas tout faire comme il l'entendait. Elle ne resterait en aucun cas assise là, à coudre et à deviser. Elle avait eu un avant-goût de la vie avant lui et elle avait bien l'intention de conserver ses acquis.

— Dès que nous aurons trouvé Jack Stanton, nous lui demanderons si je peux sortir de ma chambre ou pas.

— Si vous le dites, lady, répondit Davy en haussant les épaules. Mais puisque vous voulez y aller de toute façon, quelle importance ?

La salle grouillait d'activité. Tout semblait se bousculer. Des couronnes de houx et des guirlandes de lierre décoraient les murs nus de la salle, lui donnant des airs de pays enchanté. Une odeur de pin et d'épices flottait dans l'air. Une oie et une grosse dinde étaient accrochées à une poutre à côté d'un gros numéro brillant. Les gâteaux des Rois et les tartelettes aux fruits secs s'empilaient dessous, à côté des noix, des poires et de toutes sortes de pommes, de toutes les couleurs et de toutes les tailles, de la canada brune aux reinettes rouges. Les raisins rouges de serre rivalisaient d'éclat avec les grenades.

Tous ces présents de Noël attendaient l'arrivée des employés. Tout était déjà prêt, et tout s'était fait sans elle.

Emma sentit sa gorge se serrer. Elle avait travaillé dur pour organiser cette fête, au point de se croire indispensable. Elle avait cru à ce mensonge. Mais la réalité était encore plus dure à accepter : personne n'avait besoin d'elle. Était-ce ainsi que les choses se passeraient, à l'avenir ?

— Vous avez vu, lady ? s'exclama Davy. Vous aviez raison de me pousser à venir. Cet arbre est fabuleux. Vous avez vu ce qui y est suspendu ?

— Oui, c'est magnifique, convint Emma en contemplant le sapin.

Des buvards, des boîtes à aiguilles et des flacons de parfum se mêlaient à des articles moins fonctionnels, comme des toupies et de petites poupées en porcelaine. Des bougies blanches trônaient au bout des branches en attendant d'être allumées. Bientôt, l'arbre serait transformé en un paradis magique pour l'assistance. Emma devait reconnaître que l'idée de Jack de faire venir un sapin assorti de présents était très bonne. Elle imaginait déjà comment les gens en parleraient et s'en émerveilleraient tout au long de l'année.

Emma parcourut la pièce des yeux et découvrit son mari en haut d'une échelle, occupé à apporter une dernière touche en accrochant une couronne de houx. Il descendit et donna une tape dans le dos de Mudge. L'écho de son rire résonna dans la salle. Emma faillit s'étrangler.

Sa présence n'était pas nécessaire. Elle n'avait pas sa place ici.

— Vous vous sentez bien, lady ? s'inquiéta Davy.

— Oui, bien sûr, répondit-elle très vite.

Elle serra doucement l'épaule du jeune homme.

— Pourquoi n'allez-vous pas voir le sapin et regarder s'il n'y a pas un cadeau à votre nom ?

Elle regarda Davy s'en aller. Jack l'intercepta et lui

posa une question. Davy se tourna alors dans sa direction pour la désigner de la main. Jack fouilla la pièce du regard et posa les yeux sur elle. Emma se raidit en le voyant se rembrunir.

Elle carra les épaules et s'avança vers lui. Elle avait le ventre noué, et le trajet jusqu'au fond de la salle, où se tenait Jack, lui semblait augmenter à chaque pas.

Soudain, il réduisit la distance qui les séparait et referma les doigts sur son bras.

— Emma, vous ne devriez pas être à l'hôtel à vous reposer ?

— Je suis ici maintenant, répliqua-t-elle. J'ignorais où vous étiez parti.

— J'avais prévu de revenir vous chercher à temps pour le début de la fête.

Un sourire éclaira enfin le visage de Jack.

— Je voulais que vous soyez bien reposée. Vous n'avez pas beaucoup dormi la nuit dernière.

Emma sentit son cœur fondre. Elle se souvenait avec vivacité de leurs étreintes et des mots doux que Jack avait murmurés dans le creux de son oreille. Comme il serait aisé de lui pardonner. Mais ce chemin était une pente glissante. Elle avait pleinement le droit d'être là, pour participer à la préparation de la fête.

— Vous ne m'avez pas laissé de mot, dit-elle. Comment aurais-je pu le savoir ?

— Pouvons-nous en parler en privé ?

— Si vous voulez.

Emma était vaguement consciente que tout le monde les regardait. Elle laissa Jack la conduire à l'écart tout en gardant la tête haute.

— Pourquoi ne devrais-je pas être là ? demanda-t-elle dès qu'ils entrèrent dans le couloir.

— Cela n'était pas nécessaire. Tous les préparatifs sont finis.

— Je travaille dur depuis longtemps pour organiser cette fête. J'ai tout autant le droit d'être ici que vous. Et même plus. Maintenant, laissez-moi.

— Je contrôle la situation. Vous devriez être en train de vous reposer, ou de faire ce que font les ladies le lendemain de leur mariage. Je croyais que vous dormiriez plus longtemps.

Emma leva les yeux au ciel. Ce n'était pas la réaction qu'elle espérait. Elle n'était pas naïve au point d'imaginer que Jack la prendrait dans ses bras, mais elle s'attendait à plus d'égards de sa part.

— Je fais ce que font les ladies, répliqua-t-elle. Je suis venue superviser la décoration de la salle et m'assurer que tout est fait correctement. J'ai des devoirs et des responsabilités, en dépit de notre mariage. La fête doit bien se dérouler. La mémoire de ma mère l'exige.

— Tout est sous contrôle.

— Seriez-vous en train de me demander de partir ?

— Oui.

Ce simple mot glissa des lèvres de Jack et s'éleva entre eux, aussi implacable que les traits de son visage.

— Je vois, rétorqua Emma, la gorge serrée. Vous avez maintenant ce que vous vouliez. Vous vous êtes assuré que ce mariage ne pouvait pas être annulé avant de me faire disparaître.

— Ne me faites pas dire ce que je n'ai pas dit !

— Mais c'est ce que vous pensez, riposta Emma.

— Je n'ai pas envie de me disputer bêtement avec vous, Emma, lança Jack avant de tourner les talons pour s'en aller.

L'amant doux et tendre de la veille s'était évanoui comme s'il n'avait jamais existé. Elle n'avait plus devant elle que l'homme d'affaires impitoyable.

Emma avala sa salive. Tous ses doutes et ses craintes revinrent en force.

— Dites-moi une chose. Pourquoi m'avez-vous épousée ? Était-ce pour mettre la main sur la compagnie de mon père ?

Jack écarquilla les yeux.

— Qui vous a mis une idée pareille dans la tête ?

— Je veux le savoir. Je mérite de le savoir, le pria Emma.

Elle était en train de perdre tout ce qui faisait sa vie, et il ne lui restait plus qu'un mari qui ne l'aimait pas. Elle n'avait même plus sa place dans la compagnie. Elle était maintenant de trop, inutile. Et Jack était prêt à nier tout en bloc comme si elle était victime d'une crise de nerfs ou qu'elle avait des vapeurs.

— Le prix que vous aviez fixé était-il… la compagnie ? insista-t-elle.

— Vous allez devoir le demander à votre père, siffla Jack, les yeux brillants de rage.

Emma recula d'un pas et vacilla. Il tenta de la rattraper mais elle écarta brusquement sa main.

— C'est ce que je vais faire, rétorqua-t-elle.

Emma tourna les talons et s'éloigna dans le couloir. Elle s'efforça de braquer les yeux devant elle et de ne pas se retourner. Elle croyait que Jack s'élancerait derrière elle et qu'il chercherait à la retenir, mais il n'en fit rien. En atteignant la porte, Emma chancela contre le battant. Au dehors, un léger brouillard était tombé.

Des larmes brûlantes coulèrent sur ses joues. Emma les chassa du revers de la main. Son mariage était brisé avant même de commencer.

— Pourquoi es-tu revenue à la maison, Emma ? demanda son père.

Emma fut frappée par son regard de plus en plus vif. Il guérissait très vite.

Il fallait qu'elle lui pose la question maintenant, avant que ses nerfs lâchent.

— Papa, avez-vous offert Harrison and Lowe à Jack en guise de dot ?

Son père se mordit les lèvres et détourna le regard.

— Dites-le-moi, papa. Est-ce la raison pour laquelle il m'a épousée ?

— Un homme n'aime pas parler de ces choses-là, répondit-il en lui tendant la main. Tu es mariée, maintenant, et tous tes désirs seront comblés. Jack Stanton me l'a assuré. Pourquoi parler de ta dot ?

— Je veux savoir, insista Emma en maîtrisant les tremblements dans sa voix. J'ai le droit de savoir. Je ne suis pas une enfant que l'on doit maintenir dans l'ignorance.

— Il vaut mieux ne pas parler de certaines choses.

— Comment pouvez-vous dire cela ? Je veux savoir, répéta Emma. Je m'intéresse à la compagnie et à son avenir. Vous ne pouvez pas avoir sacrifié tous les employés pour mon bien. Ils travaillent avec nous depuis très longtemps.

— Que t'a dit Jack ? demanda son père en la transperçant du regard.

Sans attendre la réponse, il s'adressa à elle d'un air grave.

— Tu t'es disputée avec lui, n'est-ce pas ? C'est la raison pour laquelle tu penses que la vie des employés va être gâchée. Je n'ai rien fait de tel, et Jack Stanton non plus. Tu cherches à te trouver des excuses, ma fille.

— Papa !

— Et quelle importance puisque tu l'aimes.

Était-elle aussi transparente ? Comment son père pouvait-il être si sûr de quelque chose qu'elle n'avait compris que la veille ?

— Mes sentiments n'entrent pas en ligne de compte, répliqua-t-elle fièrement. J'ai fait ce que la société exigeait de moi. Je veux simplement connaître le prix de ma folie.

— Oh ! tu te trompes. Tes sentiments comptent. Il le faut. Je l'ai dit à ta chère mère le jour où elle a voulu te marier avec un noble prétentieux sans personnalité. « Nous devons faire ce qu'Emma veut, sans nous soucier des conséquences. »

— Que voulez-vous dire, papa ?

— Ma fille, tu aimes Jack Stanton, n'est-ce pas ? L'aurais-tu épousé s'il n'y avait pas eu toute cette histoire ?

Emma se raidit et regarda son père droit dans les yeux. Elle savait qu'elle ne pouvait pas lui mentir.

— Oui, je l'aurais épousé. Mais je voulais qu'il le fasse pour ce que je suis aujourd'hui, et non pour ma dot.

— Je pense que je t'ai fait plus de mal que de bien, avoua son père en baissant la tête. J'étais pourtant animé des meilleures intentions. Mais ma fille, c'est avec Jack Stanton que tu t'es disputée. Tu dois retourner auprès de lui. Tu ne peux pas rester ici, et te cacher du monde.

— Je n'ai pas envie de me cacher du monde. Je veux vivre ma vie.

— Mais c'est pourtant ce que tu as fait. Tu as renoncé à tant de choses pour veiller sur ta mère, puis sur moi.

— Je croyais que c'était ce que vous vouliez.

— On ne rencontre l'amour qu'une seule fois dans sa vie. Ta mère croyait agir pour ton bien. Elle m'a affirmé que si Jack Stanton et toi étiez voués l'un à l'autre, alors vous finiriez par vous retrouver.

— Vous dites qu'elle a fait ce qu'*elle* a cru être juste, répliqua Emma. Et elle l'a fait par amour. Je le sais. Mais elle aurait dû me donner le choix.

Son père se dirigea vers son bureau.

— Je lui ai repris cette lettre. Elle explique tout. Ta mère aurait aimé que je te la donne, j'en suis sûr. Peut-être comprendras-tu pourquoi j'ai offert la compagnie à Jack. Pourquoi j'ai ressenti le besoin de me racheter.

Emma contempla l'écriture en caractères gras et comprit que c'était celle de Jack. Il avait envoyé cette lettre des années plus tôt.

— Cette lettre arrive des années trop tard.

— En es-tu sûre, ma fille ?

Le pli si proche représentait une terrible tentation. Emma en parcourut les premières lignes. Elles décrivaient une autre personne : un « ange qui éclairait l'obscurité », une « merveilleuse danseuse » et un « modèle de vertu ». Une personne qu'elle n'avait jamais été, et qu'elle ne serait jamais. Était-ce cette personne que Jack avait imaginé épouser ? Il devait comprendre qu'elle avait changé. Emma lut rapidement la lettre jusqu'au bout. Jack lui jurait une dévotion éternelle mais cela ne prouvait rien. Il avait changé ces sept dernières années, tout comme elle.

Et s'il désirait la femme qu'il avait connue autrefois ? S'il croyait avoir épousé cette fille ? S'il l'avait idéalisée ? Il fallait qu'elle en ait le cœur net.

Emma plia les pages jaunies et les rangea dans son sac à main.

— Je dois retourner à la fête. Il est inutile de faire revivre le passé, père.

La salle auparavant quasiment vide grouillait maintenant d'invités. Emma se sentait à présent capable de les affronter et d'affronter Jack. Il aurait été plus aisé pour elle de rester à sa place, mais elle était déterminée à mener ce combat. Son père posa la main sur son épaule.

— Tout va bien se passer, ma fille.

— J'ai l'espoir qu'il en soit ainsi, répondit-elle la tête haute.

Elle était heureuse d'avoir choisi sa robe en soie rose, qui s'accordait si bien avec son petit sac perlé.

— Je vois que vous êtes revenue, Emma, lança Jack.

— Comme je vous l'ai déjà dit, c'est moi qui ai organisé cette fête, répliqua Emma. Je ne pouvais pas abandonner tous ces gens.

— Emma, il faut que l'on parle, mais pas ici, pas maintenant. Il y a trop de monde.

— Je suis d'accord avec vous, acquiesça Emma d'une voix tendue.

Elle se concentra sur un point par-dessus l'épaule de Jack.

— Mon père et moi-même avons prévu un repas de Noël. Voulez-vous vous joindre à nous ? Sauf si d'autres affaires vous retiennent.

Le visage de Jack resta impassible et devint même encore plus froid, si cela était possible. Un mur de glace. Emma comprit à cet instant qu'elle l'avait perdu, à condition qu'il ait jamais été à elle.

— Je regrette mais je dois partir demain. Le train pour Londres part de bonne heure.

Emma lui sourit même si, intérieurement, elle avait le cœur qui saignait. Il allait partir. Sans elle.

— C'est très aimable de votre part de m'informer de vos déplacements. J'attendrai avec impatience votre retour.

— Emma, je me suis mal exprimé, dit Jack en tendant les mains vers elle. Nous n'avons pas eu le temps d'en parler et je n'ai pas pensé à votre repas de Noël.

— Ce n'est pas grave, répondit Emma en ignorant l'étau qui lui serrait la gorge.

Son père s'était trompé. Jack n'avait pas de sentiments pour elle. Il était sur le point de partir.

— Si vous voulez bien m'excuser, je dois aller saluer d'autres personnes, ajouta-t-elle.

— Il faut que l'on parle, Emma, insista Jack.

— Plus tard, Jack. Lorsque vous trouverez un créneau pour moi dans votre emploi du temps.

Emma se tourna et entreprit de saluer les employés et d'accepter leurs vœux tout en gardant le sourire et la tête haute, mettant en avant ses capacités à faire bonne figure en société. Lorsqu'elle jeta un œil derrière elle, elle croisa le regard de Jack, dur et froid comme de la pierre. Il ne fit rien pour la rejoindre, creusant un abîme de glace entre eux.

En parcourant la foule des yeux, Emma se figea.

— Que fait le Dr Milburn ici ? demanda-t-elle à son père, qui était venu la rejoindre.

— Le Dr Milburn ? répéta son père en regardant dans la direction qu'elle lui montrait. C'est le médecin de la compagnie. Il reçoit toujours une invitation.

— Mais je croyais que…

— Tu croyais quoi ?

Emma secoua la tête.

— C'est sans importance.

Manifestement, son père ignorait tout des manigances du Dr Milburn. Et comme Jack était toujours en possession des analyses, elle ne pouvait pas faire grand-chose. Elle devait plutôt se concentrer sur ce qui allait se passer.

— Si tu le dis, Emma, répondit son père avec un sourire

perplexe. Cela fait des mois que je ne fréquente plus grand monde à cause de ma maladie. Il y a des gens que j'ai besoin de voir. Je dois tout organiser pour le moment où le travail reprendra, après le nouvel an.

— Le nouvel an ? Je croyais que c'était Jack qui dirigeait la compagnie, à présent.

— Il a d'autres affaires à régler. Il doit partir en déplacement.

Emma hocha la tête avec contrariété. Ainsi, il allait vraiment partir. Il n'avait tout simplement pas trouvé les mots pour le lui dire. C'était ce qu'elle redoutait le plus. Ils s'étaient mariés, et maintenant Jack allait l'abandonner.

— Réjouis-toi, ma fille. Nous sommes à la veille de Noël, lui rappela son père en posant la main sur son épaule. Viens, cette querelle sera bientôt oubliée. Viens te joindre aux chants et aux réjouissances.

Emma s'efforça de sourire. Les chants de Noël résonnaient faussement à ses oreilles. Elle n'avait nullement envie de se réjouir. Elle aperçut soudain Jack près du sapin, entouré de nombreuses personnes.

— Vous feriez mieux d'aller vous préparer, conseilla-t-elle à son père. Les enfants attendent l'arrivée de Santa Claus pour recevoir leurs cadeaux.

— J'avais oublié. Où sont mes habits ?

— Dans l'arrière-salle, je pense. Voulez-vous que j'aille les chercher ?

Emma était prête à tout pour s'éloigner de Jack. Elle ne pouvait supporter une nouvelle scène. Pas maintenant.

— D'accord, ma fille, si tu insistes.

Son père lui tendit un verre.

— Réjouis-toi, ma fille, réjouis-toi.

— Ah, Mrs Stanton, l'interpella Mrs Mudge en lui bloquant le passage. Je voulais vous dire à quel point mon mari est heureux pour sa prime. Votre père s'est montré vraiment très généreux cette année.

— C'est certainement une idée de mon mari, répondit

Emma en lui souriant poliment. Il est le nouveau propriétaire de la compagnie à présent.

— Vous avez raison, répliqua Mrs Mudge en fronçant les sourcils. Il l'a achetée à votre père en la payant comptant. C'est pour cette raison que votre père a donné une prime à tous les employés. Votre mari lui a offert une jolie somme. Dès que ce pont sera terminé, votre mari envisage d'entreprendre de nombreux chantiers avec le mien. Il a prévu de construire de nouvelles lignes de chemin de fer, des gares. Tous les emplois sont assurés. C'est plus que ce que tout le monde espérait.

— Mais je croyais que… Je pensais…

Emma leva les yeux vers Jack. Il avait fait bien plus pour la sécurité des emplois que ce qu'elle aurait jamais osé espérer. Et il avait rendu à son père sa dignité. Emma avala péniblement sa salive. Pourtant, il s'apprêtait à partir… sans elle, songea-t-elle. Où donc, cette fois ? Au Brésil encore ? Ou bien dans un autre pays exotique ? Elle l'ignorait.

Tout ce qu'elle savait, c'était qu'il n'avait pas envie de l'emmener.

— Si vous voulez bien m'excuser, je dois aller voir Mrs Newcomb, conclut Mrs Mudge.

Ainsi, Jack avait acheté l'entreprise. Au comptant. Harrison and Lowe ne faisait pas partie de sa dot. Emma songea à tout ce qu'elle avait dit à Jack, à toutes ses accusations. Tout était faux. Un millier de questions se bousculaient dans sa tête. Les larges épaules de Jack se dressaient devant elle, et il semblait être en grande conversation avec plusieurs employés. Emma ne pouvait pas céder à l'envie de lui demander une explication sur-le-champ. Elle allait devoir attendre et faire preuve de patience.

Plus tard, elle découvrirait toute la vérité. Elle allait partir chercher les habits verts de Santa Claus et mettrait à profit cet interlude pour reprendre le contrôle de ses émotions.

Emma prit le chemin de l'arrière-salle, le cœur battant à tout rompre. Elle s'était trompée, mais elle pouvait encore agir. Elle avait toujours la possibilité de s'excuser et de remettre les choses en ordre. Ensuite, elle demanderait à Jack de repartir du bon pied.

Le couloir était vide et ses pas résonnaient fortement sur le carrelage. En ouvrant la porte de la petite pièce, elle sentit son cœur chavirer. Manifestement, les vêtements et la barbe du Père Noël avaient été retirés de l'armoire. Il ne lui restait plus qu'à retourner dans la salle. Et à retrouver Jack pour s'excuser.

— Regardez un peu qui je trouve ici. Mrs Stanton ! Vous ne devriez pas être seule. On ne sait jamais quel genre de rencontres on peut faire, surtout la veille de Noël.

La voix froide du Dr Milburn la fit frémir.

— Je cherchais les habits du Père Noël pour mon père, expliqua-t-elle.

Emma résista à l'envie de le bousculer pour partir en courant. Elle n'avait plus rien à craindre maintenant. Elle avait épousé Jack. Elle leva les yeux vers les prunelles pâles du médecin et lui décocha un sourire radieux.

— Savez-vous où ils ont été rangés ? demanda-t-elle.

— Moi ? Pourquoi saurais-je où sont rangées ces choses-là ?

— Dans ce cas, il vaut mieux que je m'en aille. J'imagine que quelqu'un les a mis ailleurs.

Son propre rire résonna faussement à ses oreilles, mais Emma s'efforça d'ignorer sa nervosité croissante.

— Oui, j'imagine, acquiesça le Dr Milburn sans bouger. Il lui bloquait le passage.

Emma réprima une bouffée de colère. Elle n'avait pas envie de se disputer avec le Dr Milburn ni de faire une scène.

— Laissez-moi passer, s'il vous plaît. On m'attend.

— Je suis navré, mais cela ne va pas être possible, répliqua le Dr Milburn en s'avançant vers elle avant de plaquer un mouchoir sur son visage. Sachez, Mrs Stanton, que vous avez été une terrible entrave pour moi.

Emma se débattit et tâcha de résister à l'odeur douceâtre qui envahissait ses sens, mais la poigne du médecin était trop forte et, bientôt, un voile sombre s'abattit devant ses yeux.

Elle tira sur la veste de Milburn et ses doigts agrippèrent un bouton qui s'arracha. Elle le laissa tomber en même temps que son sac, qui vola sous l'armoire.

Les derniers sons qu'elle entendit furent les acclamations accueillant l'arrivée de Santa Claus.

Chapitre 18

— Où est Emma ? demanda Jack à Edward Harrison.

— Elle était ici il y a une minute. Je l'ai vue juste avant de commencer à distribuer les cadeaux. Elle était censée aller me chercher mes habits de Santa Claus mais, finalement, c'est Mrs Newcomb qui me les a amenés. J'ignore où elle se trouve.

Jack sentit un frisson glacial l'envahir. Malgré toutes ses précautions, quelque chose était arrivé à Emma. Il se tourna vers son jeune employé.

— As-tu vu Mrs Stanton dernièrement ?

— Pas depuis que vous m'avez envoyé vérifier le déroulement des expériences, sir, répondit Davy en désignant sa pile de livres. J'ai vu une lueur près de la forteresse mais c'est tout.

— Es-tu allé voir de quoi il s'agissait ?

— Non, j'étais trop occupé à penser à l'arbre de Noël géant, avoua Davy en baissant honteusement la tête.

Jack sentit la petite boîte serrée dans la poche intérieure de sa veste. Dire qu'il voulait la donner à Emma en présence de tout le monde afin qu'elle ne puisse pas refuser. Mais maintenant, elle avait disparu.

Les gens se groupaient et se séparaient en riant, heureux de se montrer les oies, les gâteaux de Noël et les cadeaux qu'ils avaient reçus. La scène était joyeuse, plaisante, mais quelque chose n'allait pas, songea Jack. Son instinct le lui disait.

— Où est Milburn ? demanda Jack en scrutant la foule. J'ai vu son visage huileux tout à l'heure.

— Le Dr Milburn a été appelé en urgence il y a un moment, répondit Harrison.

— Avant ou après qu'Emma est partie chercher les habits ?

— Avant, je pense. Oui, c'est bien cela. Il est parti juste avant, car je me rappelle qu'Emma avait trouvé étrange de le voir ici. Est-ce important ?

— Peut-être.

— J'ai une absolue confiance dans le Dr Milburn en tant qu'homme, déclara Harrison en se redressant.

Jack pinça les lèvres. Il aurait dû dénoncer Milburn quand il en avait eu l'occasion, mais il voulait l'obliger à se démasquer. Il voulait que le médecin lui explique pourquoi il avait agi ainsi.

— Où étaient rangés ces habits ? s'enquit-il en se concentrant sur les détails.

S'il réunissait suffisamment d'informations, il saurait alors où Emma était partie. Il aurait dû faire les choses différemment. Il n'aurait jamais dû laisser cette dispute se produire.

— Mrs Newcomb peut vous montrer, dit Harrison en désignant la femme corpulente qui discutait non loin d'eux. C'est elle qui a trouvé mes habits.

Ses paupières étaient aussi lourdes que du plomb, découvrit Emma en s'efforçant d'ouvrir les yeux. Elle sentait contre sa joue le sol en pierre dur et froid. Elle avait un drôle de goût dans la bouche, comme si on l'avait remplie de chiffons. Elle gémit doucement et bougea la tête en essayant de découvrir où elle se trouvait.

— Ah, parfait, vous voilà réveillée, dit le Dr Milburn en levant devant elle une lanterne. Je craignais de vous en avoir fait respirer un peu trop.

— Un peu trop de quoi ? demanda Emma en essayant de s'asseoir.

Ses mains étaient étroitement attachées dans son dos.

— Trop de chloroforme. Mais parfois, lorsque le patient reçoit une dose trop élevée, il ne s'en remet pas. Cela aurait été regrettable avec vous.

Emma plissa les paupières. Les traits du Dr Milburn dansaient devant elle. Elle les distinguait à peine sous la faible lueur. Elle s'étonna d'avoir pu voir un jour en lui un homme bon. Il avait un air pincé, et son expression était empreinte d'une certaine folie.

— Où suis-je ? s'enquit-elle.

— Ce serait trop vous en dire. Mais vous n'êtes pas en danger, Mrs Stanton, répondit-il.

— Avez-vous prévu de me tuer ? demanda-t-elle d'une petite voix.

— Vous tuer ? Vous vous méprenez sur mon compte, ma chère.

Le Dr Milburn se pencha vers elle, si près qu'elle distinguait les gouttes de sueur qui couvraient son front.

— Vous m'êtes encore utile. Il vous reste encore quelque temps à vivre.

Incapable de réprimer un frisson d'horreur, Emma détourna les yeux. « Encore quelque temps à vivre »... Il y avait tellement de choses qu'elle voulait faire, tellement de choses qu'elle avait besoin d'expliquer.

— Où suis-je ? insista-t-elle.

— Il n'y a que moi qui le sache, et il incombe à ceux qui vous cherchent de le découvrir, dit le Dr Milburn en serrant les mains l'une contre l'autre. Inutile de vous débattre, ma chère. J'ai veillé à serrer correctement vos liens.

— Vous êtes fou ! lança Emma, hébétée.

Milburn esquissa un rictus qui dévoila ses dents.

— Non. Je suis déterminé. Et je vais obtenir ce qui me revient de droit.

Des cloches résonnèrent au loin. Celles de l'église Saint-Nicolas. Il était 11 heures du soir. Emma dressa l'oreille. En se concentrant, elle pouvait entendre le bruit du fleuve. Les murs de sa prison étaient en pierres grises. Elle devait se trouver dans la forteresse, tout près du chantier, conclut-elle. Mais qui viendrait la chercher là ?

— Il n'y a aucune trace d'elle, déclara Mudge en secouant la tête. Nous avons cherché partout, mais Mrs Stanton s'est complètement volatilisée.

Jack arpentait nerveusement la pièce. Emma devait bien se trouver quelque part.

— Cherchez encore.

— Je vous demande pardon, mais où ? Il se fait tard.

— J'ai trouvé quelque chose, s'écria Mrs Mudge en se mettant à genoux.

Elle ramassa un petit sac orné de perles et un bouton en cuivre jaune.

— On dirait le bouton en cuivre de la veste de Milburn, s'écria Jack.

— Emma s'est sans aucun doute trouvée dans cette pièce, se lamenta Harrison en se couvrant le visage avant de se mettre à pleurer. C'est son sac à main. Jamais elle n'aurait accepté de partir de son plein gré sans prendre son sac.

Jack ouvrit le fermoir du sac et aperçut plusieurs feuilles de papier jaunies. Il reconnut aussitôt son écriture d'autrefois. Ainsi Emma avait bien reçu cette lettre. Il la prit et la rangea dans la poche intérieure de sa veste.

Emma aimait décidément conserver les vestiges du passé : d'abord le château, puis cette lettre. Il saisit le bouton de cuivre et le fit tournoyer en l'air. Milburn aurait dû remarquer qu'Emma avait fait tomber ces objets. Voulait-il qu'on les trouve ? Mais pourquoi ? Si jamais il avait touché à un seul des cheveux d'Emma, songea Jack avec colère, il ne répondrait plus de rien.

— Où peut bien se trouver Mrs Stanton ? demanda Mrs Newcomb.

— Votre fils a dit qu'il avait vu de la lumière dans la forteresse tout à l'heure, intervint Mrs Mudge.

Jack sentit monter une bouffée d'excitation. Il le tenait !

— Quelqu'un est-il allé voir là-bas ?

— Non, ce lieu est hanté, répondit Mudge. Personne n'y va jamais. Ce n'est pas sûr.

— C'est sans doute là-bas qu'il l'a emmenée, déclara Jack. Il veut que nous la trouvions.

— Qui donc ?

— Milburn. C'est lui qui a kidnappé Emma, pour une raison que nous ignorons, dit Jack en serrant les dents.

— Je ne comprends rien, s'exclama Harrison. Le Dr Milburn est un membre respecté de cette communauté.

— Je n'ai pas le temps de vous expliquer, répliqua Jack.

Cela pouvait attendre qu'ils aient retrouvé Emma. Car sans elle, sa vie n'avait plus de sens.

— Allez prévenir les autorités. Milburn doit être traduit en justice.

— Qu'allez-vous faire ?

— Sauver ma femme.

— Qu'avez-vous prévu de me faire ? demanda Emma. Combien de temps me reste-t-il à vivre ?

— Ma chère Emma, vous aimez les mélodrames, pas vrai ?

Le sourire du Dr Milburn ne fit rien pour la rassurer.

— Je n'ai nullement l'intention de vous faire du mal. En revanche, j'ai prévu de vous épouser. Je vous en ai déjà fait part avant-hier. Malheureusement, vous avez choisi de m'ignorer.

— Je suis déjà mariée, répondit Emma avec prudence.

Elle évalua la distance qui la séparait de la porte. Elle pourrait peut-être s'échapper en courant. La robe en soie rose et ses nombreux jupons risquaient de l'entraver, mais c'était à tenter.

Elle était prête à tout pour ne pas rester là, enfermée avec un fou.

— Je me suis mariée à l'église devant témoins, précisa-t-elle. Il n'existe pas la moindre possibilité de faire invalider ce mariage.

— Vous *étiez* mariée, dit le Dr Milburn en allumant sa pipe à l'aide de la lanterne.

Il fit une pause pour aspirer une longue bouffée.

— Quel dommage que votre premier mariage ait été aussi court et que vous deviez déjà porter le deuil.

« Court » ? « Porter le deuil » ? Emma sentit sa bouche s'assécher.

— Qu'avez-vous fait à Jack ?

— Votre dévouement est touchant, rétorqua le Dr Milburn d'un air grave. Je croyais que votre mariage anéantirait tous mes plans, et je vois maintenant qu'ils étaient divinement bien conçus. Je vais recevoir bien plus que ce que j'espérais.

Emma avala sa salive. Il fallait continuer à le faire parler afin de savoir ce qu'il tramait.

— Quels plans ?

— Ils me sont apparus après le décès de votre mère. J'avais besoin de financer mes projets. Henry Charlton avait refusé de me prêter plus d'argent et menaçait de se retirer de notre affaire. J'ai entendu parler du tracé du pont et j'ai acheté le terrain à côté du château. Je me suis dit qu'une fois que le tracé serait approuvé ce lopin de terre prendrait de la valeur, car il offrirait un emplacement idéal pour la gare. Personne n'imaginait détruire le château, mais je me suis assuré que votre père voie les choses différemment.

— Comment cela ?

Emma frémit. Le froid semblait s'insinuer dans chaque fibre de son corps. C'était Milburn qui avait manigancé tout cela. Qui avait réussi à modifier les calculs relatifs au tracé du pont.

— Après chaque crise, votre père était très influençable. C'était simple. Je savais que personne ne découvrirait les erreurs de calcul. Mais l'argent que je pouvais retirer de la vente du terrain ne me suffisait pas. Les coûts avaient grimpé. Ma potion ne se vendait pas aussi bien que je l'avais prévu. Il me fallait plus d'argent.

— Et… ? demanda Emma dans un souffle.

Elle commençait à mesurer toute l'horreur de la situation.

— J'ai imaginé un autre moyen de vraiment financer mes besoins. Vous. J'avais prévu de vous épouser à la mort de votre père. J'ai expliqué cette délicate situation à Henry et il a accepté d'attendre, et même de voir si je pouvais trouver une personne encore plus riche que vous. Il savait que vous-même n'aviez pas d'autres prétendants.

— Je n'ai jamais voulu vous épouser.

— Vous l'auriez fait. C'était cela, ou partir en prison pour le meurtre de votre père.

Le Dr Milburn secoua la tête d'un air faussement affligé.

— C'est une bien triste histoire quand on découvre du poison dans un médicament. Surtout lorsqu'il y en a plus que dans les autres flacons.

Emma s'étrangla. Elle imaginait très bien l'avenir que Milburn lui peignait.

— Vous saviez qu'il y avait de l'arsenic dans son remède. Vous étiez délibérément en train d'empoisonner mon père. Tout d'abord, pour le contrôler et, ensuite, pour vous en débarrasser. Il a commencé à se remettre lorsque vous avez essayé d'obtenir les faveurs de cette riche veuve de Harrogate. Mais elle a décidé d'épouser un autre homme, et vous vous êtes de nouveau intéressé à moi.

— Vous êtes très perspicace.

Les prunelles de Milburn semblaient brûler dans l'obscurité.

— Qui vous a dit que c'était de l'arsenic ?

— Jack a fait analyser le flacon après la dernière crise de mon père, répondit Emma en redressant le menton et en toisant Milburn d'un air de défi. Il contenait trop d'arsenic. Il veillera à faire éclater la vérité au grand jour.

— Stanton est trop attentif aux détails. Cela causera sa perte.

— Mon père va également se rétablir. Son esprit sera aussi vif qu'avant.

— Votre père va faire une malheureuse rechute, déclara le Dr Milburn d'un air solennel. Je pleurerai sa disparition.

Emma se figea et tendit l'oreille. Elle était certaine d'avoir entendu du bruit. Elle devait à tout prix faire parler

Milburn et le distraire. Il existait une minuscule chance que quelqu'un les entende.

— Vous êtes complètement fou.

— Je vous assure que j'ai toute ma tête, ma chère, dit le médecin en souriant. Dès que Stanton fera son apparition, je m'assurerai de mettre à l'abri mon investissement. Sinon, Henry Charlton risque de me demander le remboursement de son prêt. Comme vous le voyez, il ne me reste plus beaucoup de temps. J'ai longuement réfléchi à mon plan. Il correspond parfaitement à mes besoins.

— Mais pas aux miens.

— Vos besoins n'ont aucune importance pour moi, railla-t-il en lui relevant le menton. Oui, vous allez bien me servir jusqu'à ce que je n'aie plus besoin de vous ou de votre argent. Imaginez un peu : la riche et jeune veuve qui pleure la perte de son mari et de son père, et qui se console avec son médecin.

Emma détourna vivement le visage.

— Jamais je ne le ferai.

— Détrompez-vous, assura le Dr Milburn avec un regard malveillant. Je connais très bien l'usage des poisons. C'est un passe-temps de longue date. C'est ainsi que j'ai réussi à vous emmener loin de la foule. Et ce que sont prêts à faire les gens après avoir goûté à l'opium, eh bien, mieux vaut que vous ne le sachiez pas.

Emma entendit le bruit sourd de quelque chose qui tombait. Quelqu'un venait-il la sauver ? Mais comment pouvait-on savoir où elle était ? Sauf si Milburn avait prévu qu'on la trouve au moment de son choix, alors que tout était prêt pour accueillir Jack, songea-t-elle. Elle ferma les yeux et pria pour que ce ne soit pas le cas.

— Comment... Comment allez-vous vous débarrasser de mon mari ?

— C'est vous qui avez insisté pour l'épouser. Vous êtes responsable de sa mort prochaine, pas moi.

Le Dr Milburn émit un rire qui résonna étrangement sur les murs en pierre.

— Stanton n'est qu'un prétentieux garçon de l'assistance publique. Une personne sans importance.

— Vous vous trompez, sachez-le. Il a fait plus pour ce pays que bien d'autres personnes. Et je suis fière de lui.

— Votre dévouement me touche, mais il est déplacé. Stanton ne se soucie de rien d'autre que de ses affaires.

— Vous perdez donc votre temps, dit-elle. Il ne viendra pas me chercher. Jack Stanton ne m'a épousée que pour obtenir Harrison and Lowe.

— Vous sous-estimez le pouvoir de vos charmes, répondit le médecin avec un sourire méprisant. Qui sont ce qu'ils sont.

Soudain, la porte vola en éclats avec fracas. Aussitôt, Milburn bondit vers elle pour l'éloigner de l'ouverture.

— C'est l'un de ses plus grands défauts, résonna la voix de Jack. Croyez-moi, Milburn, vous n'auriez pas apprécié d'épouser Emma. Elle est beaucoup trop indépendante. Elle n'est jamais là où vous le croyez. Elle n'en fait toujours qu'à sa tête.

Emma sentit son cœur bondir dans sa poitrine. Jack était là ! Il était venu la chercher. Mais elle devait lui faire comprendre que c'était lui qui était en danger.

— Ah, Stanton, s'écria Milburn. Je ne vous attendais pas aussi tôt. Pas avant demain.

— Désolé de vous décevoir, mais il se trouve que j'ai envie de passer du temps avec ma femme pour Noël, répliqua Jack.

— Attention, Jack ! Il est dangereux, lança Emma.

Elle se sentit tirée en arrière tandis que Milburn la plaquait contre le mur.

— Vous avez raison, railla-t-il. Cette sorcière parle beaucoup trop.

— Vous n'auriez pas dû faire cela, Milburn, dit Jack d'une voix glaciale.

Ses prunelles s'étaient muées en deux pierres noires et froides.

— Personne ne touchera à ma femme tant que je serai en vie.

— Il ne plaisante pas, Jack, s'inquiéta Emma.

— Vous ai-je donné l'impression que je croyais à une plaisanterie ? demanda Jack. Quelle négligence de ma part.

— Il a l'intention de vous tuer, Jack, le prévint précipitamment Emma en regardant Milburn se déplacer dans la pièce.

— Je suis certain qu'il va essayer de le faire, souligna Jack d'une voix calme. Mais savoir s'il va arriver à ses fins est une autre question. Ne croyez-vous pas, Milburn ?

— Que voulez-vous exactement, Stanton ?

— Je veux emmener ma femme loin d'ici saine et sauve, et fêter Noël comme il se doit.

Jack esquissa un sourire. Il réfléchirait plus tard à la façon de punir Milburn mais, pour l'heure, Emma devait être sauvée. Il s'efforça de contenir sa colère. Ce n'était plus comme la dernière fois qu'ils s'étaient battus. Milburn avait alors eu l'avantage. Cette fois, c'était lui qui allait l'emporter. Il en avait la certitude.

— J'ai bien peur de ne pas pouvoir vous laisser faire, répondit Milburn.

— Je vais devoir me battre pour elle, alors. Je me ferai un plaisir de vous réduire en pièces.

— J'imaginais que vous diriez cela, répliqua Milburn. Vous êtes tellement prévisible, Stanton. L'éducation ne s'invente pas. Vous allez perdre, comme toujours. Qui a remporté la coupe de fin d'année ? Et le prix du meilleur élève ? Pas vous, moi. Il existe un certain ordre dans ce pays. Une tradition. Je me ferai un plaisir de vous redonner une leçon.

Jack s'accroupit, banda ses muscles et s'élança sur Milburn. Son épaule percuta le ventre de son adversaire.

— Les garçons de l'assistance publique savent se battre. C'est ce qu'ils font de mieux.

Milburn riposta en lui lançant son poing à la figure. Jack recula brutalement.

— J'ai oublié de vous prévenir, Milburn, dit Jack en touchant sa mâchoire. Je n'ai pas l'intention de me battre comme un gentleman.

Emma vit Jack lui lancer un couteau, qui atterrit à quelques centimètres de son pied. Elle le fit glisser vers elle. Elle devait sectionner ses liens et s'en aller, voilà ce que Jack attendait d'elle. Elle actionna le couteau avec ferveur et, bientôt, elle sentit que la corde cédait. Devant ses yeux, les hommes ne s'épargnaient aucun coup, sans qu'aucun des deux ne prenne l'avantage. Comment pouvait-elle s'en aller et abandonner Jack dans cette situation ? Elle devait rester. Elle se massa les poignets tout en cherchant comment lui venir en aide.

— Emma ! Soyez raisonnable ! cria Jack en la voyant hésiter. Partez, maintenant. Allez vous mettre à l'abri.

— Pas sans vous. Nous partirons ensemble.

— Que c'est touchant, lança Milburn en sortant un mouchoir et une petite ampoule en verre de sa poche. Mais vous devez vous montrer plus dur si vous voulez survivre, Stanton. Vous vous êtes ramolli.

— Jack, attention ! cria Emma. Il a du chloroforme.

Elle ne quitta pas Jack des yeux tandis que Milburn se remettait en position d'attaque. Ils tournaient l'un autour de l'autre.

— Restez sur vos gardes, lança-t-elle.

Jack fit signe à Milburn d'approcher. Milburn avança, le mouchoir à la main, un large sourire aux lèvres. Mais Jack bondit vers lui et lui emprisonna la tête entre ses bras.

— Prenez-lui le mouchoir ! cria-t-il tandis que Milburn essayait de le lui appliquer sur le nez, sans succès.

Emma fit un bond en avant, arracha le mouchoir des mains de Milburn et le plaqua fermement sur le visage du médecin. Il essaya de tourner la tête, mais Jack augmenta la pression. Emma vit les yeux de Milburn rouler en arrière, puis l'homme cessa de se débattre.

— Vous pouvez le lâcher maintenant, dit-elle. Il est endormi.

— Ce produit est puissant, constata Jack.

Jack utilisa les liens dont elle s'était libérée pour attacher Milburn.

— J'aurais préféré voir clair dans son jeu plus tôt,

s'exclama-t-elle. Savez-vous qu'il avait réussi à convaincre mon père de modifier ses calculs ? Il avait acheté le terrain autour du château et croyait pouvoir le revendre à très bon prix. Plus tard, il s'est mis dans l'idée de m'épouser. Pour ma fortune.

— Cela explique beaucoup de choses.

— Comment avez-vous deviné où je me trouvais ?

— Davy a aperçu un peu plus tôt de la lumière dans la forteresse. Je me suis dit que cela méritait d'aller y jeter un coup d'œil.

Jack prit soudain un air grave.

— Heureusement, je suis arrivé à temps.

— C'était vous qu'il voulait tuer, dit Emma en se mettant à trembler.

Jack s'avança vers elle et la prit dans ses bras.

— Vous êtes en sécurité maintenant, mon amour. Vos pauvres petits poignets. Je ne pourrai jamais me pardonner ce qui vous est arrivé.

Son amour ? Emma avait envie de poser la tête sur l'épaule de Jack en soupirant, mais trop de choses restaient encore à démêler entre eux. L'aimait-il elle, ou la jeune fille qu'il avait connue autrefois ? Comment pouvait-elle le lui demander ? Soudain, la pièce fut remplie d'hommes qui criaient. Mudge arriva avec une corde et décida qu'il s'occuperait de Milburn.

— Nous n'avons pas besoin de rester ici, Emma, dit Jack. Mudge est parfaitement capable de se charger de tout une fois qu'on lui a donné les bonnes directives.

Ils quittèrent la forteresse. Les nuages étaient partis et une voûte étoilée éclairait le monde recouvert de neige. Les cloches de l'église Saint-Nicolas se mirent à sonner et un doux murmure emplit l'air.

— C'est Noël, murmura Emma en sentant Jack la prendre dans ses bras.

— En effet, chuchota-t-il contre ses cheveux. Si vous regardez dans ma poche, vous trouverez un présent pour vous.

Emma fouilla sa poche et en sortit une petite boîte. Elle était estampillée du blason de l'un des plus grands joailliers de

Londres. Emma l'ouvrit d'une main tremblante et découvrit à l'intérieur un diamant orné de deux perles. Sur l'anneau, deux mains étaient enlacées.

— Laissez-moi vous la mettre au doigt.

Jack passa la bague à son majeur, à côté de son alliance.

— Je l'ai achetée à Londres, précisa-t-il.

— Mais... mais..., balbutia Emma en contemplant l'anneau.

— J'avais prévu de vous demander en mariage pendant la Fête de l'oie, mais j'ai été rattrapé par les événements.

— Vous m'avez laissé croire que vous m'aviez épousée pour la compagnie, protesta Emma.

— Je ne mélange jamais les affaires avec le plaisir. Combien de fois devrai-je vous le dire ? Je voulais conclure mes affaires avec votre père avant de vous demander en mariage.

Emma le regarda, émerveillée. Jack avait prévu de la demander en mariage. La preuve brillait à son doigt. Sa demande n'avait rien à voir avec Harrison and Lowe, et tout avec elle. Mais elle se figea. Et s'il s'attendait à ce qu'elle soit la même personne que sept ans en arrière ? Emma ôta la bague et la tint dans le creux de sa main.

— Ma mère avait caché la lettre que vous m'avez envoyée il y a sept ans, déclara-t-elle. Mon père me l'a donnée aujourd'hui. Vous avez écrit que vous conserviez mon image dans votre cœur « comme une flamme qui éclairait l'obscurité de votre vie, comme celle d'un ange tombé du ciel ».

— Ce sont les bêtises d'un jeune homme. Des paroles faciles à oublier, répondit Jack d'un air désinvolte.

Emma recula d'un pas et il la lâcha. Il fallait qu'elle dise quelque chose. Elle devait dissiper tous les points d'ombre entre eux. Si elle avait appris quelque chose ce soir, c'était bien cela.

— Je suis loin d'être une flamme brillante. Nous ne nous connaissons pas très bien. Si j'avais reçu cette lettre à l'époque, j'aurais décliné votre demande. Mon devoir était de veiller sur ma mère, et je ne pouvais pas vous demander de m'attendre.

— Je comprends, dit Jack d'une voix sèche et tendue.

Emma savait qu'elle risquait de le perdre, mais elle se lança :

— Êtes-vous toujours amoureux de la jeune fille que vous avez connue il y a sept ans ?

Il ferma les doigts autour de l'anneau.

— Est-ce vraiment important ?

— Oui, ça l'est.

Emma leva le menton et plongea le regard dans ses prunelles noires.

— C'est très important pour moi, poursuivit-elle. J'ai grandi. J'ai changé. J'ai découvert des choses sur moi-même que je ne croyais pas possibles. Je ne veux pas être une femme mondaine. Je veux être moi-même, avec tous mes défauts, et continuer de m'intéresser à la construction des ponts et toutes ces choses-là.

— Je ne considère pas cela comme un défaut, affirma Jack en la prenant de nouveau dans ses bras avant de la serrer très fort contre lui. Emma Stanton, le jeune homme que j'étais a toujours admiré la jeune Emma Harrison. Lorsque vous avez refusé ma demande en mariage et que vous n'avez pas répondu à ma lettre, cela m'a encouragé à faire fortune.

Emma sentit sa gorge se serrer mais ne dit rien.

— Lorsque je suis revenu ici et que j'ai découvert que vous étiez célibataire, j'ai d'abord songé à me venger. Mais vous avez éveillé mon intérêt. Vous n'entriez pas dans la case que j'avais préparée pour vous. J'ai essayé de me convaincre que je ne faisais que vous donner une leçon d'humilité.

— Mais vous ne l'avez pas fait.

— C'est vous qui m'avez donné une leçon. J'ai compris le soir du bal que je n'avais pas envie de vous punir. Je voulais vous protéger.

— Et ce soir-là, dans le salon ?

— J'ai égoïstement profité de la situation. Je vous ai embrassée parce que j'en avais envie.

Jack prit son menton entre les doigts pour l'obliger à le regarder.

— C'est vous que je désire. C'est à vous que j'ai fait

l'amour hier soir. Je vous ai épousée parce que je voulais que vous fassiez partie de ma vie.

— Et pourtant, vous vous apprêtez à partir.

— *Nous* allons partir, rectifia-t-il. Nous allons prendre le train et voyager dans ma voiture privée jusqu'à Londres. Ensuite, je vous emmène en voyage de noces. Votre père a accepté de s'occuper du chantier avec Mudge. Ce pont verra le jour d'après notre conception : la vôtre et la mienne. Et il sera fait pour durer. Mrs Newcomb a accepté de devenir la gouvernante de votre père, et ce dernier pourra ainsi faire profiter le jeune Davy de son enseignement.

— Vous avez pensé à tout, s'émerveilla Emma.

— Je vous l'ai dit, j'aime veiller à tous les détails.

Jack déposa un baiser sur le bout de son nez.

— Cela fait partie de mes charmes.

— Je n'ai d'autre présent pour vous que mon amour, dit Emma d'une petite voix.

Ainsi, il l'aimait elle, elle, et non un rêve idéalisé. Il l'avait épousée parce qu'il voulait passer le reste de sa vie avec elle.

— J'ignorais que vous nourrissiez de tels sentiments, avoua-t-elle. Je voulais vous détester, vous mépriser. Vous menaciez tout mon univers. Mais plus j'essayais, plus je tombais amoureuse de vous. Je veux partir avec vous et vous accompagner partout où vous irez.

— Dans ce cas, acceptez cette bague, dit-il en la glissant à son doigt. Avec cet anneau, je vous prends comme épouse, Emma Stanton.

— Et je vous accepte comme époux de tout mon cœur.

Les vœux qu'ils venaient d'échanger étaient beaucoup plus réels et définitifs que ceux qu'ils avaient prononcés devant le pasteur.

— Joyeux Noël, Mrs Stanton, murmura Jack contre ses lèvres tandis que les cloches de l'église Saint-Nicolas finissaient de sonner les douze coups de minuit. Vous m'avez montré ce que signifiait vraiment Noël.

— Non, c'est vous qui l'avez fait, Jack Stanton.

Retrouvez en décembre 2019,
dans votre collection

LES HISTORIQUES

Un scandale à Rome, de Michelle Styles - N°855

65 av. J.-C., Rome

Valens, le thrace aussi viril que séduisant qu'elle a rencontré devant les thermes de Rome la veille, vient lui rapporter un objet qu'elle y a égaré. Julia Antonia n'y tient plus. Même si elle sait que cet homme est un gladiateur – un esclave comme le nomme la belle-famille qui la loge depuis son récent divorce d'avec le sénateur Lucius Gracchus –, elle ne peut réprimer l'élan qui a envahi son cœur. Et qui aurait le plus grand mal à disparaître s'il venait à prendre ses quartiers dans leur villa sur ordre de César, comme il le lui annonce…

Un Viking pour défenseur, de Meriel Fuller - N°856

1069, Angleterre

À l'inconnu aux yeux de glace qui vient de l'extirper des sables mouvants, Gisela – jeune lady déguisée en paysanne saxonne – ne peut qu'obéir. Elle consent donc à cheminer aux côtés de ce Viking pour l'aider à retrouver le bourreau de sa sœur s'il accepte en contrepartie de l'aider à libérer son frère, Richard, retenu au château de Pagenal. S'expose-t-elle à une menace supplémentaire en faisant confiance à cet homme dont elle ignore tout, ou s'assure-t-elle la protection d'un guerrier dans cette Saxe devenue normande ?

Un trône en jeu, de Blythe Gifford - N°857

Angleterre, 1361

Pour protéger les sombres secrets de Lady Joan, sa maîtresse et nouvelle épouse clandestine du prince Edward d'Angleterre, Anne serait prête à tous les sacrifices. Y compris à affronter Sir Nicholas Lovayne, missionné par le souverain pontife pour clarifier le passé sentimental de Lady Joan. Qu'importe l'ingéniosité qu'elle devra déployer pour éloigner cet homme obstiné de la Cour… à son plus grand regret.

LES HISTORIQUES

HARLEQUIN

Leçon pour une débutante, de Michelle Styles - N°858

Angleterre, 1847

Tristan Dyvelston l'a trahie. Lottie peine à réaliser que son époux se soit joué d'elle. Lui qui l'a abandonnée dans une cour à attelages le jour de leurs noces et l'a conduite dans une auberge douteuse pour y partager leur première nuit d'amour est en fait le nouveau Lord de Thorngrafton… Un nanti qui l'a mise à l'épreuve en la croyant intéressée par son titre et sa position sociale alors qu'elle l'aimait simplement. Un monstre qui a ruiné sa réputation en la demandant en mariage avant sa première Saison et qu'il lui faut quitter au plus vite.

Le manoir de Fiddleton, de Christine Merrill - N°859

Angleterre, 1811

Barbara s'était préparée à haïr de toute son âme Joseph Stratford, l'homme qui a mécanisé l'industrie du bourg de Fiddleton, causant ainsi son malheur. Mais lorsqu'elle accompagne son père, instituteur désormais sans le sou comme nombre de villageois, pour manifester devant l'immense filature de Stratford, c'est un homme d'affaires ténébreux et d'apparence authentique qu'elle rencontre. Un homme promis à la riche Anne Clairemont et que tout en elle se doit de mépriser…

La fille du Dragon, de Catherine Archer - N°860

SÉRIE : LA SAGA DU DRAGON

Angleterre, 1203

Adolescent, Christian de Bransbury fait serment de venger son vénéré seigneur et maître lâchement assassiné avec sa fille de quatre ans, la petite Rosalind. Des années plus tard, il accomplit sa vengeance, mais demeure insatisfait. Son intuition, confortée par de minces indices, lui souffle que, en dépit des apparences, Rosalind n'est pas morte. Il sait, il sent que l'espiègle fillette rousse de son souvenir, devenue femme à présent, se cache quelque part…

La maîtresse du Viking, de Julia Byrne - N°861

Angleterre, 904

Enlevée par un Viking lors d'une violente invasion, Lady Yvaine ignore si elle doit se plaindre ou se réjouir de son sort. Certes, les Vikings sont les ennemis de son peuple, des barbares dont on lui a toujours dit de se méfier. Pourtant cet homme, au regard brûlant et à la voix sensuelle, semble différent des autres. Après tout, n'a-t-il pas pris sa défense contre son cruel époux qui menaçait de la tuer ?

Réveillez la lady
qui est en vous !

HARLEQUIN
www.harlequin.fr

Composé et édité par HarperCollins France.

Achevé d'imprimer en septembre 2019.

CPi
BLACK PRINT

Barcelone

Dépôt légal : octobre 2019.

FSC
www.fsc.org
MIXTE
Papier issu de sources responsables
FSC® C108412

Pour limiter l'empreinte environnementale de ses livres, HarperCollins France s'engage à n'utiliser que du papier fabriqué à partir de bois provenant de forêts gérées durablement et de manière responsable.

Imprimé en Espagne.